W0392128

BASTEI
LÜBBE

Über die Autorin:

Christine Dorsey wohnt in Richmond, Virginia. Sie lebt dort mit ihrem Mann Chip, ihrer Tochter Elizabeth und ihrem Cockerspaniel Camden. Ihre beiden Söhne Christopher und Ben sowie ihre Schwiegertochter Dori wohnen auch in der Nähe.
Von der Zeitschrift *Romantic Times* wurde Christine Dorsey als »eine der talentiertesten Autorinnen von Liebesromanen« bezeichnet.

CHRISTINE DORSEY

Folge deiner Sehnsucht

ROMAN

Ins Deutsche übertragen von
Joachim Honnef

BASTEI
LÜBBE

BASTEI LÜBBE TASCHENBUCH
Band 18 296

1. Auflage: April 2002

Vollständige Taschenbuchausgabe

Bastei Lübbe Taschenbücher ist ein Imprint
der Verlagsgruppe Lübbe

Deutsche Erstveröffentlichung
Titel der amerikanischen Originalausgabe:
The Renegade and the Rose
© 1998 by Christine Dorsey
Published by Arrangement with Kensington Publishing Corp.
© für die deutschsprachige Ausgabe 2002 by
Verlagsgruppe Lübbe GmbH & Co. KG, Bergisch Gladbach
Dieses Werk wurde vermittelt durch die Literarische Agentur
Thomas Schlück GmbH, 30827 Garbsen.
Titelillustrationen: Ennis/Agentur Schlück
Einbandgestaltung: Beate Stefer
Satz: Heinrich Fanslau, Communication/EDV, Düsseldorf
Druck und Verarbeitung: AIT Trondheim, Norwegen
Printed in Norway
ISBN 3-404-18296-0

Sie finden uns im Internet unter
http://www.luebbe.de

Der Preis dieses Bandes versteht sich einschließlich
der gesetzlichen Mehrwertsteuer.

Für alle engagierten Buchhändler:
Danke für Ihre Unterstützung

Und wie stets für Chip

1

16. April 1746
Culloden, Schottland

Die klagenden Töne der Pfeife hallten über das nebelverhangene Moor und drangen Keegan MacLeod ins Blut. Er war ein Schotte, bei Gott, ein Schotte – wie seine Ahnen und die Clanmitglieder, mit denen er Schulter an Schulter stand.

Fast hätte er es vergessen. Die Spielhallen und parfümierten Boudoirs von London konnten das bei einem Mann bewirken. Jenes Leben schien weit entfernt vom eisigen Schneeregen und Chaos an diesem Aprilmorgen im Drummossie Moor. Erst 14 Tage zuvor hatte er geflucht, als ihn der MacLeod-Clan ins Hochland zurückgerufen hatte ... heim.

Er hatte geflucht, doch gehorcht. Sein Vater wollte all seine Söhne bei sich haben, wenn er für seinen Prinzen kämpfte. Charles Edward, Enkel des letzten Stuart-Königs, war aus dem Exil in Frankreich zurückgekehrt. Er war in Eriskay an Land gegangen, entschlossen, seinen Vater auf den Thron von England zu setzen, der, wie MacLeod und viele andere dachten, der rechtmäßige Erbe war.

Keegan persönlich interessierte es nicht sonderlich, wer auf dem Thron saß. Das war jedenfalls bis jetzt seine Meinung gewesen. Aber Generationen von Jakobiterblut floss durch seine Adern, und so war er nach Schottland zurückgekehrt.

Seine Brüder, Söhne des MacLeod, waren ebenfalls hier. Angus, der Älteste, dessen rotes Haar unter der Schottenmütze am Kopf klebte, stand zur Rechten des Gutsherrn, Duncan mit den sanft blickenden blauen Augen und der angenehmen Stimme neben ihm. Keegan stand zur Linken seines Vaters, daneben William, frisch von der Schule und voller Erwartung auf die bevorstehende Schlacht.

Sie alle trugen die weiße Kokarde der Stuarts, fünf Seidenschleifen in einem großen Knoten. Ihre Schottenröcke waren aufgeschürzt und zwischen den Beinen zusammengebunden. Eine silberne Nadel mit dem MacLeod-Wappen hielt den Stoff von ihrem Schwertarm fern.

»Ich finde, es ist ein prächtiger Tag für einen Kampf«, sagte Angus, stampfte auf und ließ die Muskeln seiner gewaltigen Schultern spielen. Er war breiter gebaut als Keegan, obwohl er fast einen Kopf kleiner war, doch er schwang sein Breitschwert mit einer Leichtigkeit, die Keegan seit langem bewunderte.

Als sein Vater nichts erwiderte, fuhr Angus fort: »Ich weiß, du hast ein Problem mit dem Kampf im Feld, aber …«

»Ich werde keine Prophezeiungen über das abgeben, was heute geschehen wird«, entgegnete MacLeod und klopfte jedem seiner Söhne auf die Schulter. »Und ihr solltet das ebenfalls nicht tun. Wir werden als MacLeods zusammenstehen und stolz darauf sein.«

»Wann werden sie deiner Meinung nach kommen? Oder werden die englischen Bastarde den Schwanz einziehen und davonrennen, wenn sie uns sehen?« Arrogante Worte von William, dessen spärliche Barthaare ihm eher ein kindliches als ein erwachsenes Aussehen gaben, wie Keegan fand.

Er sagte nur: »Wir werden es bald genug wissen.«

Wie auf sein Stichwort hin ertönte lautes Hurrageschrei

aus den Reihen. Jenseits des Moors im Nordosten tauchte die erste scharlachrot-weiße Standarte auf der Anhöhe auf und hob sich vor dem dunklen Himmel ab. Eine weitere folgte, dann noch eine. Und schließlich kam die Infanterie des Duke of Cumberland in Sicht, drei Kolonnen blutrot Uniformierter in der Dunkelheit.

Die Rufe und Schmähungen wurden unterbrochen von gebrüllten Kommandos: »Die Reihen schließen!« Es hatte den Anschein, als ob die britischen Soldaten weit auseinander gezogen auf dem Feld stehen blieben. Ihre Regimentstrommeln klangen wie der Herzschlag eines Giganten.

Keegan packte sein Breitschwert fester und wartete auf den Befehl zum Vorrücken. So stand er, als die erste Salve der Briten über das Feld donnerte und neben ihm William getroffen wurde. Es war, als würde ein Teil von ihm selbst sterben, als er entsetzt beobachtete, wie sein jüngerer Bruder auf die Knie stürzte und dann mit dem Gesicht zuerst ins Heidekraut fiel.

»Will!« Der Klageschrei gellte rings um ihn her, als Keegan sich auf den Boden warf. Noch bevor er seinen Bruder herumwälzte, wusste er, dass er tot war. Verzweifelt versuchte Keegan, ihn wiederzubeleben, rief seinen Namen und streichelte sein kindliches Gesicht.

Es war Angus, der die Initiative ergriff, die Leiche in sein schottisches Plaid hüllte und zwei Dienern des Clans befahl, den Sohn des Laird in Sicherheit zu bringen. Es blieb keine Zeit zum Trauern.

»Die Reihen schließen! Die Reihen schließen!« Die Offiziere brüllten Befehle durch das Donnern der Artillerie und die Schreie der Verwundeten.

Rings um Keegan fielen Männer, Clanmitglieder und befreundete Schotten, niedergemäht wie Weizen bei der Ernte, während sie da standen und auf den Befehl zum Angriff warteten. Als der Befehl endlich kam, sprang Keegan vor.

»Für Will!« Er stieß einen heiseren Schrei aus und feuerte seine Muskete ab. Sein Vater und die verbliebenen Brüder waren an seiner Seite, als er das Kartätschenfeuer ignorierte und einen der Dolche aus seinem Gürtel riss. Doch Keegan sehnte sich danach, endlich das zweischneidige Breitschwert einzusetzen, sein Gewicht zu spüren, wenn er es auf die Soldaten niederfahren ließ, die Will getötet hatten.

Der Rauch brannte in seiner Kehle und machte es ihm nahezu unmöglich, etwas zu erkennen. Er schätzte, dass er nur knapp zwanzig Meter vom Feind entfernt war, doch nur, wenn ein Windstoß die Luft klärte, konnte er für einen Augenblick den Wall scharlachroter Uniformen sehen. Keegan stürmte vorwärts und hielt erst an, als er über eine Leiche stolperte. Er stürzte und brauchte einen Moment, um wieder klar sehen zu können, dann starrte er in Angus' leblose Augen.

»Gott, nein!« Keegan rappelte sich auf, wischte sich über die Augen und spähte suchend durch die Wand aus Nebel und Rauch, bis er den grauhaarigen Kopf seines Vaters entdeckte. Der ältere Mann hatte im Kampf seine Kopfbedeckung verloren, doch er stand noch, ebenso wie Duncan. Aber die Verluste der Rebellen waren verheerend. Tote und Sterbende lagen verstreut auf dem Schlachtfeld, die besten jungen Männer der Clans.

Heißer Zorn wallte in Keegan auf. Er stürzte vorwärts und schwang sein Breitschwert wie ein Besessener. Für Will. Für Angus. Für seine schottischen Freunde.

Er kämpfte und schlug mit dem Schwert um sich. Irgendwie gelang es ihm, dem Stoß eines Bajonetts zu entgehen, doch es war unmöglich, den soliden Wall des englischen Bataillons zu durchdringen.

Der Rückzug wurde befohlen, dann noch einmal, drängender, doch Keegan ignorierte den Rückzugsbefehl vollkommen. Es war, als bestimme ein anderer sein Handeln ... seinen Geist. Erst als ihn Malcolm am Arm packte und festhielt, hielt Keegan im Kämpfen inne.

»Der Laird!«, schrie Duncan. Keegan hörte es kaum im Lärm der Schlacht, obwohl das schmutzige, mit Blut bespritzte Gesicht seines Bruders so dicht vor ihm war, dass es fast sein eigenes berührte. »Dad ist verwundet!«

Keegan fuhr herum zu seinem Vater und packte ihn unter den Armen, als er zusammenbrach. »Nimm dies!«, schrie Keegan und hielt das blutige Schwert seinem Bruder hin. Ärgerlich über Duncans Zögern, wollte Keegan den Befehl wiederholen. In diesem Augenblick bemerkte er die blutige Spitze eines Bajonetts, die aus Duncans Brust ragte. Blut sprudelte aus dem Mund seines Bruders, bevor der englische Infanterist sein Bajonett aus Duncans Körper riss und ihn mit dem Stiefelabsatz zu Boden stieß.

Keegan blieb ebenso wenig Zeit, um diesen toten Bruder zu betrauern wie den anderen. Er war als Einziger übrig geblieben. Er hatte nicht kämpfen wollen – hatte nicht gewünscht, sein Leben voller Vergnügungen und Ausschweifungen zu unterbrechen. Er hatte davon abgeraten, Prinz Charles zu unterstützen, mehr aus egoistischen als aus patriotischen Gründen.

Diese Gedanken schossen Keegan durch den Kopf, während sein Bruder zu Boden stürzte. Keegan bückte sich, packte seinen Vater, warf ihn sich über die Schulter und taumelte von den englischen Linien fort.

Das Schlachtfeld war mit Toten und Sterbenden übersät. Keegan versuchte, nicht an das Blutbad zu denken. Dies war nicht der Zeitpunkt, um sich Gedanken über das Geschehene zu machen. Er musste seinen Vater in Sicherheit bringen. Doch die Tage mit wenig Schlaf und nur ein paar Haferflocken als Nahrung forderten ihren Tribut. Während die Artillerie rings um ihn donnerte, sah Keegan die Gesichter seiner toten Brüder wie Blitze vor sich aufzucken.

Heißer Schmerz durchfuhr plötzlich den Arm, mit dem er sein Schwert hielt, und Keegan wusste ohne hinzusehen, dass er getroffen worden war. Dennoch kämpfte er sich weiter voran. Er würde seinen Vater bis nach Castle MacLeod tragen, wenn es sein musste.

Sein Blick fiel auf die Begrenzungsmauer einer Straße. Die Mauer bot vorübergehenden Schutz. Wenn er wieder bei Atem war, würde er seinen Vater zu der Schutzhütte auf der Anhöhe zur Rechten der Straße bringen. Dies war Cullen Land, wenn er sich richtig erinnerte, die Bewohner würden stolz sein, die Wunden des Lairds behandeln zu dürfen. Die Hügel der Heimat waren nicht mehr fern.

Heimat.

In den Jahren seines Erwachsenwerdens hatte er sein Bestes getan, um aus der Heimat fortzubleiben, doch jetzt, als er sich durch das von Leichen übersäte Hochmoor weiterschleppte, klang das Wort wie eine Verheißung für ihn. So behutsam er konnte, ließ Keegan seinen Vater zu Boden gleiten und lehnte ihn mit dem Rücken gegen die Kalksteinmauer. Erst als er sich aufrichtete, bemerkte er, dass noch jemand die Begrenzungsmauer als Zuflucht nutzte. Es war ein Soldat in der Uniform eines englischen Dragoners. Trotz der Kälte lief Keegan Schweiß den Rücken hinab, als er die Pistole sah, die auf ihn gerichtet war.

Keegan hob sein Schwert und ignorierte die Schmerzen in seinem Arm. Die beiden Männer – einer in scharlachroter Uniform, der andere in schottischem Plaid – standen sich wie erstarrt gegenüber und blickten einander an. Der Soldat sprach als Erster, seine Worte hatten einen irischen Akzent.

»Verschwinde«, keuchte er, bevor er sich erschöpft gegen die Mauer lehnte. Die Pistolenmündung senkte sich zu Boden.

»Ich lasse meinen Dad ausruhen, wenn es dir nichts ausmacht.« Keegan ließ das Schwert sinken und kniete sich dann neben seinen Vater. Der Laird hatte zahlreiche Wunden, aber keine schien tödlich zu sein, soweit Keegan es beurteilen konnte. Hier zu bleiben, war jedoch nicht sicher, auch wenn der Soldat zu seiner Rechten nicht die Kraft oder den Willen hatte, auf ihn zu schießen.

»Komm, komm, Dad, wir gehen heim. Gib mir deine...«

In diesem Augenblick ertönte Hurrageschrei aus der Richtung der Engländer. Keegan erkannte, dass die Artillerie das Feuer eingestellt hatte, aber er konnte immer noch Kanonendonner von den Schiffen in der Bucht hören.

»Sie werden jetzt kommen«, sagte der verwundete Soldat zu Keegan. »Sie beanspruchen das Feld als ihres.«

Keegan starrte den Iren an und blickte dann wieder zur Linie der Dragoner. Wie von dem Verwundeten prophezeit, begannen die Soldaten zwischen Rufen und Jubelschreien über das Hochmoor zu marschieren. Dann rannten sie los und erstachen mit ihren Bajonetten jeden Schotten, in dem noch Leben war.

Keegan wollte seinem Vater aufhelfen, doch in diesem Moment erkannte er, dass es zu spät war. Aus der Wunde in seinem Arm tropfte Blut, als Keegan das Breitschwert hob und sich schützend vor seinen Vater stellte. Er glaubte diesen »Rette dich selbst, Junge«, murmeln zu hören, doch er schenkte ihm keine Beachtung.

Dann hörte er nur noch das Klirren von Stahl, sein Schwert schwingend kämpfte er gegen die ersten drei angreifenden Soldaten. Einer, dann ein anderer, stürzte vor seinen Füßen zu Boden. Doch der dritte Soldat war in seine

Flanke gelangt. Selbst inmitten des Chaos klang das Klicken der Pistole erschreckend laut ... und dann das Krachen des Schusses.

Keegan erwartete den Schmerz des Kugeleinschlags, denn er war überzeugt, dass der verwundete Ire auf ihn geschossen hatte. Doch nichts geschah. Keegan sah den dritten Soldaten auf die Knie fallen und dann langsam vornüber stürzen, während Blut seinen Uniformrock tränkte.

Keegan fuhr herum, und sein Blick traf den des Mannes, der die Pistole im Anschlag hielt. Sie starrten sich gegenseitig an, und für einen Moment hätte Keegan schwören können, dass es eine Art Verbindung zwischen ihnen gab, obwohl er überzeugt war, dass sich ihre Wege noch niemals gekreuzt hatten. Da war ein Gefühl zwischen ihnen, das fast Freundschaft ähnelte. Kopfschüttelnd griff Keegan von neuem nach seinem Vater. Aus welchem Grund auch immer der Ire ihm das Leben gerettet hatte, jetzt musste er seinen Vater in Sicherheit bringen.

Aber es gab kein Entkommen. Weitere Soldaten stürmten auf ihn zu, lachten und töteten auf ihrem Weg jeden Überlebenden. Bald war Keegan umzingelt. Sein Vater und die Begrenzungsmauer befanden sich hinter ihm, und vor ihm blockierten Soldaten mit scharlachroten Uniformen den Weg.

Hölle und Verdammnis, er würde bis zum Tode kämpfen!

Keegan riss sein Schwert hoch, schwang es in weitem Bogen, trotzte tapfer den Infanteristen. Zorn tobte in ihm und vertrieb die Furcht. Er sah dem Tod ins Auge.

»Halt!«

Den scharfen Befehl hörten die englischen Soldaten ebenso wie Keegan. Er blickte auf und sah einen Offizier auf einem prächtigen kastanienbraunen Pferd. Unter einer goldbetressten Kopfbedeckung war das Gesicht des Offiziers vor Wut verzerrt. Die Spitze seines Säbels wies auf Keegan, doch er sprach zu seinen Männern.

»Ich will kein sinnloses Töten mehr.«

»Dieser verdammte Rebell ist ein Mörder«, entgegnete einer der getadelten Soldaten. »Wir säubern nur das Feld.«

»Ihr werdet nichts dergleichen tun, solange ich hier bin.« Jetzt widmete der Offizier seine Aufmerksamkeit Keegan. »Übergib dein Schwert.«

»Um mich abschlachten zu lassen? Ich denke nicht daran.«

»Dumme Worte nur Sekunden vor genau diesem Schicksal.«

»Ich werde als freier Mann sterben und meinen Vater vor euresgleichen schützen.«

Zum ersten Mal glitt der Blick des Offiziers zu dem alten Mann, der zusammengesunken an der Mauer hockte. »Du tust ihm nichts Gutes mit deinem Trotz.«

»Ich werde ihm nichts Gutes tun, indem ich mich ergebe.«

Der braune Hengst tänzelte nervös, offenbar begierig darauf, weiterzureiten. Der Offizier schien den Wunsch seines Pferdes zu teilen. »Übergib dein Schwert, und ich werde dafür sorgen, dass deinem Vater nichts angetan wird.«

»Ich habe nur das Wort eines Engländers«, erwiderte Keegan voller Verachtung.

»Aye, du hast das Wort Lord Foxworth Morgans.«

Er hätte das Wort des Engländers nie annehmen sollen.

Keegan ging die wenigen Schritte in seiner Gefängniszelle auf und ab und hämmerte mit der Faust gegen die schwere Holztür. Dies hatte er Lord Foxworth Morgan zu verdanken, weil er ihm geglaubt hatte. Eine Zelle im Gefängnis und ein Stelldichein mit dem Henker. Und die

Erinnerung daran, hilflos zuschauen zu müssen, während die Soldaten seinen Vater gefoltert und getötet hatten.

Keegan schloss die Augen vor der schmerzlichen Erinnerung. In dem Moment, in dem er sein Schwert übergeben hatte, war er von vier Soldaten gepackt und festgehalten worden. Ihr Gelächter hallte immer noch in seinen Ohren. Sie hatten den Laird mit ihren Bajonetten gequält, misshandelt und auf ihn eingestochen, bis nur noch sein blutiges Schottenplaid zu erkennen gewesen war.

Keegan wurde von einem trockenen Schluchzen erfasst. Er hatte keine Tränen mehr. Es war besser zu sterben und den Mann zu verwünschen, den er verflucht hatte, als die Briten ihren makabren Spaß mit seinem Vater gehabt hatten.

Lord Foxworth Morgan.

Keegan ließ sich zu Boden sinken und vergrub sein Gesicht zwischen den angewinkelten Knien. Wie viel besser wäre es gewesen, auf dem Schlachtfeld zu sterben. Für seinen Vater. Für ihn selbst.

Keegan spie in das Stroh, in dem es von Ungeziefer wimmelte. In den Monaten seit Culloden hatte er mit Gott gehadert, mit dem Schicksal, mit sich selbst und sogar mit seinem Vater, der für eine Sache gekämpft hatte, die zum Scheitern verurteilt gewesen war. In den langen, einsamen Tagen hatte er so gut wie möglich Frieden mit sich geschlossen, mit der Erinnerung an seinen Vater und mit Gott, der über ihn wachte.

Er hatte vergeben und sich damit abgefunden. Mit einer Ausnahme. Lord Foxworth Morgan. Er hätte das Schwert gegen den englischen Offizier einsetzen sollen, anstatt ihn beim Wort zu nehmen. Als Letztes in seinem Leben bedauerte er, dass er den britischen Lord nicht mit in die Hölle nehmen konnte.

Und wenn er jemals wieder die Chance bekäme, bei Gott, er würde ihn töten.

Keegan lachte bitter auf. Er hatte keine Chance mehr. Keine Wahl mehr. Er war von den englischen Gerichten schuldig gesprochen worden, und sobald die Sonne über der Themse aufgehen würde …

Das metallische Rasseln des Schlüssels im Schloss riss Keegan aus seinen trübseligen Gedanken. Er stemmte sich auf die Füße. Es war also so weit.

»Ihr könnt nicht mal bis zum Morgengrauen warten, wie?«, sagte Keegan, als der Wärter mit den wulstigen Lippen ihn aus der Zelle winkte. Der Mann hielt eine Laterne in einer Hand, eine Pistole in der anderen. Er sprach kein einziges Wort, während sie über den Korridor schritten, vorbei an der Stelle, wo für gewöhnlich ein Posten mit aufgepflanztem Bajonett stand. Keegans Zelle befand sich im zweiten von drei Stockwerken. Der Wärter führte ihn die Treppe hinunter in die Dunkelheit.

Am Fuß der Treppe wurde er nach links auf einen anderen Flur geschoben. Keegan ging weiter, bis er an die Tür am Ende des Flurs gelangte. Der schweigsame Gefängniswärter forderte Keegan mit einer Geste auf, beiseite zu treten, zog dann einen Schlüsselbund von seinem Gürtel und schloss auf. Das Portal schwang auf, und die Schwärze der Nacht gähnte Keegan entgegen. Und genauso schnell wurde er durch die Tür hinaus in die Dunkelheit geschoben.

»Was, zum Teufel …?«

Die Tür knallte zu, und der Wärter verschwand dahinter.

Keegan stand draußen.

Langsam wandte er sich um, versuchte die Finsternis mit Blicken zu durchdringen.

»Beeilt Euch, Monsieur Keegan. Ich habe den Wärter gut bezahlt, aber er ist offenbar kein loyaler Typ, und so können wir uns nicht darauf verlassen, dass …«

»François?« Keegan glaubte seinen Ohren nicht trauen zu können.

»Oui«, antwortete der kleine Franzose. »Jetzt müssen wir ...«

»Aber wie? Warum?«

»Ich bin Euer Diener, nicht wahr? Es ist meine Pflicht, Euch zu retten. Hier.« Er hielt Keegan zuerst eine Pistole und dann ein Schwert hin. »Wir sollten jetzt verschwinden. Ich habe arrangiert, dass uns ein Boot nach Frankreich bringt.«

»Frankreich?« Keegan, der die Waffen entgegengenommen hatte und seinem Retter gefolgt war, blieb abrupt stehen. »Ich will nach Schottland.«

»Non, non.« Keegan sah, wie sein Diener nervös gestikulierte. »Das ist keine gute Idee.«

»Aber mein Clan ist hier.«

»Non, non, Ihr müsst nach Frankreich reisen.« Seine Stimme, ein wenig schrill selbst in ruhigen Zeiten, wurde sogar noch schriller.

Es war sinnlos, mit François zu streiten. Das hatte Keegan in den drei Jahren gelernt, in denen der Mann für ihn arbeitete. Als sie zum Ende der Straße gelangten, wandte sich François in eine Richtung, Keegan in die andere.

»Monsieur, wohin wollt Ihr? Zu den Docks geht es hier lang.«

»Ich danke dir für die Rettung, aber ich kehre heim.« Keegan legte seinem Diener eine Hand auf die knochige Schulter. »Ich werde stets in Erinnerung behalten, was du für mich getan hast. Wenn ich in der Lage wäre, dich zu belohnen ...«

François zuckte mit den Schultern. »Ich habe Euer letztes Geld ausgegeben, um mit Bestechung Eure Freilassung zu erreichen.«

Es überraschte Keegan, dass überhaupt noch etwas Geld

übrig geblieben war. Aber als ihn der Ruf seines Vaters erreicht hatte, war er so schnell abgereist, dass er kaum Zeit gehabt hatte, François sein Ziel zu nennen. Er hatte das Angebot des Franzosen, ihn zu begleiten, abgelehnt, und er schüttelte auch jetzt den Kopf, als die Worte wiederholt wurden.

»Du bist besser allein dran, als mir hinterherzulaufen.« Doch selbst, nachdem er das gesagt hatte, folgte ihm der Franzose wie ein Hündchen, wies Keegan darauf hin, wie gefährlich es für ihn in Schottland sei und dass er das Land in aller Eile verlassen solle.

»François.« Keegan blieb schließlich stehen und duckte sich in die Schatten. »Ich kehre nach Schottland zurück.« Er hob die Hand, um dem Diener das Wort abzuschneiden. »Und ich will nichts mehr darüber hören.«

»Aber bevor ich gehe«, fuhr Keegan fort, und seine Miene nahm einen härteren Zug an, »muss ich jemanden in London besuchen.«

Der Tod seines Vaters würde nicht ungerächt bleiben.

2

September 1746
London

»Oh, meine liebe Lady Zoe. Warum seid Ihr nicht im Bett? Lest Ihr wieder? Hat nicht der gute Doktor gerade erst heute Morgen gesagt, wie wichtig Bettruhe für Euch ist? Und Gott weiß, dass es mitten in der Nacht ist. Allein die Luftfeuchtigkeit ... nun, man kann einfach nicht vorsichtig genug sein.« Margaret Phelps, lebenslange Zofe und Gesellschafterin von Lady Zoe Morgan, eilte zu ihrem Schützling. Als sie die Bibliothek durchquerte, verscheuchte sie unsichtbare teuflische Dunstschleier, wodurch die Kerze in ihrer Hand flackerte.

»Und auch noch ein offenes Fenster!« Miss Phelps' Kinn zitterte, als sie missbilligend ausstieß: »Gott weiß, dass dies Eure Genesung um vierzehn Tage zurückwerfen wird.« Sie stellte den Kerzenständer ab und atmete tief durch. Dann steckte sie den Kopf aus dem Flügelfenster und schloss es. »Was habt Ihr Euch nur dabei gedacht, Kind?«, sagte sie tadelnd und wandte sich zu Lady Zoe um. Sie zupfte ihre verrutschte Nachthaube zurecht, nahm Zoe das in Leder gebundene Buch aus der Hand und schüttelte missbilligend den Kopf, als ihr Blick auf den in Gold geprägten Titel fiel. »Ich kann einfach nicht verstehen, was Ihr an diesen Büchern so interessant findet.«

Zoe öffnete den Mund, um Miss Phelps zu erklären, wie das Lesen über die Welt, über diese Menschen, die stark und gesund genug waren, um ferne Länder zu erkunden, ihr das Gefühl gab, als sei sie nicht ans Haus gefesselt. Ihre Gedanken konnten reisen und neue Dinge sehen, auch wenn ihr armer, kranker Körper das nicht vermochte. Aber bevor sie ein Wort äußern konnte, sprach Miss Phelps hastig weiter.

»Nun lasst mich sehen, welcher Schaden angerichtet worden ist. Zum Glück habe ich einen leichten Schlaf, sonst hätte ich nie mitbekommen, dass Ihr nicht im Bett liegt.« Sie drückte ihre Handfläche auf Zoes Wange. »Du meine Güte, genau wie ich befürchtet habe. Ihr habt Fieber.«

»Ich fühle mich ein bisschen erhitzt, obwohl ich dieses Gefühl schon hatte, bevor ich nach unten ging«, wagte Zoe schließlich zu sagen.

»Umso mehr Grund, hinter den Vorhängen Eures Bettes zu bleiben. Oh, ich hoffe, Ihr holt Euch nicht den Tod.« Miss Phelps rang die Hände, bevor sie eine Hand von Zoe ergriff und über die bleichen Finger streichelte. »Sagt mir, Liebes, wo tut es weh? In Eurem Kopf?«

»Nein ... nun, vielleicht.« Ja, da war zweifellos ein leichter Schmerz hinter den Augen. »Und mir ist ein bisschen schwindelig.« Zoe lehnte sich gegen das Kissen des Sofas zurück und ließ sich die Stirn streicheln. Ihre grauen Augen weiteten sich. »Meinst du wirklich, ich werde diesmal sterben?«

»Nicht, wenn ich es verhindern kann, meine liebe Lady Zoe.« Miss Phelps strich eine lose braune Haarsträhne beiseite, die sich aus dem dicken Zopf ihrer Herrin gelöst hatte. »Oh, du meine Güte, wo ist Eure Nachthaube? Hier, Ihr müsst meine nehmen.« Miss Phelps riss sich die mit Spitze besetzte Haube vom Kopf und setzte sie Zoe auf. Sie war zu groß; die Rüschen verdeckten fast ihre Augen. »So, und nun sagt mir, was Euch sonst noch wehtut. Eure Brust?«

»Nein ... ja.« Zoe presste eine Hand auf ihre Herzgegend und holte tief Luft. »Ich kann mein Herz wie rasend schlagen spüren.«

»Oh, Liebes.« Miss Phelps schüttelte den grauen Kopf. »Was ist mit Euren Gliedern?«

Zoe zögerte mit einer Antwort. Bis vor einem Moment hatte sie geglaubt, sich prima zu fühlen. Wie glücklich sie war, dass Miss Phelps erwacht war, um ihr zu zeigen, wie sehr sie sich geirrt hatte. Dennoch war Zoe nicht begierig darauf, in ihr Zimmer zurückzukehren, wo das Feuer im Kamin mehr Hitze abgab, als in dieser Septembernacht erforderlich war. Die Luft draußen hatte sie angenehm kühl empfunden. Ein Jammer, dass der Dunst so schlimm für sie war.

Zoe seufzte, was Miss Phelps zu hektischer Aktivität veranlasste. Sie rieb Zoes Hand, hob die Füße Ihrer Ladyschaft vom Boden an und streckte ihre Beine auf der Fußbank aus.

»Soll ich einen der Diener wecken und Dr. Owen holen lassen?«

»Nein.« Zoe schloss die Augen. »Morgen wird sicherlich früh genug für seinen Besuch sein.«

»Seid Ihr Euch da ganz sicher, Lady Zoe? Wir sollten einfach kein Risiko eingehen. Nicht bei Eurer gesundheitlichen Verfassung. Was ist, wenn Ihr gerade heute Nacht Eurer Krankheit erliegen solltet?«

O Gott. Wenn Miss Phelps das so sagte, war sich Zoe nicht mehr sicher, ob sie überleben würde. Würde sie einfach hier auf dem Sofa ihr Leben aushauchen? Oder würde ihr Tod so entsetzlich schmerzvoll sein wie so viele, die Miss Phelps ihr beschrieben hatte? Zoe wagte kaum, tief zu atmen. »Wenn ich vielleicht ein bisschen Tee haben könnte ...«

»Ihr braucht kein Wort mehr zu sagen. Ich komme so schnell wie möglich zurück.« Die ältere Frau nahm den

Halter mit der Kerze und zögerte dann. »Ich kann Euch doch einen Moment allein lassen, nicht wahr?«

Zoe hob matt eine Hand zu ihrer Stirn. »Bitte beeil dich«, stöhnte sie. Als sie allein war, ließ sie den Arm auf ihre Brust fallen. Sie atmete tief ein und aus, zählte dabei jeden Atemzug und hoffte, dass es nicht ihr letzter sein würde. Sie war so schwach, so ...

Ein lautes Krachen veranlasste Zoe, vor Schreck aufzuspringen. Sie stieß einen erstickten Laut aus, die Augen weit aufgerissen, und starrte den wild aussehenden Mann an, der soeben durch das Fenster der Bibliothek hereingestürzt war.

Er stand inmitten von Glasscherben, sein dunkles Haar war lang, ein Bart bedeckte das meiste der unteren Gesichtspartie, und er trug Kleidung, die selbst von einem Lumpensammler verschmäht worden wäre. Anscheinend war er fast ebenso überrascht über die Begegnung wie sie.

Doch er gewann als Erster seine Fassung wieder. Schwungvoll hob er ein Schwert, das größer war als jedes, das Zoe jemals gesehen hatte, und richtete es auf sie.

»Wo ist er?« Seine Frage klang zornig, sein Akzent war der des schottischen Hochlands.

»Ich ...« Zoe brachte nicht mehr als ein Wimmern heraus. »Ich weiß nicht, wen Ihr meint.«

»Ich weiß, dass dies das Haus von Lord Foxworth Morgan ist. Ihn will ich.« Die Augen des Mannes verengten sich zu Schlitzen, und er musterte Zoe von ihrer spitzenbesetzten Nachthaube bis zu den Pantoffeln, die unter ihrem Morgenrock hervorlugten. »Wer seid Ihr? Seine Mätresse?«

»Gewiss nicht.«

»Das habe ich auch bezweifelt.« Er trat aggressiv einen Schritt auf sie zu, dann einen weiteren. Ihr werdet mich zur

Kammer Seiner Lordschaft begleiten, wenn es Euch nichts ausmacht.« Zoe versuchte, zurückzuweichen, doch die Fußbank war im Weg. Außerdem war er schneller als sie, packte sie am Arm und riss sie zu sich. »Lasst mich los. Ich gehe nirgendwo mit Euch hin.« Tapfere Worte, doch leider nutzlos bei dem wilden Mann, der sie zur Tür zerrte, die zur Halle führt. »Er ist nicht da. Fox ist nicht da«, brachte Zoe schließlich heraus.

Diese Erklärung ließ den wilden Mann verharren.

»Ich weiß aus zuverlässiger Quelle, dass er da ist.« Sicherlich, es war vierzehn Tage her, seit Keegan während seines Prozesses erfahren hatte, dass Morgan nach London zurückgekehrt war, aber er hatte gehofft, dass er sich immer noch hier aufhielt.

»Nun, Ihr irrt Euch. Er ist fort.« Zoe wandte sich um und starrte dem Mann in die Augen. Seinem intensiven Blick konnte sie kaum standhalten.

Keegan streckte gerade die Hand nach dem Türgriff aus Messing aus, als die Tür geöffnet wurde.

»Um Himmels Willen!« Erschreckt ließ Miss Phelps das Silbertablett aus den Händen fallen. Es fiel scheppernd zu Boden, und der Tee ergoss sich über den Teppich. Dann wurde der älteren Frau klar, was sie gesehen hatte, und sie stieß einen gellenden Schrei aus.

»Seid still, wenn Ihr nicht wollt, dass ich damit das Mädchen in Stücke schneide.« Keegan hob das zweischneidige Schwert an.

»O Gott, tut Lady Zoe nichts an. Bitte!«

Das Breitschwert senkte sich langsam herab. »Ah, Lady Zoe ist das.« Er starrte die ältere Frau an. »Morgans Frau?«

»Guter Gott, nein. Lady Zoe ist die Schwester Seiner Lordschaft. Sie ist ein liebes, süßes Mädchen, das anfällig für …«

»Ich bin sicher, dass sie das ist«. Keegan schob sich an der alten Frau vorbei, die am Rande einer Ohnmacht zu sein schien. Gott rette mich vor blöden Weibern, dachte er.

»Wohin bringt Ihr sie? Nein, nicht!«

Die alte Frau klammerte sich an seine Arme, ihre Hände waren wie Schraubstöcke. »Was, zum Teufel, soll das?« fuhr er sie an.

»Ich werde nicht zulassen, dass Ihr Lady Zoe etwas antut!«

»Er will Fox«, brachte Zoe heraus. Das Schwert hob sich jedes Mal, wenn Miss Phelps an seinem Arm zerrte, ein wenig höher dicht an ihrem Körper. »Sag ihm, dass er nicht da ist.«

»Ja, ja, das stimmt. Er ist abgereist nach ...«

»Miss Phelps!« Zoes Ruf brachte ihre Gesellschafterin mitten im Satz zum Verstummen. »Wir wissen nicht, wo er ist«, beendete sie den angefangenen Satz.

»Aye, und ich bin der König von England. Ihr seid Lügner, wenn mich nicht alles täuscht.« Keegan schüttelte die alte Frau von sich ab. »Nehmt jetzt diese Kerze«, befahl er der jüngeren Frau. Ihr, alte Frau, in die Bibliothek mit Euch und seid still, wenn Ihr nicht wollt, dass Euer süßer Schützling von einem verrückten Schotten geschändet wird.«

»O Gott, bitte! Rührt sie nicht an! Sie ist ...«

Keegan knallte die Tür zu, erstickte ihren wimmernden Protest und wandte sich seiner Gefangenen zu. »Sollen wir?«

»Ich werde Euch nicht sagen, wo er ist.«

»So?«

Das Schwert senkte sich auf ihre Kehle, und Zoe unterdrückte einen Aufschrei. Sie hätte ihn nicht unterdrückt, wenn sie gedacht hätte, dass Schreien ihr etwas nutzen würde. Aber selbst wenn die Dienerschaft sie hören konnte –

was sie bezweifelte –, hätte es keiner mit diesem Barbaren aufnehmen und gegen ihn bestehen können.

Zoe versuchte, das Glänzen der Schwertklinge im Kerzenlicht zu ignorieren. »Ich verlange, dass Ihr mein Haus verlasst.«

Sie glaubte, ein leichtes Heben seiner Mundwinkel zu sehen. Zweifellos hob er eine Augenbraue. »Ihr verlangt? Ich bin derjenige, der hier die Forderungen stellt.« Er hob das Ende des Zopfes an, der über Zoes Schulter gefallen war. »Kommt her.«

Nicht gerade sanft zog er sie hinter sich her zur Treppe. An deren Fuß blieb er stehen und zog Zoe vor sich.

»Lord Foxworth Morgan«, brüllte er, dass es von den Wänden widerhallte. »Hier ist Keegan MacLeod. Ich habe deine Schwester hier. Wenn du kein dreckiger Feigling bist, komm runter und stell dich!«

Die Antwort auf seine Worte war nur Schweigen.

»Du feiger Hundesohn!«

»Ich habe Euch gesagt, dass er nicht da ist.« Zoe konnte sein keuchendes Atmen hören, seine Wut spüren.

»Wo ist er dann? Du da ...« schrie Keegan einen Mann der Gruppe von Bediensteten an, die von dem Gebrüll wach geworden waren und sich jetzt am Treppengeländer in Höhe der zweiten Etage drängten. »Du mit der Kerze, tritt vor. Wenn du nicht willst, dass deine Herrin durch meine Hand stirbt, erzählst du mir, wo Seine Lordschaft ist.«

»Sie wissen es nicht.« Zoe wand sich aus seiner Umklammerung und wandte sich ihm mit blitzenden Augen zu. »Fox reist oftmals für vierzehn Tage oder länger fort. Er könnte überall sein.«

»Und ich sage Euch, dass ich Euch kein Wort glaube. Er ist Euer Bruder, und Ihr wisst angeblich nicht, wo er sich aufhält?«

»So ist es«, keuchte Zoe. Sie zuckte zusammen, denn er

führte die Schwertspitze langsam an ihrem Nachthemd hoch. Als sie ihr Kinn erreichte, hielt er inne.

»Ich will die Wahrheit hören. Auf der Stelle!«

Er würde sie umbringen. Zoe war überzeugt davon; sie glaubte die Entschlossenheit in seinen Augen zu sehen. Sie versuchte zu atmen und konnte es nicht. Versuchte zu denken und war ebenfalls nicht in der Lage dazu. Die Worte, die sie schließlich herausbrachte, waren mehr aus dem Gefühl heraus geboren als aus der Vernunft, mehr Wahrheit als Lüge. »Er ist in Schottland.«

»Schottland?« Er verlagerte seine Haltung, hielt die Schwertspitze jedoch weiterhin an ihrem Kinn. »Ich hatte den Eindruck, er hat seine Einheit verlassen.«

»Kurz, ja. Aber er ist zurückgekehrt.« Sollte dieser Verrückte doch Fox mitten in seinem Regiment suchen. In Wahrheit war sich Zoe nicht sicher, wo Fox sich aufhielt. Doch wenn er in Schottland war, würden die tapferen Männer des Königs diesem Schuft das Herz herausschneiden.

Hölle und Verdammnis! Keegan ließ das Schwert sinken. Er hatte gehofft, Morgan hier zu finden, um diese Sache vor seiner Rückkehr ins Hochland hinter sich zu bringen. Er wollte nur mit Foxworth Morgan abrechnen. Er plante nicht einmal, ihn zu töten. Nicht sofort. Er würde dem Bastard sein Schwert lassen und ihm die Chance zum Kampf geben, was viel mehr war als das, was der Engländer Keegans Vater gewährt hatte.

»Ich habe es Euch gesagt. Und nun geht.« Die Tatsache, dass sie den kalten Stahl nicht mehr an der Kehle spürte, beflügelte ihre Worte.

»Ich werde gehen, in Ordnung, aber ich zweifle an Eurer Glaubwürdigkeit.«

»Er ist in Schottland, das habe ich Euch doch gesagt.« Zoe plante bereits, wie sie ihren Bruder informieren konnte, wenn er zu seinem Regiment zurückgekehrt war.

»Ja, das habt Ihr. Und vielleicht ist er auch dort. Aber Schottland ist ein großes Land, und ich will nicht, dass sich Euer lieber Bruder, dieses Miststück, vor mir verkriecht.«

»Das wird er niemals tun.«

»Vielleicht nicht aus eigenem Antrieb.« Keegan ließ das Schwert noch weiter sinken. »Aber wenn er einen Tipp erhält, könnte er sich verstecken.« Keegan traf eine schnelle Entscheidung, packte Zoe und zerrte sie zurück zur Bibliothek.

Als er durch die Tür stürmte, sah er die alte Frau auf der Kante eines Stuhls stehen und sich verrenken, um an eine Pistole zu gelangen, die zur Dekoration an der Wand über dem Kamin hing.

Keegan ignorierte die Alte – er bezweifelte, dass sie mit der Waffe umzugehen verstand, selbst wenn sie geladen war. Er gab ihr eine Botschaft. »Wenn Lord Foxworth hierhin zurückkehren sollte, sagt Ihm, dass Keegan MacLeod seine Schwester hat.«

»Nein! Das kann nicht Euer Ernst sein. Ich kann nicht mit Euch gehen. Das werde ich nicht tun!« Zoe versuchte, sich aus einer Umklammerung zu befreien, doch er hielt sie nur noch fester.

»Sagt ihm, dass er allein zum Schloss MacLeod kommen soll, wenn er seine Schwester lebend wiedersehen will.«

»Nein, sag ihm das nicht, dieses Monster wird ihn töten. Sag es nicht!«

»Es ist mir ernst, alte Frau.« Keegan richtete das Schwert auf sie, um seinen Worten Nachdruck zu verleihen. »Eure charmante Lady Zoe hier wird sonst durch meine Hand sterben. Und es wird ein langer, schmerzvoller Tod sein. Denkt daran, dass ihr Leben in Euren Händen liegt.«

Damit packte Keegan seine Gefangene, warf die sich wehrende und schreiende Zoe über seine Schulter und kletterte durch das zerbrochene Fenster hinaus. Er glaubte noch etwas wie »tödliche Dünste« von der alten Frau zu hören, schenkte ihrem Gejammer jedoch keine Beachtung.

Zoe hatte die Kerze fallen lassen, als er sie auf seine Schulter gewuchtete hatte, und so konzentrierte Keegan die Energie, die er nicht brauchte, um den zappelnden Körper auf seiner Schulter zu halten, auf das Suchen des Weges durch den dunklen Garten. »Seid still und hört auf zu zappeln!« Ihr ständiges Gekreische ging ihm auf die Nerven.

»Neeeiin!«

»Dann möchtet Ihr vielleicht, dass ich Euch fallen lasse.« Diese Drohung brachte sie vorübergehend zum Verstummen.

»Autsch. Verdammt!« Keegan spürte die Stacheln eines Rosenstrauches, bevor er den süßen Rosenduft wahrnahm. Dornen schrammten über seinen Arm, und er riss sein Schwert hoch und hieb wütend in den Strauch. Lord Foxworth konnte also einen zerstörten Rosenstrauch der Liste der Anklagen gegen Keegan hinzufügen. Doch eigentlich sollte das, was er auf der Schulter hielt ausreichen.

An der Gartenpforte wurde Keegan mit einem weiteren Problem konfrontiert. Mit einem, das er vorübergehend vergessen hatte.

»Monsieur Keegan, was habt Ihr denn da?«

Keegan schnitt eine Grimasse und wandte sich dann in die Richtung, aus der Francois' Stimme erklungen war. »Im Augenblick habe ich keine Zeit für Erklärungen.« Aus den Fenstern des Hauses fiel jetzt Lichtschein. Die Diener waren alarmiert. Einer würde bestimmt zum Constabler rennen. Keegan musste vom St. James Square verschwinden.

»Aber Monsieur Keegan ...«

»Um Himmels willen, François!«

»Helft mir! Wenn Ihr auch nur ein bisschen christliche Nächstenliebe in Euch habt, helft mir!« Zoe verrenkte sich fast den Kopf, um nach dem Neuankömmling Ausschau zu halten. Ein Blick, und ihre Hoffnung war dahin. Dieser kleine Mann konnte nichts gegen den verrückten Schotten ausrichten ... selbst wenn er es wollte. Was offensichtlich nicht der Fall war, denn anstatt sich dem wilden Mann wenigstens verbal zu widersetzen, folgte er ihm wie ein Hündchen, als sie in die Gasse einbogen.

Dort gab es nur wenig Licht, doch Keegan, gefolgt von François, hielt sich trotzdem in den Schatten und durchquerte die Gassen, die ostwärts zum Trafalgar Square führten. Er hatte fast drei Jahre lang in London gelebt und in dieser Zeit das Gesellschaftsleben der Langeweile von Castle MacLeod oder der Trostlosigkeit von Edinburgh vorgezogen. So kannte er sich in London aus.

Als Sohn eines Gutsherrn, obendrein eines wohlhabenden, hatte Keegan viel Zeit in den Häusern von Aristokraten verbracht. Er war beliebt ... oder war es gewesen und hatte oftmals das Haus von Henry Elliot, dem Marquis of Stangmore, besucht, an dessen Londoner Wohnsitz sie jetzt vorbeieilten.

Zum Glück hatte Keegan sich auch mit der schäbigeren Seite von London vertraut gemacht. Denn er bezweifelte, dass der gute alte Henry ihn mit offenen Armen willkommen heißen würde, auch nicht, wenn er Lord Foxworth' Schwester auf der Schulter trug.

Wie um ihn daran zu erinnern, dass sie noch da war, begann Zoe mit ihren Fäusten auf seine Schultern zu trommeln. »Ich bekomme kaum Luft«, jammerte sie.

»Ich lasse Euch runter, wenn Ihr versprecht, ruhig zu sein«, sagte er, und sie hörte sofort auf, ihn mit den Fäusten zu bearbeiten.

Im Windschatten eines Gebäudes ließ Keegan Lady Zoe von seiner Schulter gleiten, bis ihre Füße den Boden berührten. »Ihr werdet jetzt nicht schreien, oder?«

Zoe konnte nur den Kopf schütteln. Und sofort wurde ihr klar, dass sie das nicht hätte tun sollen. Sie fühlte sich benommen und schwindelig. »Ich ... ich glaube, ich werde ohnmächtig.«

Er wirkte nicht im Geringsten besorgt, doch seine Hand umklammerte ihren Arm. »Reißt Euch zusammen«, war alles, was ihr Entführer sagte. Es klang wie ein Befehl.

Zoe war sich nicht sicher, ob sie gehorchen konnte. »Aber es geht nicht.« Sie blickte zu dem anderen Mann, der die Hände rang und sich dann an die Wand hinter ihr lehnte. »Mein Kopf schmerzt so. Ich habe das Gefühl, er wird explodieren.«

»Monsieur Keegan, Ihr müsst etwas unternehmen!«, drängte Francois.

»Das liegt nur daran, dass ich sie mit dem Kopf nach unten getragen habe«, sagte Keegan zu seinem Diener und schnellte dann zu Zoe herum. Wütend starrte er sie an. »Und wenn Ihr nicht wieder so getragen werden wollt, haltet den Mund und reißt Euch zusammen.«

»Aber ich ...«

Selbst in der fast völligen Dunkelheit konnte sie die Intensität seines Blickes spüren.

Zoe holte tief Luft und sagte nichts mehr. Irgendwie musste sie diesem Verrückten entkommen und ihren Bruder warnen. Und um das zu können, musste sie am Leben bleiben.

Dass sie noch lebte, kam ihr wie ein Wunder vor. Ihr Herz war schwach. Ihr Gemüt war nie ganz ausgeglichen. Warum sie nicht tot umgefallen war, als der Schotte durch ihr Fenster gesprungen war, blieb ihr ein Rätsel. Aber bis jetzt hatte sie überlebt. Und jetzt war ihr Ziel klar. Zumindest, bis ihr die Luft knapp wurde. Mein Gott, der Mann rannte fast durch Straßen und Hintergassen. Er wirkte kaum außer Atem, während Zoe und der Franzose Mühe hatten, mit ihm Schritt zu halten.

»Autsch. Oh.«

»Was ist denn jetzt?« Keegan stoppte abrupt. Das Mädchen war jäh stehen geblieben und humpelte auf einem Bein. »Was, zur Hölle, ist mit Euch los?«

»Mein Knöchel.« Zoe versuchte, tapfer zu sein, doch Tränen kullerten ihre Wangen herab. »Ich befürchte, er ist gebrochen.«

Sie erwartete wenigstens ein bisschen Mitleid, doch sie erhielt keines. Stattdessen trat der schreckliche Mann auf sie zu und riss ihr Nachthemd hoch. Ohne auch nur um Erlaubnis zu bitten, umfasste er mit seiner großen Hand ihren Knöchel, drückte dort, tastete hier und drehte da.

»Es ist nichts gebrochen«, erklärte er, als er sich aufrichtete.

»Aber es tut weh.«

»Hölle und Verdammnis«, murmelte Keegan. »Könnt Ihr auf dem Bein stehen?«

Versuchsweise setzte Zoe den Fuß auf den Boden, sorgfältig darauf bedacht, das Bein nur ein wenig zu belasten. »Ich bin mir nicht sicher. Vielleicht, wenn ich einen Stock hätte.«

»Ich sehe im Moment hier nirgendwo einen.«

»Nun, ja. Meint Ihr, ich könnte einen Augenblick ausruhen?«

»Eure majestätische Lordschaft«, begann Keegan und presste die Zähne aufeinander. »Es ist vielleicht Eurer Aufmerksamkeit entgangen, aber wir sind hier nicht auf einem gemächlichen Spaziergang im Park von Coventry.« Er konnte seinen Zorn kaum noch unterdrücken. »Wenn Ihr also nicht wieder über meine Schulter geworfen werden wollt...«

»Da bekomme ich Kopfschmerzen.«

»Aye, dann kommt.«

Zoe befolgte schnell seinen Befehl.

Er hielt eine Hand von ihr fest. Mit der anderen raffte sie ihre Röcke, während sie humpelnd weiterhastete. Der Franzose bildete den Schluss.

»Wohin gehen wir?«, fragte Zoe. Hatte er vor, die ganze Nacht herumzuwandern? Zoe hatte sich nie vorgestellt, dass eine Entführung – die sie sich natürlich nicht wirklich vorgestellt hatte – so unangenehm sein konnte. Bei diesem Tempo würde ihr Herz sicherlich bald versagen, und ihr lieber Bruder würde der Gnade dieses Barbaren ausgeliefert sein.

Es überraschte Zoe nicht, dass er keine Antwort auf ihre Frage gab. Seit dem Zwischenfall mit ihrem Knöchel hatte er jedes Stöhnen und jede Klage von ihr ignoriert, ebenso die Fragen des Franzosen. Aber sie war genauso schockiert wie er es zu sein schien, als sie in eine Seitengasse sprangen, um einer Kutsche auszuweichen. Sofort wurden sie von einer Horde von Menschen verschluckt. In der Gasse wimmelte es von Leuten, die aus den Schenken und Lokalen längs der Straße strömten. Einige trugen Fackeln, und bei dem plötzlichen Licht musste Zoe blinzeln.

»Seid still, wenn Ihr wisst, was gut für Euch ist«, sagte ihr Entführer. Dann machte er kehrt, wich fort von der Menge, die sich anscheinend zechend, lachend und singend amüsiert hatte. Aber es herrschte ein solches Gewühl, dass er es nicht schaffte, sich mit seiner Gefangenen und dem Franzosen abzusetzen.

Was Zoe anbetraf, so war sie einfach überwältigt. Bis ein Wunder geschah. Gerade noch hatte der Schotte ihren Arm umklammert wie ein Schraubstock, im nächsten Moment wurde sie von ihm fortgerissen. Das Gesicht, das plötzlich auf sie hinabstarrte, war schmutzig und fast zahnlos, aber es war wenigstens nicht das des wilden Mannes, der ihrem Bruder etwas antun wollte.

»Helft mir«, bat Zoe den verkommenen Kerl, dessen fauliger Atem ihr entgegenschlug, dass es ihr fast übel wurde. »Bitte, helft mir. Ich bin Lady Zoe Morgan vom St. James Square. Dieser Mann hat mich entführt. Ich gebe Euch Geld, wenn Ihr ...«

In diesem Augenblick schob sich das Objekt ihrer Klage zwischen sie und ihren Retter. »Nein, nein!«, stieß sie hervor. »Dies ist der Mann, der mich entführt hat. Ich bin ...«

»... ein bisschen irre«, vollendete Keegan für sie und tippte sich bezeichnend an die Stirn. »Aber ich führe sie ein wenig herum, aus den offenkundigen Gründen.« Er umklammerte ihre Hand.

»Zweifellos aus den gleichen, an die *ich* denke«, hörte Zoe ihren »Retter« sagen. Seine Stimme klang lallend. »Was hältst du davon, wenn wir sie uns teilen und gemeinsam unseren Spaß mit ihr haben?«

»Glaubt ihm nicht! Ich bin nicht irre. Ich bin Lady Zoe ...«

»Teilen klingt gut für mich. Sie wird mir ein bisschen langweilig mit ihren Spinnereien«, sagte Keegan. Der Mann vor ihm war offenbar vollgefüllt mit Gin, wie die meisten der anderen Nachtschwärmer, von denen einige ein bisschen zu interessiert zu sein schienen, als Zoe beharrte, wohlhabend zu sein.

»Teilen?« Zoe spürte, wie ihr das Blut in die Wangen stieg. Das war's dann. Das war der Moment, in dem sie in Ohnmacht fallen würde. Sie würde inmitten einer Horde von stinkenden Säufern und Lüstlingen ihr Leben aushauchen. Das hatte sie sich irgendwie nie so vorgestellt.

»Weißt du was, wenn ich's mir recht überlege, behalte ich sie für mich selbst«, sagte Keegan, als die Menschenmenge auf einen kleinen Platz strömte. Jetzt hatte er Bewegungsfreiheit. Er stürzte von dem Mann fort, zerrte Zoe mit sich und tauchte in die Dunkelheit zwischen zwei Gebäuden. Er konnte nur hoffen, dass François ihnen folgte.

Keegan trat in einen Hauseingang und zog sein Schwert.

»Nein, bitte, tötet mich nicht!«

»Haltet den Mund.« Keegan schob seine Gefangene hinter sich und wartete auf das Geräusch von eilig nahenden Schritten. Es blieb still. »Nun, anscheinend hat Euer Bewunderer keine Lust auf einen nächtlichen Lauf.« Keegan schob das Schwert wieder in die Scheide. »Nicht, dass ich ihm das sehr übel nehme. Gott, ich hätte Euch ihm einfach überlassen sollen.«

»Mich ihm überlassen? Er hätte mich vor Euresgleichen gerettet.«

»Er hätte sich seinen Spaß mit Euch gemacht, Euch ausgeraubt und Euch dann die Kehle durchgeschnitten.« Keegan spürte, wie sie erschauerte. »Vergesst nicht, Ihr seid nicht mehr am St. James Square.«

Zoes Haltung straffte sich. »Aber schließlich habt Ihr ja das Gleiche mit mir vor.«

»Da irrt Ihr Euch, Eure Lordschaft.« Keegan verließ die relative Sicherheit des Hauseingangs. »Ich habe nicht vor, Euch auszurauben, und auch nicht den Wunsch, mich mit Euch zu vergnügen. Und was das Aufschlitzen Eurer Kehle anbetrifft, werde ich das nur tun, wenn Ihr mir noch mehr Schwierigkeiten macht.«

»Ihr seid ein Barbar!«

»Da habt Ihr leider Recht.« Keegan zog sein Schwert aus der Scheide, weil er Schritte wahrnahm, doch er ließ es sinken, als er den mit einer Perücke bedeckten Kopf seines Dieners erkannte. »Aber es sind Euer Bruder und seinesgleichen, die den Mann geprägt haben, den Ihr jetzt vor Euch seht.«

»Das kann ich nicht glauben. Mein Bruder ist ein ehrbarer …«

»Ha!«

»Was meint Ihr damit?« Zoe beeilte sich, mit ihm Schritt zu halten, denn er hastete weiter. »Fox ist ein Gentleman und ein hervorragender Offizier. Er erhielt eine Belobigung vom Bruder des Königs für seine Tapferkeit während des gegenwärtigen Aufstands.«

»Oh, erhielt er?« Keegan blieb so abrupt stehen, dass seine Gefangene gegen seinen Rücken prallte. »Nun, es passt zu den Briten, einen Mann zu belobigen, der wehrlose alte Männer abschlachten lässt. Frauen und Kinder ebenfalls, was das anbetrifft.«

»Fox würde niemals …«

»Ihr kennt Euren Bruder offenbar nicht so gut, wie es der Fall sein sollte. Los, kommt jetzt mit.«

»Ich kann nicht.« Zoe wich zurück, als er sie packen und sich über die Schulter werfen wollte. »Nein, bitte. Ihr könntet mich ebenso gut töten, als mich so mitzuschleppen.«

»Gott, Ihr seid ein Jammerlappen.« Keegan seufzte. Er hatte vorgehabt, heute Nacht so weit von der Stadt fortzukommen wie möglich, aber bei Gott, er war müde und hungrig – und er brauchte andere Kleidung als die Lumpen, die er trug. Françis schaute ihn an, als sei er bereit, ihm zu widersprechen. Und Gott wusste, dass seine Gefangene nichts als Probleme machte.

Vielleicht waren ein paar Stunden Ruhepause das Klügste. Keegan schaute sich um und versuchte, sich zu orientieren. Sie waren nahe bei der Pall Mall. Ein Lächeln erhellte seine Züge. »Kommt mit.«

»Ich kann wirklich nicht«, stöhnte Zoe.

»Ich finde auch, eine kurze Pause wäre das Richtige, Monsieur Keegan«, sagte Françis.

»Es ist nicht weit, dann könnt ihr beide ein bisschen ausruhen.«

Keegan schlüpfte hinter das Gebäude der Pall Mall Nr. 32 und klopfte an die Hintertür.

»Wer wohnt dort? Wo sind wir?«

Keegan ignorierte Zoes Fragen und gab sich zu erkennen, bevor der Hüne von Mann, der die Tür öffnete, sie ihm vor der Nase zuknallen konnte.

»Master Keegan?«

Im flackernden Licht der Kerze wirkte der Hüne verblüfft.

»Aye, Ripley, ich bin's, und du wirst mich einfach beim Wort nehmen müssen, bis ich mich rasieren kann. Ist Mrs Salinger da?«

»Ja, aber sie liegt im Bett.« Der Hüne wich zurück, als Keegan Françoìs über die Schwelle ins Haus schob. Keegan folgte und zog Zoe hinter sich her. Ripley musterte sie mit dem gleichen Misstrauen, mit dem er zuvor Keegan betrachtet hatte.

»Weck sie auf«, war alles, was Keegan sagte, als er durch die Halle voran in ein Wohnzimmer ging.

Nach dem, was Zoe sah, war dieses Haus so gut eingerichtet wie das ihres Bruders am St. James Square. Hoffnung keimte in ihr auf. »Wer wohnt hier?« Wenn es ein Mitglied des Adels war, was natürlich der Fall sein musste, würde sie ihre Geschichte erzählen und diese Hölle beenden. Vielleicht würde sie unter Miss Phelps Obhut und ein paar Wochen Bettruhe diese schwere Prüfung überleben.

Unterdessen sank Zoe halb ohnmächtig in den nächsten Sessel. Ihr Entführer schien nicht zur Kenntnis zu nehmen, dass sie einer Ohnmacht nahe war. Er schenkte sich Portwein in ein Glas und ließ ihn sich schmecken. Zoe spielte mit dem Gedanken, zu versuchen, aus dem Wohnzimmer zu schleichen, während er ihr den Rücken zuwandte, doch sie war so schrecklich müde. Außerdem, sobald der Besitzer des Hauses auftauchte ...

Katherine Salinger betrat das Wohnzimmer in einer Fülle fließender Seide. »Keegan?« Sie eilte auf ihn zu, verharrte dann abrupt, als er sich umwandte. »O mein Gott, du bist es. Obwohl du kaum zu erkennen bist.« Sie lachte. Ein wohlklingender Laut, der Zoe an das Klingeln von silbernen Glöckchen erinnerte. »Ich hatte schon befürchtet, einer meiner Kunden würde darauf bestehen, dass wir heute zuschauen, wie du aufgehängt wirst.«

Aufgehängt? Zoe holte scharf Luft, und zwei Augen blickten sie an.

»Ah, wen haben wir denn da?« Katherine schritt graziös auf den Sessel zu, in dem Zoe saß. »Hast du mir ein neues Mädchen mitgebracht?«

Ihr Entführer schien diese Frage zu ignorieren. Er stellte sie einfach Mrs Salinger vor. Zoe nahm an, sie sollte etwas erwidern, doch sie war einfach zu müde. Außerdem war sie nicht völlig naiv. Ihr war soeben klar geworden, in welcher Art Haus sie sich befand.

3

»Meinst du, es ist ein Zimmer frei, in dem Lady Zoe ausruhen kann?« Keegan wies mit seinem Weinglas zu Zoe. »Ein Raum, in dem sie nicht gestört wird?«, fügte er hinzu und hob die dunklen Augenbrauen. Ripley hatte sich sofort nach ihrem Eintreffen in Richtung Hinterzimmer entfernt und François mitgenommen. Keegan verfluchte ihn jetzt im Stillen, weil er sich nicht zuerst um diese kleine Einzelheit gekümmert hatte.

Wortlos ging Kate zum Kamin und zog daneben an der Klingelschnur. »Wir sind es nicht gewohnt, Ladys aufzunehmen, aber wir werden bestimmt etwas finden können.«

»Es wäre gut, wenn das Fenster hoch genug vom Erdboden entfernt wäre, damit man gar nicht erst in Versuchung gerät.« Sein Blick glitt zu Zoe. »Wäre doch eine Schande, wenn sie aus dem Fenster fallen und zu Tode stürzen würde.«

»Habe ich Recht mit der Annahme, dass deine ... dein Gast dich nicht ganz freiwillig begleitet?«, fragte Kate, als die Tür geöffnet wurde und Ripley eintrat.

Es reichte Zoe. Es war ihr gleichgültig, dass sie so müde war und sich kaum bewegen konnte. Sie konnte es nicht ausstehen, dass man über sie redete, als wäre sie gar nicht anwesend. »Ich wurde aus meinem Haus entführt von diesem ... diesem Barbaren«, sagte sie und zwang sich, ihren erschöpften Körper kerzengerade aufzurichten. »Wenn Ihr auch nur eine Spur von Barmherzigkeit habt, dann müsst

Ihr dafür sorgen, dass Gerechtigkeit geschieht. Lasst mich in mein Haus zurückbringen.«

Zoe atmete tief durch und änderte dann ihre Taktik. Die Miene der anderen Frau ließ darauf schließen, dass Barmherzigkeit nichts war, nach dem sie sich verzehrte. »Ich zahle Euch hundert Pfund.« Immer noch keine Reaktion. »Zweihundert.« Zoe sprang auf. »Fünfhundert.«

»Um Himmels willen, Kate, nimm entweder ihr Bestechungsgeld an oder sag ihr, dass du darauf pfeifst.«

Sein Tonfall und die herablassende Art, mit der er das Glas an seine Lippen hob, verrieten Zoe, was sie von Anfang an hätte wissen sollen. Das Scheusal war nicht im Geringsten besorgt, dass sie in diesem Haus irgendjemanden überreden konnte, ihr zu helfen. Mit einem resignierten Seufzen ließ sie sich wieder in den Sessel plumpsen.

Das musste komisch ausgesehen haben, denn die Frau lachte, ein tiefer, wohlklingender Laut, der an Zoes überstrapazierten Nerven zerrte. Aber schlimmer noch, der wilde Mann presste die Lippen aufeinander und schüttelte angewidert den Kopf.

»Nun, Keegan, du hast sie unterbrochen, und es begann gerade, interessant zu werden. Was meinst du, wie hoch sie gegangen wäre?«

»Hast du ein Zimmer für sie oder nicht?« Er schien nicht mehr an müßigem Geplauder interessiert zu sein.

Kate zuckte nur die Achseln und wies Ripley an, sie in ein Zimmer im obersten Geschoss zu bringen.

»Ich werde nicht dorthin gehen.« Zoe umklammerte die Sessellehnen und beobachtete besorgt, wie der Barbar tief Luft holte.

»Wenn sie dir irgendwelche Probleme macht, dann wirf sie dir über die Schulter.«

»Nein!« Zoe grub die Finger tiefer in den Stoff des Sessels.

»Sie ist ein bisschen schwächlich, pass gut auf. Es wäre ein Jammer, sie auf den Kopf fallen zu lassen.«

Die Warnung war nur zu klar. Zoe stemmte sich aus dem Sessel, bevor Ripley, der völlig entschlossen zu sein schien, die Anweisungen des Schotten zu befolgen, sie hinauftragen und fallen lassen konnte. »Also gut. Ich gehe«, sagte sie mit so viel Würde, wie sie unter den gegebenen Umständen aufbringen konnte. Als sie das Wohnzimmer verließ, hörte sie, wie ihr Entführer Ripley daran erinnerte, nicht zu vergessen, sie einzuschließen.

Kate wartete, bis die Tür geschlossen war. Dann schenkte sie Keegan Portwein ein. »Wer ist sie?«

»Das, was sie gesagt hat.« Keegan trank. »Ein Mädchen, das ich entführt habe.«

»Oh, das habe ich ihr geglaubt. Ich frage mich nur, *warum* du sie entführt hast.«

»Die Zeiten sind hart und manchmal zum Verzweifeln.«

Kate neigte sich ihm zu. »Ja, aber ich habe dich niemals *so* verzweifelt erlebt.«

Keegan lachte und ließ seine Hand über Kates Schlüsselbein gleiten. »Aye, aber nicht alles geht um die Liebe.«

Kate hielt seine Hand fest und schob sie auf ihren Busen. »Sonderbare Worte aus deinem Munde.« Als er nicht auf ihre Einladung reagierte, sondern weiterhin in seinen Wein starrte, wich Kate von ihm fort. »Möchtest du zuerst baden?«

»Eigentlich muss ich mit dir reden.«

Kate ließ sich graziös auf das kleine Sofa sinken und klopfte auf das Kissen, das neben ihr lag. Als er die Geste ignorierte, glättete sie mit der Handfläche ihr Seidenkleid. »Was ist mit dir passiert, Keegan? Gerade warst du noch hier in London der Fluch jeder Mutter einer aufgeschlossenen Tochter, am nächsten Tag stelle ich fest, dass du ins

Hochland geeilt bist, um an dieser schrecklichen Revolution teilzunehmen. Dann der Prozess. Und jetzt dies ...« Sie breitete die Arme aus. »Was, um Himmels willen, hat du dir dabei gedacht?«

»Ich ...« Keegan trank wieder einen Schluck Wein. »Da gibt es nicht viel zu erzählen. Jedenfalls scheinst du das meiste davon zu wissen.«

»Jeder spricht nur noch von der Niederlage der Armee des Prinzen. Der Duke of Cumberland ...«, Kate ignorierte den verächtlichen Laut, den Keegan ausstieß, »... wird als der siegreiche Held betrachtet.«

»Er ist ein fetter Schlächter.«

»Du meine Güte.« Kate lachte wieder. »Das ist kaum die Art und Weise, wie man vom Sohn des Königs spricht.«

»Du warst nicht dort, Kate.« Keegan schritt zum Kamin und legte den Arm auf den Sims. »Er war es, der nach der Schlacht den Befehl für das Blutbad gab. Er muss es gewesen sein.«

»So ist nun mal der Krieg, Keegan. Das Überraschende für mich ist, dass du darin verwickelt worden bist. Ich dachte, du hast kein Interesse an den Jakobitern.«

»Das dachte ich selbst auch.«

»Und warum hast du dann mitgekämpft?«

Keegan konnte Kate ihre Neugier nicht verdenken. Er hatte in diesem Zimmer gesessen und über Männer gespottet, die weniger getan hatten als er. Er hatte diejenigen Männer verhöhnt, die im Cocoa Tree Coffeehouse Pläne für eine Revolution geschmiedet hatten. Jetzt war er einer von ihnen. Schlimmer noch, er hatte an dem Aufstand teilgenommen ... an der gescheiterten Revolte. Aber was geschehen war, ließ sich nicht rückgängig machen. Obwohl er für den Rest seines Daseins mit der Erinnerung an das Sterben seiner Brüder und das gequälte, gefolterte Gesicht seines Vaters leben musste, gab es andere Dinge zu bedenken. »Ich kehre nach Schottland zurück. Kannst du mir helfen, dorthin zu gelangen?«

»Keegan.« Kate stand auf und ging zu ihm. »Ich frage noch einmal. Warum?«

»Kannst du mir helfen oder nicht?«, fuhr Keegan sie an, dann wurde seine Miene weicher. »Kate, ich weiß, ich verlange viel von dir.«

»Du hast keine Ahnung, wie viel.«

»Kate.«

»Schottland ist kein Ort für dich, Keegan. Ebenso wenig London. Bring dich irgendwo in Sicherheit. Vielleicht in Frankreich.« Kate hätte fast hinzugefügt, dass sie ihn dorthin begleiten konnte.

»Das sagt François mir dauernd. Aber ich muss nach Schottland.«

»Es ist dort nicht sicher, das sage ich dir. Außerdem gibt es dort nichts für dich. Dein Land ist konfisziert worden.« Sie ließ die nach ihm ausgestreckten Hände sinken. »Ich weiß das aus sehr zuverlässiger Quelle.«

»Von einem deiner hoch gestellten Gentleman-Freunde?«

»Ja. Und du tätest gut daran, Acht zu geben.« Ihr Blick wurde bittend. »Man wird dich erschießen, wenn die Armee dich findet. Es macht keinen Sinn.«

»Ich muss zurückkehren.«

»Oh, du ...« Sie wandte sich frustriert von ihm ab.

»Mein Vater ist tot, Kate, und meine Brüder ebenfalls. Es gibt niemanden sonst.«

»Umso mehr Grund, auf mich zu hören. Du musst jetzt nur an dich denken.« Kate umklammerte seine Arme. »Tu es.«

»Da ist der Clan. Das, was davon übrig geblieben ist.« Keegan hob den Blick, bis er in ihre Augen sah. Dann konnte er den bestürzten Ausdruck darin nicht mehr ertragen und wandte sich ab.

»Mein Gott, Keegan. Was ist nur mit dir geschehen?« Es war, als hätte er den charmanten Lebemann zurückgelassen und sei als Mann zurückgekehrt, auf dessen Schultern alle Last der Welt läge.

»Kannst du mir helfen oder nicht?« Keegan erkannte, dass sein Tonfall schärfer als beabsichtigt war, und fuhr sich über sein stoppelbärtiges Gesicht. Er wollte nicht mehr von seinen Gründen erklären, als er bereits preisgegeben hatte ... jedenfalls nicht, bis er selbst verstand, was ihn antrieb.

Er atmete tief ein und begann, sich zu entschuldigen.

»Nicht«, schnitt sie ihm das Wort ab. »Ich kenne die Männer. Oh, Keegan, ich will keine Mitschuld an deinem Tod haben.«

»Was ist mit diesem Mann, den du kennst?« Keegan trat unwillkürlich näher an sie heran.

»Er ist Ire.« Ein Lächeln breitete sich auf ihrem Gesicht aus. »Ein wahrer Schurke. Und ein Schmuggler.« Kate setzte sich in einen Sessel. »Normalerweise schmuggelt er Waren in das Land. Aber ich glaube, er kann dich nach Schottland bringen ... wenn du wirklich dorthin willst.«

»Aye. Sag mir, wo ich diesen Schurken finden kann.«

»Bist du sicher, dass ich dich nicht überreden kann, noch ein bisschen länger zu bleiben?«

»Bist du so erpicht darauf, zu sehen, wie man mir den Hals lang zieht?« Keegan streckte sich auf dem Himmelbett aus, in dem er die Nacht verbracht hatte – allein. Nachdem Kate ihm den Namen ihres Schmugglers genannt hatte, der mit Kate auch das Bett und die Zuneigung teilte wie Keegan ihren Worten entnommen hatte, war er nach einem Bad schlafen gegangen. Doch trotz des Verlangens, fortzugehen, war Keegan ernstlich versucht zu bleiben. Die Laken dufteten herrlich. Er war sauber. Das Bett war weich, und Kate mit ihrem goldfarbenen Haar, das lockig über ihre nackten Schultern fiel, sah einladend genug aus, um die Entschlossenheit jeden Mannes zu schwächen, besonders eines Mannes, der die vergangenen paar Monate ohne eine Frau verbracht hatte.

»Wie du gut weißt, Keegan MacLeod«, erwiderte Kate mit honigsüßer Stimme, während sie sich verführerisch auf dem Bett niederließ, »kann ich mir vorstellen, dir vieles lang zu ziehen, und das schließt nicht einmal den Hals ein.«

Lachend rollte sich Keegan auf die Seite, als Kate aufs Bett sank und näher an ihn heranrückte. Die Erinnerung war wie ein starkes Aphrodisiakum. Sie trug ein leger sitzendes Kleid aus roter Seide. Ihre Haut war so weich und duftend wie Blumenblätter. Das wusste Keegan aus Erfahrung. Als sie sich über ihn neigte und ihr Haar seine Brust berührte, traf er seine Entscheidung.

Sie lachte glockenhell, als er sie in den Arm nahm. Ihre Hand glitt an seinem Körper hinab, und sie lächelte und leckte sich die geschminkten Lippen, als sie seine Männlichkeit fand. »Das hat nicht lange gedauert, wie?«

»Das hat deine Rede über das Langziehen bewirkt«, entgegnete Keegan mit einem leisen Lachen. »Die Länge reicht anscheinend immer, um dich zu befriedigen, wenn ich mich recht erinnere.«

»Oh, Keegan, keiner kann mich so befriedigen wie du«, stöhnte Kate, als er die Träger des Seidenkleids von ihren Armen streifte.

Keegan war nicht so dumm, Kate jedes Wort zu glauben, das sie sagte, aber er war einer der wenigen Männer gewesen, die von der Kurtisane ohne Bezahlung in ihr Bett gelassen worden waren. Gewiss, gelegentlich hatte er ihr Geschenke gemacht, aber das war seine eigene Entscheidung gewesen. Wie es ihre eigene Wahl gewesen war, sich von ihm in den seltenen Nächten, in denen ihre Kunden sonst wo gewesen waren, in ihrem Bett wärmen zu lassen.

Sie seufzte auf, als er sein Gesicht an ihre Brüste schmiegte, stöhnte erregt, als es an der Tür klopfte.

Keegan wälzte sich sofort von Kate und griff nach seinem Schwert. Kate reagierte nicht so alarmiert, sondern forderte einfach zum Eintreten auf, weil sie den Klopfrhythmus ihrer Dienerin erkannt hatte.

»Verzeiht die Störung«, sagte das Mädchen mit gesenktem Blick, »Aber sie besteht darauf, dass sie einen Arzt braucht.«

»Was, zum Teufel?« murmelte Keegan.

»Von wem sprichst du, Macy?«

Keegan war überzeugt, es zu wissen. Er rollte sich vom Bett, zog die saubere Hose an, die Kate ihm gegeben hatte, und schnitt eine Grimmasse, als er den Hosenschlitz über seinem geschwollenen Glied zuknöpfte. »Ist das Mädchen krank?«

»Das kann ich nicht sagen, Sir. Sie wirkt auf mich gesund genug, abgesehen davon, dass sie ein bisschen blass ist.«

»Von wem redet ihr?« Kate setzte sich auf. Ihr Haar bedeckte nur spärlich ihre Brüste.

»Hölle und Verdammnis, dieses Mädchen wird noch mein Tod sein.« Keegan zog einen Stiefel an, stampfte auf, schlüpfte dann in den anderen.

»Ah, deine kleine Geisel. Du hast mir nie genau erzählt, warum du sie entführt hast.«

»Das ist eine lange Geschichte. Aber ich kann dir sagen, dass sie die größte Nervensäge ist, die du jemals erleben wirst.« Das feine Leinenhemd dämpfte seine Worte, als er es über den Kopf streifte. Da lagen noch weitere Kleidungsstücke, eine Weste, ein Seidenjackett und eine Krawatte, doch Keegan machte sich nicht die Mühe, sie anzuziehen, sondern eilte zur Tür. Bevor er sich an dem Dienstmädchen vorbeizwängte, blickte er zurück, um Kate zu bitten zu bleiben, wo sie war, doch sie hatte bereits das Bett verlassen. Ihr weites Kleid bedeckte sie nun züchtig von Kopf bis Fuß.

Keegan schloss die Tür im dritten Stock auf und trat ein, ohne höflich anzuklopfen. Seine Geisel, wie Kate sie nannte, ließ sich auf einen Stapel von Kissen zurückplumpsen. Sie sah blass aus, wie das Dienstmädchen gesagt hatte. Abgesehen davon und dass sie ein wenig zu mager für Keegans Geschmack war, wirkte sie auf ihn recht gesund.

»Was höre ich da? Ihr habt einen Arzt verlangt?«

Zoes Mund klaffte auf, doch kein Laut kam heraus. Sie war natürlich schockiert über sein Benehmen. Kein Mann hatte jemals zuvor unangemeldet ihr Zimmer betreten. Aber das war nicht alles. Sie konnte kaum glauben, dass dies derselbe Mann war, der sie in der vergangenen Nacht entführt hatte. Doch er war es. Dieser schottische Akzent war unverkennbar. Er sah so verändert aus. Oh, das Haar war noch lang und ungekämmt, vielleicht etwas heller, als sie zuvor angenommen hatte, doch jetzt trug er die Kleidung eines feinen Herrn. Und sein Gesicht ... jetzt, da es glatt rasiert war, konnte sie sehen ...

»Habt Ihr mich gehört?«

Zoe schluckte, durch seine Worte aus ihren Gedanken gerissen. Heute wirkte er irgendwie einschüchternder. »Ja«, brachte sie schließlich heraus.

»Ja, was? Seid Ihr krank?«

»Die Steifheit meiner Gefäße«, sagte sie.

»Eurer was?« Keegans eigene Steifheit verging, aber er hatte noch nie gehört, dass eine Frau darunter litt.

»Meine Gefäße«, erklärte Zoe. »Sie sind steif. Verhärtet.«

Er sah sie immer noch an, als spreche sie in einer Fremdsprache. »Das erschwert meinem Blut, frei zu fließen.« Zoe presste verbittert die Lippen zusammen. Seine Miene schien auszudrücken, dass sie geisteskrank war, nicht er selbst. Sie versuchte es von neuem und wünschte, Miss Phelps wäre da. Sie war immer viel besser im Erklären dieser Dinge. »Mein Herz ist schwach und …«

»Woher wisst Ihr das?«

»Nun …« Diese Frage hatte ihr noch nie jemand gestellt. Es stand einfach fest … und zwar schon so lange, wie sie sich erinnern konnte. »Nun, so ist es eben.« Gewiss eine ausreichende Erklärung für den Barbaren. Doch er konnte es anscheinend nicht darauf beruhen lassen.

»Was passiert mit Euch? Bekommt Ihr die rote Ruhr?«

»Nein.« Zoe setzte sich ruckartig auf. Bei all ihren Leiden war ihr dieses erspart geblieben.

»Flecken? Schüttelfrost? Gliederschmerzen? Was denn nun?«

Einen dümmeren und mitleidsloseren Menschen hatte sie noch nie erlebt. »Schwach«, sagte sie, hob ihr Kinn an und starrte ihn von oben herab an. »Ich bin sehr schwach.«

»Schwach.« Er schien über das Wort nachzudenken. Schließlich legte er den Kopf schief und betrachtete sie eingehend. »Dafür braucht Ihr ärztliche Behandlung?«

»Mit Blutegeln, ja, das empfiehlt Dr. Owen.«

»Was verordnet Euch der Doktor sonst noch?«

»Bettruhe, natürlich.«

»Natürlich.«

Zoe ignorierte seinen sarkastischen Tonfall. »Und dünne Fleischbrühe.«

»Und …?«

»Und was?«

Keegan seufzte frustriert. »Was sonst esst Ihr?«

»Gelegentlich etwas Fleisch, wenn es mager genug ist, und manchmal Brot.« Sie bemerkte seinen überraschten

Gesichtsausdruck, und ihr Tonfall klang, als müsse sie sich verteidigen. »Ich habe eine sehr schlechte Verdauung.«

Keegan schritt zum Bett und blickte auf sie hinab, die Augen zu Schlitzen zusammengekniffen. Sie war ein bisschen älter, als er in der vergangenen Nacht gedacht hatte. So um die Zwanzig, würde er wetten. Dünn. Nicht unattraktiv, wenn man den mageren Frauentyp mochte, was auf ihn bestimmt nicht zutraf. Aber ihre Augen waren groß, mit dunklen Wimpern und einer interessanten Schattierung von Grau, und ihre Gesichtszüge waren fein geschnitten. Gewiss nicht das, was er als robust bezeichnen würde, aber sie wirkte auch nicht krank. Natürlich war er kein Arzt. Vielleicht war sie tatsächlich krank.

Hölle und Verdammnis, es würde einfach zu seinem Pech passen, wenn er eine Kranke entführt hätte.

»Steht auf und zieht Euch an«, sagte er schließlich.

»Aber ...«

»Wir haben jetzt keine Zeit für eine ärztliche Untersuchung. Vielleicht, wenn wir in Schottland sind ...«

»Bis dahin werde ich tot sein«, sagte Zoe mit einer Spur von Genugtuung. Wie konnte es der Rohling wagen, sich nicht um ihre Gesundheit zu scheren? Wenn nur Miss Phelps hier wäre.

Ihre Worte schienen ihm jedoch ein wenig zu denken zu geben. Er schaute sie an und blickte dann auf das Tablett mit unberührtem Essen neben ihrem Bett. »Ich schlage vor, Ihr frühstückt, bevor wir aufbrechen.«

»Das würde meinem Magen nicht gut bekommen.«

»Esst es einfach.«

»Esst es einfach«, äffte Zoe seinen Tonfall nach, als er die Tür hinter sich geschlossen hatte. Dieser Dummkopf! Er würde nicht leiden müssen, wenn sie die Beeren mit Schlagsahne, den Schinken und die Biskuits aß und die Schokolade trank. Zoe sah vor ihrem geistigen Auge, wie

Miss Phelps bei der Vorstellung, dass solche Nahrungsmittel Zugang zu dem empfindlichen Verdauungssystem ihrer Schutzbefohlenen fanden, vor Entsetzen erschauerte.

Schwacher Tee war das, was sie brauchte. Und ein bisschen dünne Fleischbrühe.

Aber davon war nichts zu haben. Und sie hatte Hunger. Mit einem resignierten Seufzen nahm Zoe eine Erdbeere aus der silbernen Schale. Versuchsweise tunkte sie die Erdbeere in die Sahne und knabberte daran.

Eine Viertelstunde später, als ein Dienstmädchen kam, um sie anzukleiden, hatte sie das Tablett geleert und all die Schokolade aus der Kanne getrunken.

Da sie sich selten gut genug fühlte, um auszugehen, und ihre Besucher auf Dr. Owen und ein paar fürsorgliche Freundinnen beschränkt waren, trug Zoe für gewöhnlich nur ein schlichtes Hauskleid. Darunter hatte sie natürlich ein Korsett an und gelegentlich einen Reifrock, aber meistens war ihr Kleid unförmig.

Heute wurde sie jedoch in Reitkleidung aus dunkelgrünem, leichten Baumwollstoff gekleidet. Da waren ein Jackett mit Weste und ein Unterrock, der ein wenig kürzer war als diejenigen, die sie normalerweise trug. Die Dienerin versicherte Zoe, dass es der Mode entsprach. Und da sie niemals Reitkleidung besessen hatte oder überhaupt ausgeritten war, nahm Zoe sie beim Wort. Natürlich war die Kleidung zu groß für sie.

Das Mädchen war nett, aber es interessierte sich nicht dafür, wie müde Zoe war, und es interessierte sich auch nicht für ihre missliche Lage. Offenbar war eine Entführung in diesem Haus nicht erwähnenswert.

Die Dienerin hatte Zoe gerade einen Dreispitz auf ihr hochgestecktes Haar gesetzt, als Keegan wieder das Zimmer betrat. Wie zuvor ohne anzuklopfen. Und wie zuvor war Zoe überrascht über sein Äußeres.

Die Umwandlung vom Barbaren zum Gentleman war perfekt.

Er trug Nankinghosen und einen Gehrock in der Mode, die Fox bevorzugte, wenn er nicht in Uniform war, und sein Haar war ausgebürstet. Zoe starrte ihn an. Sie hatte stets gedacht, Fox sei der gut aussehendste Mann auf der Welt. Mit seinem schwarzen Haar und den dunkelbraunen Augen betrachtete sie ihn als Abbild von Männlichkeit. Der Schotte hatte zwar wenig Ähnlichkeit mit ihrem Bruder, abgesehen von seiner Größe, doch sie musste zugeben, dass er keinen schlechten Anblick bot.

»Ich sehe, Ihr seid zum Aufbruch bereit, Lady Zoe.«

Sie war *nicht* zum Aufbruch nach Schottland bereit. »Dies alles hier habe ich mir lange genug bieten lassen. Ich verlange, dass Ihr mich freilasst.« Zoe hatte ihre kurze Ansprache vor dem Spiegel geübt und fand, dass sie bewundernswert empört klang.

Doch Keegan MacLeod wirkte unbeeindruckt. Er warf den Kopf zurück und lachte. Er gab ihr nicht einmal die Genugtuung einer Erwiderung. »Kommt mit mir«, war alles, was er sagte.

Zoe folgte Keegan MacLeod eine Hintertreppe hinab zum Hof, wo eine Kutsche wartete.

Jedenfalls würden sie nicht den ganzen Weg nach Schottland zu Fuß gehen müssen. Er half ihr in die Kutsche. Bevor er einstieg, küsste der wilde Mann, der eigentlich gar nicht mehr wie ein Wilder aussah, die Frau, die er als Kate vorgestellt hatte.

Es war ein langer Kuss, wie Zoe noch keinen zuvor gesehen hatte. Gewiss war es kein keusches leichtes Aufeinanderdrücken der Lippen, wie sie es mit ihrem Bruder getauscht hatte. Zoe wollte nicht hinschauen, denn es schien sehr intim zu sein, doch sie konnte den Blick einfach nicht abwenden. Sie sah ein großes Umarmen und Aneinanderpressen von Körpern. Die ganze Prozedur bereitete ihr Unbehagen, und sie wand sich unruhig auf ihrem Sitz.

Als die beiden sich schließlich voneinander lösten, war Kates Mund feucht wie ihre Augen. »Sei vorsichtig, Keegan, und Gott sei mit dir.«

»Aye. Das Gleiche für dich. Danke, für alles, was du mir geschenkt hast. Ich werde die Kutsche zurückschicken. Und ich werde eine Möglichkeit finden, die Schuld zurückzuzahlen.«

François, merklich still an diesem Morgen, kletterte auf den Kutschbock, und dann saß ihr der Schotte in der Kutsche gegenüber, die über das Kopfsteinpflaster rumpelte. So sehr Zoe auch die Umstände hasste, sie musste zugeben, dass die Fahrt eigentlich ganz angenehm war. Jedenfalls wäre sie das gewesen, wenn nicht die Vorhänge an den Fenstern herabgelassen und das Innere der Kutsche düster gewesen wäre.

»Meinen Sie, wir könnten einen Vorhang hochziehen? Ich bekomme kaum Luft.« Gewiss, Miss Phelps hielt die Londoner Luft für schlecht, und das war sie höchstwahrscheinlich auch. Aber da sie ohnehin an der miserablen Behandlung ihres Entführers sterben würde, konnte sie zuvor ruhig noch etwas von der Aussicht jenseits des Kutschenfensters genießen.

Aber es sollte nicht sein, denn der Barbar schüttelte nur den Kopf. »Ich bezweifle zwar, dass Ihr hier mehr Glück mit Eurer Leidensgeschichte habt als gestern Nacht, aber ich möchte niemandem erklären müssen, warum Ihr herumjammert.« Er beobachtete sie, während die Kutsche langsamer wurde. »Und ich würde an Eurer Stelle auch nicht daran denken, herauszuspringen«, fügte er mit einem vielsagenden Blick auf die Pistole hinzu, die neben ihm auf dem Ledersitz lag.

Zoe spielte kurz mit dem Gedanken, aus der Kutsche zu

springen, davonzurennen und um Hilfe zu rufen. Wenn die Trittleiter an der Tür jedoch nicht heruntergeklappt war, bestand das Risiko, dass sie stürzen und sich etwas brechen konnte.

Das erinnerte sie daran, dass sie sich gestern den Knöchel verstaucht hatte. Zoe drehte unter ihren Röcken den Fuß hin und her. Er schmerzte überhaupt nicht. Das überraschte und erfreute sie. Es weckte auch die Erinnerung daran, wie der wilde Mann sie berührt hatte, als er ihre Röcke angehoben und ihren Knöchel abgetastet hatte.

»Was ist jetzt mit Euch nicht in Ordnung?«

Langsam schaute Zoe auf, bis sich ihre Blicke trafen. Selbst im schwachen Licht konnte sie erkennen, dass seine Augen leuchtend grün waren. Er starrte sie intensiv an. Zoe bemühte sich, es zu ignorieren. Sie versuchte, nicht daran zu denken, wie sich seine Berührung angefühlt hatte. Aber je stärker sie es versuchte, desto mehr musste sie daran denken. Und desto wärmer wurde ihr.

Sie presste eine Hand auf ihre gerötete Wange und lehnte sich auf dem Sitz zurück. »Ich glaube, ich habe Fieber.«

4

Es war ihm gleichgültig.

Das sollte kein Schock für mich sein, dachte Zoe. Schließlich war sie nur eine Geisel für ihn. Und er wollte ihren Bruder umbringen. Das war gewiss nicht der Typ Mann, der auf die Gebrechlichkeit anderer Leute Rücksicht nahm.

Dennoch war Zoe nicht bereit, sich mit seinem Mangel an Anteilnahme abzufinden, nachdem sie ihm erklärt hatte, dass sie Fieber hatte. Allein die Andeutung einer solchen Möglichkeit versetzte Miss Phelps stets in hektische Aktivität. Sie würde sofort einen der Bediensteten schicken, für gewöhnlich den Lakaien, damit er den guten Doktor holte, wie sie ihn nannte. Dann würde sie ihr eine Dosis Rindenextrakt und etwas verdünnten Tee verabreichen. Zoe würde längst im Bett liegen, mit einer zusätzlichen Bettdecke, und auf die zwangsläufige ärztliche Behandlung mit Blutegeln warten.

Gewiss, eigentlich war das keine angenehme Lebensweise. Doch ohne Miss Phelps fleißige und aufopfernde Pflege hätte Zoe nicht ihr jetziges Alter von einundzwanzig Jahren erreicht. Laut der geliebten Pflegerin rechnete niemand damit, dass die gebrechliche Zoe ihren dreißigsten Geburtstag erleben würde.

Ihre Eltern hatten sie vor ihrer Erholung von dem gefürchteten Scharlachfieber als aussichtslos aufgegeben. Sie hatten ihre beiden Söhne genommen und sich eilig nach ihrem Landsitz in Devon davongemacht. Nachdem Zoe sich von dem Fieber erholt gehabt hatte, waren sie natürlich zurückgekehrt. Aber seither war ihre Gesundheit nie gut gewesen.

Deshalb würde die Behandlung durch diesen Barbaren sicherlich zu ihrem Ableben führen.

»Ich finde, Ihr seht gesund genug aus.«

Zoe blickte auf, überrascht von seinen Worten und weil er sie überhaupt angesprochen hatte. Sie waren meilenweit gefahren – so kam es ihr jedenfalls vor –, ohne dass er sie auch nur eines Blickes gewürdigt hatte. Jetzt musterte er sie unter halb gesenkten Lidern.

Er nahm also an, dass sie in der Blüte ihrer Gesundheit stand? Das zeigte nur, wie wenig der Schotte wusste. Aber als sie den Mund öffnete, um ihn aufzuklären, galt seine Aufmerksamkeit nicht mehr ihr, sondern den Vorhängen an den Kutschenfenstern. Er zog sie hoch. Zoe war so erfreut über den Sonnenschein und die Brise, die in die Kutsche wehte, dass sie ihre Klagen vergaß.

»Wir sind über die Brücke rüber und aus der Stadt raus«, sagte er erklärend.

Er befürchtete also nicht mehr, entdeckt zu werden. Zoe fand diese Erkenntnis irgendwie deprimierend. Nicht, dass sie irgendwelche Hoffnung auf Rettung hatte. Aber sie konnte sich nicht mehr erinnern, wann sie zum letzten Mal London verlassen hatte. »Sagtet Ihr, wir haben die London Bridge überquert?«

»Aye.«

»Aber ich dachte, wir fahren nach Schottland. Das liegt im Norden, glaube ich.« Zoe war stolz, passable Kenntnisse in Geographie zu haben, Wissen, dass sie sich natürlich aus Büchern angeeignet hatte, aber immerhin kannte sie sich aus.

»So ist es.«

»Aber warum fahren wir dann …?« Hatte er irgendwie

erraten, dass Fox auf dem Familienbesitz in Devon sein konnte? Kalter Schweiß brach ihr aus.

»Ich habe vor, ein Paketboot nach Norden zu nehmen.«

»Ein Paketboot?« Ihre Erleichterung war nur von kurzer Dauer. »Ihr meint, ein Segelschiff?«

»Aye.«

»Oh, das wird überhaupt nicht gehen.«

»Und warum nicht?« Keegan hatte eine starke Ahnung, den Grund bereits zu wissen.

»Wegen meines schwachen Magens natürlich.«

Seine Ahnung stimmte. Keegan schloss die Augen und zählte langsam bis zehn. »Ich könnte mir vorstellen, dass es Euch prima gehen wird. Ein bisschen Seekrankheit hat noch keinen umgebracht.«

Zoes Augen weiteten sich. »Vielleicht keine normalen Leute. Aber Miss Phelps sagt ...«

»Werdet Ihr es nicht leid, ständig die verehrte Miss Phelps zu zitieren?« Die Frage war von Keegan rhetorisch gemeint, doch seine Gefangene schien ernsthaft darüber nachzudenken und schüttelte schließlich langsam den Kopf.

»Ihr versteht einfach nicht. Ich bin keine ...«

»... normale Person«, fiel Keegan ihr ins Wort. »Eigentlich beginne ich das zu kapieren.«

Zoe lehnte sich mit einem zufriedenen Lächeln auf ihrem Sitz zurück. »Gut, dann werdet Ihr akzeptieren, dass ich nicht per Schiff nach Schottland reisen kann.«

»Ich akzeptiere, dass Ihr eine wenig erfreuliche Zeit verbringen werdet, grün um die Nase und den Inhalt Eures schwachen Magens in einen Eimer leerend.«

Er gab ihr keine Zeit zu einer Erwiderung. Während sie ihn sprachlos ansah, klopfte Keegan mit seinem Spazierstock gegen das Wagendach. Als der Fahrer anhielt, stieg der Schotte zu ihm auf den Kutschbock und ließ Zoe allein in der Kutsche. Es war ihr recht, sie war seine unverschämte Gesellschaft leid.

Und so konnte sie aus dem Fenster schauen und die idyllische Landschaft betrachten. Trotz der Umstände genoss sie es. Zum letzten Mal war sie als Dreijährige in Kent gewesen. Kaum in einem Alter, in dem sie sich an die grünen Weiden und malerischen Dörfer erinnern konnte. Dennoch wirkten sie alle vertraut. Zoe hatte eine blühende Fantasie, und so war die Landschaft, die sie sich nach Fox' Beschreibungen vorgestellt hatte, der Realität sehr ähnlich.

Obwohl sie Fox nie wiedersehen würde, war es tröstend zu wissen, dass er in der Nähe sein konnte. Das heißt, solange der Schotte das nicht wusste. Als Fox aus Schottland zurückgekehrt war, hatte er Zoe zu einem Besuch von Ashford Hall einladen wollen. Die Wunde, die er bei Culloden erlitten hatte – nur ein Kratzer, hatte er ihr versichert – heilte gut, und er hatte gedacht, ein wenig Landluft würde ihnen beiden gut tun, bevor er zu seinem Regiment zurückkehren musste.

»Und ich weiß aus zuverlässiger Quelle, dass der Earl nicht zu Hause ist«, hatte Fox mit einem Grinsen gesagt. Der Earl war ihr älterer Bruder Dalton, den Zoe als Widerling in Erinnerung hatte. Natürlich hatte sie ihn seit dem Tod ihrer Eltern vor zwölf Jahren nicht mehr gesehen. Aber sie wusste, dass Fox ihn nicht mochte, und teilte seine Abneigung.

Zoe war versucht gewesen, Fox zu begleiten. Sie liebte ihn und freute sich sehr über seine Besuche. Aber sie hatte seine Einladung abgelehnt.

Miss Phelps hielt es für nicht ratsam, dass sie so weit reiste. Wörtlich hatte sie gesagt: »Die raue Straße wird mit Sicherheit der Tod für meine liebe Zoe sein.« Fox hatte diese Einschätzung bezweifelt, und Zoe hätte ihren Bruder liebend gern begleitet, doch sie war gezwungen gewesen, mit Miss Phelps einer Meinung zu sein. Schließlich hatte sich die Frau in all diesen Jahren rührend um sie gekümmert und sie länger am Leben erhalten als jeder für möglich gehalten hatte. Welche Ironie des Schicksals, dass sie auf einer Reise sterben würde, bei der das südliche England nur der Ausgangspunkt sein würde.

Zoes Aufmerksamkeit war so von der Aussicht gefesselt, dem Betrachten der Eichenwälder und Wiesen, Anblicke, die sie nur aus Schilderungen von Fox kannte, dass sie fast eine Stunde lang vergaß, sich Sorgen um ihre Atmung oder den Zustand ihres Herzens zu machen. Sie dachte nicht einmal an ihre Gesundheit, als die Kutsche schaukelnd am Rand eines Dorfes vor einem Gasthaus hielt.

Das Läuten von Kirchenglocken hallte durch die Luft des späten Nachmittags, mischte sich mit dem Lärm spielender Kinder und dem Gackern herumlaufender Hühner. Zoe rutschte von einer Seite der Sitzbank auf die andere und schaute aus den Fenstern, bis die Tür mit einem Ruck aufgerissen wurde. Da stand der Schotte, den Hut in der Hand.

Für einen Moment vergaß Zoe, ihn zu fürchten, vergaß die Umstände der Reise. Er stand im dämmrigen Licht, und die Sonne fing sich in den kupferfarbenen Strähnen seines dunklen Haars. Die Schatten schienen die Konturen seines markanten Gesichts zu verstärken, und seine grünen Augen irritierten sie.

Dann schnitt er eine Grimasse, seine Brauen zogen sich finster zusammen, und schlagartig stürmte alles wieder auf Zoe ein. Der wilde Schotte. Die Entführung. Die dringende Notwendigkeit, Fox zu retten. Und ihre schlechte Gesundheit.

Stöhnend stieg Zoe aus der Kutsche. Ihre Glieder schmerzten. Ihr Puls raste. Als sie die Füße auf die staubige Straße setzte, fühlte sie sich schwindelig.

»Was ist jetzt schon wieder mit Euch los?«

Der Schotte reichte ihr seinen Arm, und Zoe blieb nichts anderes übrig, als sich benommen auf ihn zu stützen. »Ich befürchte ... o Gott, ich glaube, ich werde ohnmächtig.« Zoe spürte tatsächlich, wie ihre Knie nachgaben und ihr Körper erschlaffte.

Aber sie fiel nicht. Ebenso wenig fing er sie mit den Armen auf, wie sie gedacht hatte. Wie es Fox bei den seltenen Malen getan hatte, an denen sie dumm genug gewesen war, sich zu weit mit ihm in den Park zu wagen.

Stattdessen spürte sie, wie er ihre Hand ergriff und mit starkem Arm ihre Hüfte umfasste. Er führte sie über den staubigen Weg, der neben einer Hecke vom Gasthaus fortführte. Ihre Füße begannen sich wie aus eigenem Antrieb zu bewegen, und Zoe blickte überrascht zu dem Schotten auf.

Seine Schritte waren lang, und Zoe hatte Mühe, mitzuhalten, als sie zu einer Steinbrücke gingen. Sie überspannte einen Bach, der darunter gluckste, um sich dann durch ein Kleefeld zu schlängeln. Als sie auf der Brücke waren, blieb der Schotte stehen. Seine Hand löste sich von ihrer, und sein Arm hielt sie nicht länger aufrecht.

Es war auch nicht nötig.

Zu Zoes Überraschung und Freude fühlte sich ihr Kopf nicht mehr an, als könnte er jeden Augenblick zu der malvenfarbenen Wolkenbank emporfliegen. Auch ihre Beine waren nicht mehr wacklig. Sie legte die Hände auf das steinerne Brückengeländer und atmete tief durch, füllte ihre Lunge mit dem süßen Duft von Heu und Lavendel.

»Fühlt Ihr Euch jetzt ein wenig besser?« Sein Lächeln war selbstgefällig.

»Vielleicht ein bisschen.«

»Ihr seht auch besser aus, würde ich sagen. Ihr bekommt Farbe in die Wangen.«

Seine Worte färbten das von ihm erwähnte Gebiet noch etwas rosiger. »Zweifellos zu viel Blutandrang. Es ist eine Weile her, seit ich geschröpft wurde.«

»Aye, die verhärteten Blutgefäße.« Keegan hob einen Stein von der Straße auf und warf ihn in den Bach. »Für mich scheint Ihr prima ohne das verdammte Schröpfen zurechtzukommen.«

»Seid Ihr ein Arzt?«

»Natürlich nicht.« Keegan zuckte mit den Schultern. »Ich frage mich nur, warum Ihr Euch krank fühlt, wenn Ihr gar nicht krank ausseht.«

»Nun, ich bin es.« Zoe wandte sich ihm zu und sah ihn an. »Miss Phelps sagt, es ist ein Wunder, dass ich so lange überlebt habe.« Sie hob das Kinn. »Und ich werde nicht viel länger leben.«

»Ihr sagt das, als wäret Ihr stolz darauf. Für jemanden, der binnen Stunden mit seinem Ableben rechnen muss, ist das kein Grund zur Freude, finde ich.«

»Ich freue mich auch nicht. Guter Gott!« Zoe verschränkte die Arme. »Meint Ihr, ich würde nicht gern gesund sein wie andere Leute? All das tun, was sie tun? Einige der Orte sehen, von denen ich nur gelesen habe?«

»Ich weiß es nicht. Möchtet Ihr das?«

»Natürlich möchte ich das.« Zoe löste die Arme voneinander und strich befangen ihren Rock glatt. »Aber ich kann es nicht.«

Keegan zuckte mit den Achseln. »Nun, im Augenblick müsst Ihr so tun, als ob Ihr es könnt.«

»Wovon redet Ihr?«

»Ich habe Francois zum Gasthof geschickt, um uns Zimmer zu mieten. Der Gastwirt wird uns für Mann und Frau halten.«

»Aber ...«

»Verhaltet Euch einfach, als wären wir verheiratet, wenn er in der Nähe ist, und es wird kein Problem geben.« Keegan klopfte auf die Pistole in seiner Tasche.

»Und wenn ich mich weigere? Wenn ich sage, tötet mich einfach jetzt?« Sie hob trotzig das Kinn. Schließlich würde sie ohnehin sterben. Gewiss, sie hätte nie gedacht, auf diese Weise zu enden, aber ...

»Wenn Ihr nicht tut, was ich sage, werden mehr Leute als Ihr sterben.«

»Wer ...?« Die Erkenntnis, was er meinte, dämmerte ihr, und ihre Augen weiteten sich. »Ihr werdet doch nicht den Gastwirt töten! Er ist unschuldig.«

»Das liegt jetzt an Euch.« Er kniff die Augen zu Schlitzen zusammen. »Ich bin ein verzweifelter Mann, Lady Zoe.« Als die Farbe aus ihrem Gesicht wich, fuhr Keegan fort: »Spielt Eure Rolle, und niemand wird zu Schaden kommen.« Keegan umfasste ihren Ellenbogen und führte sie zurück zum Dorf. Um des lieben Friedens willen ignorierte er, dass sie etwas über ihren lieben Bruder vor sich hinmurmelte. Er wollte sich nicht über dieses Thema aufregen. Die Frau liebte ihren Bruder offenbar, was nach Keegans Denkungsweise bewies, dass sie schlecht in der Beurteilung des Charakters eines Menschen sein musste.

Das war natürlich nicht ihr einziger Fehler. Er hatte noch nie jemanden erlebt, der sich so sehr mit seiner Gesundheit beschäftigte. Die Frau war geradezu besessen. Das hatte sie zweifellos dieser Hexe Miss Phelps zu verdanken. Es sei denn, es war tatsächlich etwas mit ihr nicht in Ordnung.

Keegan blickte zu der Frau an seiner Seite. Sie war ein

zierliches Ding und zweifellos blass. »Zart« war das Wort, mit dem er sie beschreiben würde, wie eine Rose, weich und rosafarben. Aber eine Rose mit Dornen.

Das Gasthaus war nicht das schlimmste, in dem er je gewesen war; es war aber auch nicht das beste. Er war ja schließlich nicht gut bei Kasse. Nur Kates Großzügigkeit hatte er zu verdanken, dass sie nicht unter den Sternen übernachten mussten. Keegan konnte sich lebhaft vorstellen, wie seine kleine englische Rose darauf reagiert hätte.

Obwohl Keegan Francois vor einiger Zeit in das Gasthaus geschickt hatte, um Zimmer zu mieten, waren nach der Miene des Gastwirts zu schließen keine Vorbereitungen getroffen worden. Er lehnte mit seinem gewaltigen Bierbauch auf der fleckigen Theke und beobachtete einen zunehmend kriegerisch geführten Streit zwischen zwei Gästen. Francois war nirgendwo zu sehen. Wie Keegan seinen Diener kannte, hatte er die Anweisungen erteilt und sich dann mit einer Flasche des besten Weins des Gasthauses auf sein Zimmer zurückgezogen.

Die Hand fest am Ellenbogen seiner Gefangenen näherte sich Keegan dem Gastwirt. Der Dickwanst riss seine Aufmerksamkeit widerstrebend von dem Streit los, der sich zu Keegans Unbehagen um den jüngsten Aufstand der Jakobiter-Schotten drehte. Die Sympathien der im Gasthaus anwesenden kleinen Gutsbesitzer galten anscheinend eindeutig dem Mann, der seinen Hass auf die »papistischen Barbaren« bekannte.

Stolz ließ in Keegan Zorn aufsteigen; die Realität kühlte ihn ab.

Er lächelte den Gastwirt an, dessen Nase so purpurn schimmerte wie die eines Mannes, der zu viel von seinem eigenen Ale zu trinken pflegt. »Das ist aber ein hitziger Streit, der da geführt wird«, sagte Keegan und tat sein Bestes, um seinem schottischen Akzent einen weicheren Klang zu geben.

»Was? O ja, nun, der alte Webster hat ein Recht, wütend zu sein. Kämpfte '17 gegen die Schotten. Verlor sein Bein wegen der Bastarde.«

»Zu schlimm«, sagte Keegan. »Ist das Zimmer bereit, das meine Frau und ich wünschen?«

»Hä?« Der Gastwirt konzentrierte sich widerstrebend wieder auf Keegan. »Sollte bald so weit sein. Ich hab mein Mädchen losgeschickt, um sich drum zu kümmern. Ihr könnt dort drüben warten.« Er wies mit einem Wurstfinger auf eine Bank, bevor er seine Zustimmung zu einer Meinung brüllte, die von den meisten der Gäste geteilt wurde.

Es erübrigt sich zu sagen, dass Keegan anderer Meinung war und nicht dachte, dass allen Jakobitern der Bauch aufgeschlitzt werden sollte. Doch aus der Miene seiner Gefangenen schloss Keegan, dass er in der Minderheit war, genauer gesagt, der Einzige, der den Jakobitern nicht den Bauch aufschlitzen wollte.

Er verdeckte Zoe mit seinem Körper die Sicht auf den Schankraum und wies ihr einen Platz auf einer Bank zu. Er bezweifelte, dass sie verraten würde, wer er war. Aber ganz sicher war er sich dessen nicht. Er fing ihren Blick auf und sah sie – wie er hoffte – einschüchternd und drohend an. Wenn sie erkannte, wie explosiv die Situation war, wie verletzlich er in diesem Moment war, ließ sie es sich nicht anmerken.

Ihre großen grauen Augen blieben auf seine gerichtet, und sie blinzelte nur leicht, als jemand in der Menge Keegans Namen erwähnte.

»Er ist in der Nacht entkommen. Aus einem ganzen Regiment dieser blutdürstigen Heiden ausgebrochen. Sie warten jetzt einsatzbereit, um über England hinwegzufegen und unschuldige Frauen und Kinder im Schlaf niederzumetzeln.« Dieser Äußerung folgten schallendes Gelächter und Gesänge von »Tötet die verdammten Schotten«.

Keegan schluckte und rührte sich nicht, obwohl sein Instinkt ihm riet, aus dem Gasthof zu rennen so schnell er konnte. Es mussten mindestens zwanzig Männer im Schankraum sein, und obwohl einige davon alt waren, bemerkte er ein Dutzend junger, stämmiger Männer, höchstwahrscheinlich Farmarbeiter. Mit einem oder zweien konnte er fertig werden. Mit zehn, zwölf zornigen Gegnern bestimmt nicht.

Glücklicherweise schien ihm niemand Beachtung zu schenken ... besonders, weil das Regiment von blutrünstigen Heiden nirgendwo zu sehen war. Aber da war Zoe. Wenn ihr klar war, wie leicht ein einziges Wort von ihr die Menge noch mehr aufputschen und gegen ihn mobilisieren konnte, zeigte sie kein Anzeichen darauf. Doch ihre offensichtlich entspannte Haltung, wie sie mit leicht zur Seite geneigtem Kopf da saß, machte sie in Keegans Augen nur noch gefährlicher.

Er erwog, das Gasthaus zu verlassen. Er ergriff sogar Zoes Hand. Sicherlich hatte der Kutscher die Pferde ausgeschirrt und war jetzt höchstwahrscheinlich bei seinem dritten Pint Ale. Aber die Luft im Gasthaus wurde ihm zu stickig, schon bevor der Gastwirt zu ihm herüberrief:

»Ihr kommt von London, nicht wahr? Was sagt man dort auf den Straßen?«

»Ja, erzählt es uns!«

»Ruft der Duke die Soldaten zu den Waffen?«

»Gibt es Panik wie zuvor?«

Keegan holte tief Luft, bevor er sich der Menge zuwandte. Das verschaffte ihm den zusätzlichen Vorteil, ihnen die Sicht auf Zoe zu nehmen. »Ich habe nichts dergleichen gesehen«, sagte er langsam, bevor er sich wieder zu Zoe umwandte. »Aber ich bin nicht viel herumgekommen. Meine Frau war krank.«

»Aber Ihr habt gewiss von der Flucht des Rebellen gehört. Ganz London spricht davon. Er hat den Henker betrogen. Er war einer der Anführer der Revolte.«

Das war neu für ihn, oder war es wenigstens bis zu seinem Prozess gewesen. Keegan gab ein unverbindliches Schnauben von sich und wandte sich dann zu Zoe, um ihr aufzuhelfen. Leider wählte sie ausgerechnet diesen Moment, um aufzuspringen und an seine andere Seite zu treten.

»Ich habe von ihm gehört«, erklärte sie in ungewohnt kühnem Tonfall. Keegan verschluckte fast seine Zunge.

»Aye ... ja, aber diese Gentlemen sind nicht an weiblichem Klatsch interessiert«, sagte Keegan, während er scheinbar schützend den Arm um ihre Schultern legte.

»Im Augenblick sind wir stets an Neuigkeiten aus London interessiert. Ein Freund, der nach Brighton reiste, hat uns die Kunde von der Flucht überbracht.«

»Wir haben seiner Geschichte nichts hinzuzufügen. Ich nehme an, das Zimmer ist jetzt vorbereitet«, sagte Keegan und tat sein Bestes, um Zoe zur Treppe zu bugsieren. Sie rührte sich jedoch nicht von der Stelle.

»Nach dem, was ich gehört habe, übertreibt Euer Informant die Umstände der Flucht des Schotten aus dem Gefängnis maßlos. In London wird behauptet, er ist allein ... oder hat jemanden entführt.«

»Entführt? Warum sollte er denn so etwas Idiotisches tun?«, fragte einer der Gäste. Er wirkte wie ein Landjunker, und seine altmodische Perücke saß schief auf dem Kopf.

»Genau«, stimmte Keegan zu. »Es ist idiotisch. Komm jetzt, meine Liebe.« Er umfasste fest ihre Taille und schaffte es, sie umzudrehen, ohne dass es zu auffällig wirkte;

jedenfalls hoffte er das. Er bedachte sie mit einem finsteren Blick, der ihr bedeuten sollte, den Mund zu halten. Sie erwiderte den Blick, und der Ausdruck in ihren grauen Augen war ganz Unschuld.

Und dann rief sie eine weitere Bemerkung über ihre Schulter. »Ich hörte, er will sich an dem Bruder der Frau rächen, die er entführt hat.«

»Was Ihr nicht sagt!«

Unterdessen waren die meisten der Gäste auf den Füßen und drängten sich auf Zoe zu ... und auf Keegan. Sie waren wie tollwütige Hunde, wild auf jedes Stückchen Information über den entkommenen Jakobiter. Und Zoe konnte ihnen allerhand Informationen aus erster Hand geben.

Ihre Fragen prasselten jetzt nur so auf sie ein.

»Wen hat er entführt?«

»Weshalb will er sich rächen?«

»Wo hat er sie entführt?«

»Hat der dreckige Hundesohn der armen Frau Gewalt angetan?«

»O nein, das bezweifle ich«, versicherte Zoe der aufgeputschten Menge, die Keegan und Zoe jetzt umringte, während sie mit dem Rücken zum Treppengeländer standen. »Trotz seiner üblen Missetaten glaube ich, dass der Mann gar nicht so schlecht ist. Aber er sollte vor Gericht kommen«, fügte Zoe schnell hinzu.

Inzwischen hatte Keegan die Hand über dem Griff seiner Pistole und schätzte ab, wie lange er brauchen würde, um zur Tür zu stürmen. Das heißt, wenn er es bis dorthin schaffen konnte.

»Wie sieht das Jakobiter-Schwein aus? Hat jemand den Kerl gesehen?«

»Nein.«

»Ja.«

Keegan und Zoe antworten gleichzeitig. Dann sahen sie sich an, und ihre Blicke brannten förmlich ineinander.

»Es ist an der Zeit, dass wir uns zur Ruhe begeben, Frau«, presste Keegan zwischen den fast knirschenden Zähnen hervor.

»Aber diese Leute haben ein Recht darauf, die Wahrheit zu erfahren. Findest du nicht auch?« Damit riss sich Zoe aus der Umarmung seines Blicks und richtete das Wort an die angespannte Menge. »Er ist ein großer Mann, besagen die Gerüchte. Muskulös. Kräftig. Nicht unschön. Mit dunklem Haar, mahagonifarben mit Strähnchen darin, die wie Kupfer glänzen.« Aller Blicke waren gebannt auf Zoe geheftet, während sie sprach. »Ich hörte, seine Augen sollen grün sein wie die See zur Abendzeit. Und seine Stimme ist tief, mit einer Spur von schottischem Akzent, den er so gut wie möglich verbirgt, wenn er inkognito reist.«

»Genug von deinen Geschichten, meine Liebe«, sagte Keegan in einer Falsettstimme, bei der selbst er das Gesicht verziehen musste. Sie brachte ihm auch einige abschätzende Blicke ein.

»Was meint Ihr, wohin dieser Unhold flüchtet? Nach Norden?« Die bereits schmalen Augen des Gastwirts waren jetzt nur noch Schlitze.

»Das weiß niemand«, sagte Zoe. Dann nahm ihre Stimme einen verschwörerischen Tonfall an. »Einige Leute meinen, er will in sein Heimatland. Ins schottische Hochland. Andere vermuten, sein Ziel ist Frankreich. Oder die Neue Welt.« Sie trat einen Schritt vor, fast außerhalb von Keegans Reichweite. »Wisst ihr, er könnte hier im Raum sein.«

Sie wollte von Keegan fortspringen, doch er war schneller. Seine Hand schoss vor, packte sie am Arm und riss sie zurück und an sich, während die Menge zu verarbeiten schien, was sie ihr zu sagen versuchte. Jeder, der noch Zweifel gehabt hatte, erkannte die Wahrheit, als er die Pistole sah, die auf den hübschen Hals der Frau zielte.

»Keine Bewegung, oder ich töte sie!«

»Der Schotte, bei Gott, es ist der Schotte!«

»Aye, und dies ist meine Gefangene, Lady Zoe Morgan. Wenn ihr nicht schuld am Ableben der Lady sein wollt, macht den Weg zur Tür frei.«

»Wir können dich nicht entkommen lassen.«

»Oh, doch, das könnt ihr, glaubt mir. Und jetzt Bewegung!«

Zuerst verharrte die Gruppe wie angewurzelt. Als er dann die Pistolenmündung an Zoes Hals drückte und sie – wie von ihm erwartet – nach Luft schnappte, löste sich die Erstarrung. Zuerst bewegte sich einer, dann ein weiterer der Gäste und schließlich bildeten sie eine schmale Gasse, um sie hindurchzulassen. Die Situation war gefährlich für Keegan, um es gelinde zu sagen. Aber besser würde sie bestimmt nicht für ihn werden.

Und die Zeit war nicht auf seiner Seite. Er konnte bereits spüren, dass einige Männer überlegten, ob sie untätig bleiben oder ihn angreifen sollten. Es war nichts von einer Belohnung für seine Ergreifung erwähnt worden, doch es war möglich, dass eine ausgesetzt worden war, und Keegan bezweifelte, dass Zoes Leben den Männern im Vergleich zu einem Beutel voller Gold viel bedeuten würde.

Er hatte nicht den Wunsch, das junge Ding zu töten. Obwohl sie offensichtlich wünschte, ihn am Ende eines Stricks baumeln zu sehen.

Weil er sich nicht darauf verließ, dass seine Geisel so schnell ging wie er, umfasste er ihre Taille und presste ihr die Waffe in die Seite. Dann schritt er wortlos durch die Gasse aus Gästen. An der Tür verharrte er und forderte Zoe mit einer Geste auf, sie zu öffnen.

»*Jetzt,* Zoe«, zischte er, als sie zögerte. »Oder ich schwöre, dass ich dich töte!«

»Stoppt ihn!«, schrie sie gellend, und Keegan war vor Schreck und Überraschung wie gelähmt. »Ich werde sowieso sterben!«

Mehr brauchten die tapferen Männer in dem Gasthaus nicht zu hören. Sie stürmten auf Keegan zu.

»Verdammt!«

Er riss die Tür auf, stieß Zoe hinaus, fuhr herum und feuerte mit der Pistole.

5

Keegan hatte vielleicht zwei Minuten Vorsprung. So lange dauerte es, bis diesen schlichten Gemütern klar werden würde, dass er den einen Schuss lediglich abgegeben hatte, um ein Durcheinander zu stiften.

Er konnte nur hoffen, dass der Knall bei der Menge die gleiche Wirkung erzielte wie bei Zoe, die sich die Ohren zuhielt und aussah, als würde sie in den Schlund der Hölle blicken. Aber nichts wirkte auf andere Leute wie auf Zoe. Er packte sie an der Hand, ignorierte ihre Proteste, dass sie jetzt taub sei, und rannte mit ihr hinter das Gasthaus. Es hatte zu regnen begonnen. Der dichte Nieselregen machte das Kopfsteinpflaster glitschig und erinnerte ihn an jenen schicksalhaften Morgen bei Culloden, als es ebenso geregnet hatte.

Keegan verbannte diese Gedanken. Er brauchte keine Erinnerung an die toten Gesichter seiner Brüder, an den gefolterten Körper seines Vaters. Nicht jetzt. Jetzt musste er eine Möglichkeit finden, um schnell zu verschwinden, bevor die erzürnte Woge trunkener Verfolger durch die Tür brandete. Er hatte die Vogelflinte hinter der Bar gesehen und konnte sich vorstellen, dass der Gastwirt liebend gern seinen Platz in der Dorfgeschichte verdienen würde, indem er einen berüchtigten Jakobiter wie Keegan MacLeod abknallte.

»Autsch! Mein Knöchel!«

»Wir haben keine Zeit zum Jammern.« Der scharfe Geruch von faulendem Heu und Mist schlug Keegan entgegen, als er in den Stall hetzte und eine humpelnde und trotz seiner Mahnung jammernde Zoe hinter sich her zerrte.

»Ich glaube, er ist gebrochen. Nicht! Nein, ich kann unmöglich ...« Zoe musste nach Luft schnappen, und das erstickte ihren Protest, als sie unsanft von dem Schotten hinter sich auf ein Pferd gerissen wurde. Ihr erster Gedanke war, sich zu wehren ... das heißt, bis sie vom Pferderücken zu rutschen begann und erkannte, wie hoch oben sie sich befand. Ihr Entführer brauchte gar nicht mehr zu schreien »Festhalten!«, sie klammerte sich ohnehin schon verzweifelt an seine Hüften.

Zoe schloss die Augen, als das riesige Pferd aus dem Stall in den regnerischen Abend donnerte.

Immerhin war sie nicht taub. Denn sie nahm das Donnern des Pferdes war. Und andere Geräusche. Gebrüll, sofort stehen zu bleiben. Das Klappern der Hufe über Stein. Den hämmernden Herzschlag des Schotten – oder war es ihr eigener? An ihn gepresst wie sie war, konnte sie das schlecht unterscheiden. Nur klang das, was sie hörte, stark und regelmäßig, und so schlug ihr Herz bestimmt nicht.

Zoe rechnete damit, dass es jeden Augenblick zerspringen würde. Ihr schwaches Herz mochte es geschafft haben, während ihrer Entführung und der langen Kutschfahrt weiterhin zu schlagen, doch es würde niemals diese schlimmen Strapazen überstehen.

Jeder Knochen in ihrem Körper schien zu knacken, als das Pferd, auf dessen knochigem Rücken sie durchgeschüttelt wurde, an den schreienden Männern vorbeipreschte.

Ein Schuss peitschte durch die Luft. Zoe schrie auf. Der Schotte fluchte. Bruchstücke von Gebeten kamen Zoe in den Sinn, doch sie war zu erschrocken und betäubt, um sie laut auszusprechen. Oder vielleicht konnte sie überhaupt nicht mehr sprechen.

Keegan schlug dem Pferd auf die Flanken und lenkte das keuchende Tier von der Straße fort in ein niedriges Wäldchen. Er hoffte jedenfalls, dass es ein Wald war. Unter der dunklen Wolkendecke und dem Nebel war die silberne Sichel des Mondes verschwunden.

Keegan rieb dem Pferd mit der Handfläche über den glatten Hals und lauschte. Hinter ihm stieß Zoe leise wimmernde Laute aus, was er zu ignorieren versuchte. Sie war nass und fror, und sie fühlte sich unbehaglich. Wie er. Wenn sie nicht die große Heldin hätte spielen müssen, würden sie jetzt zusammengekuschelt in einem warmen, behaglichen Bett liegen.

Verdammt! Woher war dieser Gedanke gekommen? Sie wären vielleicht sicher und trocken gewesen, aber sie hätten gewiss nicht zusammengekuschelt im Bett gelegen. Wie war er auf den Gedanken gekommen, mit ihr zu schlafen, mit dieser ... dieser ... Keegan konnte keinen passenden Vergleich finden und gab seine Überlegungen auf.

Es war ohnehin müßig, darüber nachzudenken. Er hielt den Atem an und wartete auf den verräterischen Hufschlag auf der Straße hinter ihm. Er wartete lauschend, zählte im Geiste die Sekunden, und Erleichterung erfüllte ihn, als Minuten vergingen und er kein Geräusch in der Nacht hörte.

Zuerst hatten sie versucht, ihn zu verfolgen. Jedenfalls glaubte Keegan, Hufschlag gehört und den flackernden Schein von Fackeln gesehen zu haben, als er zurückgeblickt hatte. Aber offenbar war den guten Leuten von Wickshire Komfort lieber als Heldenmut, jedenfalls was seine Ergreifung anbetraf.

Keegan wartete noch ein wenig länger und lenkte das Pferd dann zurück auf die Straße. Er ritt jetzt langsamer, ließ das Tier durch den Schlamm trotten und nicht mehr blindlings durch die Pfützen preschen. Aber er hielt es davon ab, nach Süden zurückzukehren.

Er musste eingedöst sein, denn das fröhliche Zwitschern von Vögeln weckte ihn. Er hatte nicht bemerkt, dass der Regen aufgehört hatte, aber das war tatsächlich der Fall, obwohl die Luft immer noch feucht war.

Ein zinnfarbener Himmel gab ihm eine erste Ahnung, wie die Landschaft aussah, durch die er ritt. Das Land war flach und schien sich unendlich zu erstrecken. Als er ein Gebäude erblickte, glaubte er, zu träumen oder zumindest Halluzinationen zu haben. Es stand gut zwanzig Meter abseits der Straße hinter einem Erlenhain. Es war ein Steinhaus mit Strohdach, und es wirkte verlassen.

Vorsichtig lenkte Keegan das erschöpfte Pferd von der schlammigen Straße. Zoe umklammerte immer noch seine Hüften. Er konnte spüren, dass ihr Körper sich gegen seinen Rücken presste. Es war der einzige Teil von ihm, der trocken und warm war.

Aus der Nähe wirkte das Gebäude – offenbar ein Stall – verfallen und unbenutzt. Keegan löste mit sanfter Gewalt Zoes Hände von seinen Hüften und glitt vom Pferderücken. So schlaff wie eine Puppe rutschte seine Gefangene ebenfalls vom Pferd.

»Mein Gott, Zoe.« Keegan umfasste ihre Hüfte, als sie herabrutschte und gestürzt wäre, wenn er sie nicht aufgefangen hätte. »Bleib auf den Füßen.«

»Das kann ich nicht. Ich sterbe.«

»Quatsch, du stirbst nicht.« Keegan nahm sie auf die Arme. »Du bist nur müde wie ich.« Er setzte sie, nass und erschöpft wie sie war, an eine Erle und sagte: »Sei jetzt still«. Im nächsten Augenblick sank sie auf die Seite. Kopfschüttelnd zog Keegan sein Schwert und machte sich auf den Weg, um den Stall zu erkunden.

Binnen Minuten kehrte er zurück, rüttelte Zoe am Arm und zwang sie, sich aufzusetzen.

»Hör auf«, murmelte sie und war sich gar nicht bewusst, dass sie beide zum Du übergegangen waren, vielleicht, weil sie sich zuvor in dem Gasthaus kurz als Ehepaar ausgegeben hatten, vielleicht auch wegen des gemeinsam Erlebten. »Lass mich einfach in Frieden sterben.«

»Du stirbst nicht, das habe ich dir schon einmal gesagt. Aber wenn du nicht aus diesen nassen Klamotten herauskommst, könnte das dein baldiger Tod sein. Jetzt komm mit.«

Zoe öffnete ein Auge, dann das andere. Sie stöhnte auf. »Warum sterbe ich nicht einfach?«

»Nun, Lady Zoe, das weiß ich nicht.« Keegan zog sie auf die Füße. »Vielleicht bleibst du am Leben, um mir meines zur Hölle zu machen.«

»Ich?« Zoe erholte sich genügend, um auf die Hände zu schlagen, mit denen er sie festhielt. »Wer hat mich denn auf dieses Pferd gezerrt und ist mit mir die ganze Nacht durch die Gegend geritten?«

»Du hättest ein trockenes Bett haben können, Zoe, wenn du in diesem Gasthaus still gewesen wärst. Hast du wirklich gedacht, die Bauernhorde könnte dich retten?«

»Ich hielt es für einen Versuch wert«, erwiderte Zoe mit einem Seufzen. Sie war jetzt auf den Füßen und Keegan zog sie in Richtung Stall. Drinnen war es wärmer und trocken, aber muffig. Zoe war jetzt so müde, dass sie wie in Trance stehen blieb, als Keegan sie losließ.

»Hier.« Er stutzte, als sie reglos verharrte. »Nimm das.«

Der Schotte hielt ihr eine mottenzerfressene Pferdedecke hin, so schmutzig, dass Zoe im schwachen Licht den Staub darum tanzen sehen konnte. Aber sie befolgte seine Anweisung, wenigstens den ersten Teil davon.

»Und jetzt zieh deine nassen Sachen aus und trockne dich ab. Ich kümmere mich um das Pferd.«

Keegan rieb das Pferd – es war eine Stute – mit Stroh ab und führte das Tier in eine Box. Das einzige Körnerfutter, das er finden konnte, war schimmelig, und so gab er dem Pferd nur etwas Wasser und das Versprechen, es später am Tag einige Zeit lang grasen zu lassen.

Keegan streifte seine Jacke ab und kehrte zu der Box zurück, wo er Zoe zurückgelassen hatte. »Bist du anständig zugedeckt, Mädchen?«

Keine Antwort.

Hölle und Verdammnis! War die Frau so verrückt, abermals einen Fluchtversuch zu unternehmen?

»Zoe?«

Ärgerlich stürmte er um die hölzerne Trennwand herum – um bei dem Anblick, der sich ihm bot, jäh zu verharren. Sie lag zusammengesunken im Stroh, immer noch in ihrer nassen Kleidung. Sie lag so reglos und bleich im grauen Licht, das in den Stall fiel, dass er befürchtete, ihre Prophezeiung, zu sterben, habe sich bewahrheitet. Hatte ihr schwaches Herz, wie sie es nannte, einfach aufgehört zu schlagen? Sein eigenes Herz wurde ihm bei diesem Gedanken schwer. Dann kehrte die Vernunft zurück, und er sank neben Zoe auf die Knie.

»Zoe, du musst die nassen Sachen ausziehen.« Er berührte ihre Wange und ließ die Hand zu ihrem Halsansatz gleiten, um den Puls zu fühlen. Ja, ihr Herz schlug. Sie reagierte nur mit einem gedämpften Stöhnen. »Werde jetzt wach, oder mir bleibt nichts anderes übrig, als dich auszuziehen.«

Keine Reaktion.

»Verdammt, Zoe Morgan. Ich bin genauso kaputt wie du, und auch mir ist kalt.« Er richtete sich auf und hängte seine Jacke über die Trennwand. »Ich hätte nicht übel Lust, dich in dem nassen Zeug zu lassen. Dann würdest du erleben, wie es ist, wenn man wirklich krank wird.« Doch noch während er sprach, kniete sich Keegan neben sie und nestelte an den silbernen Knöpfen ihrer Reitkleidung. Der Stoff war nass, und seine Finger waren klamm, was die Aufgabe erschwerte. »Denk nur ja nicht, ich hätte noch nie ein Mädchen ausgezogen«, murmelte er, und dann musste er grinsen. Etwas Ähnliches wie jetzt hatte er tatsächlich noch niemals getan.

Als ihre Jacke aufgeknöpft war, zog Keegan Zoe hoch, bis sie saß. Ihr Kopf sank haltlos zur Seite, ihr Hals sah unglaublich zart aus. Keegan zog erst einen Arm, dann den anderen aus den safrangelben Ärmeln. Sie stöhnte nur leise und wie protestierend auf, als er ihr die Jacke auszog und dann die nasse Bluse über den Kopf streifte.

»Du solltest besser wach werden«, warnte Keegan, während er ihr Rock und Unterröcke auszog.

Nach dem langen Ritt durch den Regen waren ihre Unterkleider genauso feucht wie die Reitkleidung selbst. Mit einem Seufzen hakte Keegan das Korsett auf. Sie lag jetzt auf der Pferdedecke, und ihr nasses Haar fiel auf das Stroh. Sie war mager, jedoch nicht ohne weibliche Kurven. Unwillkürlich zog Keegan sie langsamer aus, und als er sie entkleidet hatte, glitt sein Blick über ihren nackten Körper.

Er schluckte, fühlte sich unbehaglich, weil er sich wie ein Voyeur vorkam. Mit einem Aufstöhnen nahm er die andere Decke, die er im Stall gefunden hatte, und legte sie auf ihren Körper. So, jetzt war sie bedeckt. Aber das löschte nicht die Erinnerung an den Anblick, als sie dort nackt seinen Blicken ausgeliefert gewesen war.

Zuvor hatte er sie kaum als Frau betrachtet. Sonderbar, jetzt, als er darüber nachdachte, fand er sie hübsch mit ihren grauen Augen, so ruhig und geheimnisvoll wie eine

Dämmerung im schottischen Hochland. Aber sie war eine Plage für ihn, war es gewesen, seit er sie entführt hatte. Und er hatte nichts anderes zur Kenntnis genommen als ihre ärgerlichen Angewohnheiten, ihr Jammern über eingebildete Krankheiten, die Verteidigung ihres verkommenen Bruders, die Fluchtversuche.

Bis jetzt.

Nun, jeder solche Gedanke über sie musste aufhören. Keegan riss sich die Weste vom Körper und hängte sie zu den aufgereihten Kleidungsstücken – Zoes Sachen und seine – über die Trennwand. Sein Hemd folgte, dann die Hose. Gewiss, er hatte die Kleine entführt, aber sein Motiv war ehrbar. Und dies sollte so bleiben.

Da konnte sein verräterischer Körper reagieren, als wäre es anders.

Keegan entschied sich, seine Unterhose anzulassen, obwohl sie vom Regen feucht war. Mit seinem Schwert und der Pistole an der Seite legte er sich ins Stroh, nahe bei Zoe, jedoch darauf bedacht, seine Gefangene nicht zu berühren. Aber die Morgenkälte veranlasste ihn bald, sich näher zu ihr zu schieben, unter den Rand der Decke, bis sein Körper sich ihren Kurven anpasste und er ihre warme Haut spürte.

»Hölle und Verdammnis«, fluchte er, als sie sich umdrehte und er dann ihren Arm über seine Brust legte. »Ausgerechnet *jetzt* rührst du dich.«

In der Benommenheit ihres Halbschlafs träumte Zoe, dass jemand – es musste ihrer Ansicht nach Keegan MacLeod sein – Nadeln in ihre Haut stach. Es nutzte nichts, ihn anzuflehen, es zu unterlassen. Er lachte nur. In seinen Augen brannte ein sonderbar dämonisches Feuer, und er sagte ihr, er würde tun, was ihm beliebt.

Oh, sie verabscheute ihn. Was nicht ganz leicht war.

Denn in ihrem Unterbewusstsein gab es Träume anderer Art. Sinnliche Träume, die sie noch nie gehabt hatte. Die Berührung warmer Haut. Der Geruch eines Männerkörpers.

Und das war nicht einfach irgendein Mann.

Selbst im Schlaf wusste Zoe, dass es der barbarische Schotte war, der diese Gefühle in ihr auslöste. »Nein! Nein!« Der Klang ihrer eigenen Stimme, erhoben im Protest, riss Zoe aus dem Schlaf. Sie lag einen Moment still und lauschte, bevor sie die Augen öffnete.

Sie war allein, doch sie konnte Geräusche hören. Ihre Hand tastete etwas Pieksendes. Es war Stroh, und sie hielt einen Moment inne. Jetzt erinnerte sie sich vage, dass sie durch die regnerische Nacht geritten waren und gegen Morgen irgendwo Unterschlupf gefunden hatten. Keegan MacLeod.

Erschauernd setzte sich Zoe auf. Dabei bemerkte sie, dass sie kein Mieder trug ... überhaupt keine Kleidung! Sie schnappte nach Luft und zog die Decke bis zu ihrem Kinn hoch, wobei sie ihre Füße und Unterschenkel entblößte. Was sie sah, ließ sie ihre Nacktheit vergessen. »O nein«, flüsterte sie mit einem resignierten Seufzen. »Nur das nicht.«

Keegan biss in einen Apfel und verzog das Gesicht, als er den sauren Saft schmeckte. Nicht ganz reif. Aber er hatte keine große Auswahl. Und er war verdammt hungrig. Glücklicherweise hatte er in der Nähe einen Bauernhof gefunden ... und ein Milchmädchen, das bereit gewesen war, ihm für ein Lächeln und ein paar blumige Phrasen einen Laib Brot zu überlassen. Aber er war ja stets ein Charmeur gewesen, das hatten sein Vater und seine Brüder jedenfalls behauptet.

Er biss noch einmal in den Apfel und warf ihn dann weg.

Der saure Geschmack trug nicht dazu bei, die Erinnerung an die gebrochenen Augen seiner Brüder auszulöschen. Oder das Entsetzen zu sehen, wie sein Vater von den englischen Schlächtern umgebracht wurde.

Keegan watete durch einen kleinen Bach und folgte dem Pfad, über den er gegangen war, nachdem er im Stall erwacht war. Die Sonne stand hoch, und das aufspritzende Wasser des Baches glitzerte wie Juwelen. Ein schöner Landstrich, doch es mangelte ihm an der Schönheit des schottischen Hochlands, der Heimat.

Bald. Bald würde er daheim sein.

Keegan zog den Beutel, den er erbettelt hatte, unter seiner Jacke hervor. Er enthielt Hafer, den Brotlaib und einen Krug Apfelwein. Genug Nahrung für das Pferd und ihn, um zur Küste zu gelangen. Oh, und auch für Zoe.

Keegan schüttelte den Kopf, als er sich dem alten Stall näherte. Gott im Himmel, was hatte er sich dabei gedacht, als er sie entführt hatte? Genauso gut hätte er sich eine Eisenkugel um den Hals ketten können. Sie hatte keine Ahnung, wie sich eine Gefangene verhalten musste. Natürlich war er sich auf diesem Gebiet selbst nicht sicher, schließlich war er kein Entführungs-Experte. Aber er war überzeugt, dass Gefangene nicht ständig mit Fragen nerven oder über diese oder jene Krankheit jammern sollten. Oder so verdammt verführerisch und jungfräulich auf einer mottenzerfressenen Pferdedecke liegen sollten.

Bei ihrem Anblick hatte nicht nur sein Geist, sondern auch ein gewisser Körperteil Lust empfunden, und es war schwer gewesen, nicht darauf zu reagieren. Der Himmel wusste, dass er kaum geschlafen hatte, als er neben ihr lag. Er hätte das freundliche Angebot des Milchmädchens, sie hinter dem Stall zu treffen, annehmen sollen. Gewiss, sie war kein so köstlicher Anblick und kaum jungfräulich, doch sie hätte ihm viel Erleichterung von der Spannung verschaffen können, die ihn in jüngster Zeit erfüllte.

Natürlich war ihm in den Sinn gekommen, ein bisschen seiner Energie an Zoe zu verschwenden. Oftmals hatte er mit dem Gedanken gespielt, als er an die Dachsparren des Stalles gestarrt hatte, während Zoe friedlich neben ihm geschlummert hatte, köstlich und jungfräulich. Mist, Vergewaltigung gehörte doch zu einer Entführung dazu. Oder nicht?

»Nein. Kommt nicht hier rein!«

»Hölle und Verdammnis, Zoe. Wir waren per du, hast du das vergessen? Was ist denn in dich gefahren?« Trotz seiner Worte verharrte Keegan auf der Türschwelle. Der Sonnenschein des frühen Nachmittags fiel durch die Fensterlöcher, und der Anblick, der sich Keegan bot, hatte sich seit seinem Verlassen des Stalles kaum verändert. Das Pferd, betagt und ein bisschen klapprig, stand immer noch in einer Box. Zoe befand sich immer noch in der Box rechts davon. Sie hatte die Decke bis zu ihrem Kinn hoch gezogen, wobei ihr offenbar entgangen war, dass diese ihre linke Brust nicht bedeckte.

Keegan atmete tief aus und betrat den Stall.

»Nein, bitte, es ist mir ernst. Du darfst nicht näher kommen.« Sie begleitete ihre Worte mit einer Geste, die ihm bedeutete, mindestens einen Schritt vor ihr stehen zu bleiben.

»Zoe.« Keegan kiff die Augen zusammen und musterte sie wieder ... diesmal das Gesicht. Es zeigte echte Furcht, und Keegan erinnerte sich an das, was er kurz vor dem Betreten des Stalls gedacht hatte. Es würde ihm also nichts ausmachen, sie in sein Bett zu bekommen, sie war seine Gefangene. Andererseits bedeutete Letzteres nicht, dass er sie benutzen würde, um seine Bedürfnisse zu befriedigen. Ungeachtet seines Hasses auf ihren Bruder. »Ich werde dir nichts tun.«

»Ich rate dir, von mir fern zu bleiben. Nein, komm nicht näher!«

»Ich nehme an, es ist wegen deiner fehlenden Kleidung. Gewiss, ich habe dich ausgezogen, aber es geschah zu deinem Besten. In diesen nassen Sachen hättest du dir den Tod geholt. Und ich habe nicht mal einen flüchtigen Blick auf dich geworfen.« Keegan grinste bei seiner Lüge. »Hatte die ganze Zeit die Augen geschlossen.«

»Das meine ich nicht...« begann Zoe. Dann verstummte sie, und ihre Augen wurden groß. »*Du* hast mich ausgezogen?«

»Aye.« Keegan legte den Beutel auf den mit Stroh bedeckten Boden. »Hast du gedacht, deine Zofe wäre zufällig vorbeigekommen?«

»Nein, natürlich nicht. Ich kann mich nicht erinnern. Ich dachte, ich hätte es selbst getan. Außerdem hat mir Miss Phelps stets geholfen, wenn ich mich auf das Bett vorbereitet habe. Sie sagte, die Dienstmädchen sind zu grob mit einer zarten Person wie mir.«

»Ah, nun, da hat sie sich vielleicht ein bisschen geirrt.« Keegan nahm an, dass er wenig behutsam mit dieser zarten Person umgegangen war, besonders gegen Ende des Entkleidens, als er sich beeilt hatte, ihren fast nackten Körper zu bedecken.

Zoe seufzte laut. »Das macht nun wirklich nichts mehr. Denn in ein paar Tagen werde ich tot sein.«

»Was, zum Teufel, soll das?« Trotz ihrer Proteste trat Keegan näher. »Ich habe gesagt, dass ich dir nichts antun werde, und ich halte mein Wort. Trotz deiner kleinen Schau in der Schenke, für die ich dir den Hintern hätte versohlen sollen.«

Keegan bemerkte, wie sich zwei dicke Tränen aus ihren Augen lösten und über ihre Wangen rannen, und er fühlte sich wie das übelste Monster. Die Hände beschwichtigend erhoben, trat er einen weiteren Schritt näher. »Es gibt keinen Grund zum Weinen. Das war nur hypothetisch gemeint, weißt du. Natürlich werde ich deinen Hin … dich nicht schlagen.«

»Dafür danke ich dir, aber vielleicht wäre es besser, du würdest mich einfach töten, damit ich erlöst bin.«

»Was, bist du verrückt geworden?«

»Dann bräuchte ich nicht an Erbrechen und Fieberwahn zu leiden.« Zoe biss sich auf die Unterlippe. »Das sind doch die Symptome der Seuche, oder?«

»Du sprichst in Rätseln, Zoe, und ich verliere allmählich die Geduld. Zieh dich jetzt an. Ich habe Brot mitgebracht. Wir werden essen und uns auf den Weg …«

»Du verstehst nicht«, rief Zoe empört. »Ich habe die Pocken.«

»Die Pocken! Um Himmels willen, Zoe, du kannst unmöglich die Pocken haben.« Oder doch? Hölle, nein, dies war kein Flittchen. Und wenn sie auch nur schon berührt worden war, würde ihn das überraschen.

»Blattern«, bekräftigte sie. Weitere Tränen folgten den anderen, bevor sie schniefte und tief Luft holte. »Aber ich werde tapfer sein. Ich hoffe nur, du hast dich nicht …« Zoe verstummte. Warum sollte sie hoffen, dass der Schotte sich nicht mit der schrecklichen Krankheit angesteckt hatte? Wenn er die Pocken hatte, würde ihn das gewiss davon abhalten, Fox umzubringen. Und es würde ihm recht geschehen, weil er sie entführt hatte. Schließlich konnte sie sich bei ihm angesteckt haben. Er war im Gefängnis gewesen.

Trotz allem war sich Zoe nicht sicher, ob sie dem Schotten die Pocken wünschte. Er wirkte so gesund und kräftig, und irgendetwas störte sie an dem Gedanken, dass er krank und schwach dahinsiechen könnte.

Das war der Zustand, in dem sie sich befand: krank und

schwach dahinsiechend. Sie träumte davon, auf einem Berg Federbetten zu liegen, unter einer weißen Decke, Fleischbrühe von einem Silberlöffel schlürfend, mit der Miss Phelps sie fütterte. Aber hier gab es kein weiches Bett und keinen Silberlöffel. Und gewiss keine Miss Phelps, von der sie gepflegt wurde. Sie würde wahrscheinlich auf diesem Haufen dreckigem, stechendem Heu sterben.

Zoe blickte auf, als sich der Schotte neben sie kniete. Er forderte wirklich sein Schicksal heraus.

»Wie kommst du auf den Gedanken, die Blattern zu haben?«

Seine Worte klangen freundlich, doch Zoe bemerkte eine Spur von Belustigung in dieser tiefen, gutturalen Stimme. Und er schien das Zucken seiner Mundwinkel nicht unter Kontrolle halten zu können. Er fand also ihr schlimmes Schicksal lachhaft. Sie würde ihm die Augen öffnen.

»Da«, sagte sie und zog die Decke hoch, entblößte ihre Füße und die Unterschenkel. »Sieh es dir selbst an.«

Keegans Blick glitt von ihren Augen über ihren Körper hinab. Als der Blick ihre Unterschenkel erreichte, hockte er sich auf die Hacken zurück. »Und was soll ich sehen?« Außer schlanken Fesseln und wohlgeformten Waden?, fügte er in Gedanken hinzu.

Zoe neigte sich vor, und die Decke rutschte ein wenig mehr von ihrem Körper. Keegans Blick schweifte über die Rundung einer nackten Schulter, bevor er ihn senkte und der Richtung ihres ausgestreckten Fingers folgte, der auf rötliche Schwellungen wies, mit denen ihre elfenbeinfarbene Haut gesprenkelt war.

»Aye«, sagte Keegan, und zog seine Augenbrauen hoch. »Du hast ein paar Insektenstiche.«

»Insektenstiche.« Zoe kippte fast vornüber, als sie versuchte, die Schwellungen genauer zu betrachten. »Insektenstiche?«

»Ich habe auch jede Menge. Die Decke ist höchstwahrscheinlich von Ungeziefer verseucht.«

Keegan sah ihr an, dass sie im ersten Impuls die verdammte Decke von sich schleudern wollte. Doch zu seinem Bedauern fiel ihr ein, dass sie darunter nackt war, und entschied sich anders.

Mit einem resignierten Achselzucken stand Keegan auf und nahm den Hafer aus dem Beutel. »Du kannst dich von dem Brot und dem Apfelwein bedienen, wenn du angezogen bist. Ich füttere das Pferd.« Er warf den Hafer in einen Eimer und bot ihn der Stute an.

Unterdessen rührte sich Zoe nicht. Sie starrte nur weiterhin auf ihre Beine und murmelte etwas über Blattern.

»Man könnte meinen, es freut dich nicht, dass du am Leben bleiben wirst. Bist du so wild darauf, mich loszuwerden?«

Sie blickte auf und presste die Lippen aufeinander. »Natürlich kann ich auf deine Gesellschaft verzichten ... du unverschämter Kerl. Und lach nicht. Du bist ein Schuft und noch viel Schlimmeres. Aber ich will nicht sterben«, fügte sie schnell hinzu. »Es ist nur, dass ich dachte ... nun, du weißt, was ich gedacht habe.«

»Aye.« Trotz ihrer Warnung konnte er ein Lachen nicht unterdrücken. »Du dachtest, du hättest die Blattern.«

»Nun, ich habe noch nie mit Ungeziefer geschlafen.«

»Aber ich.« Er lachte nicht mehr. »Man gewöhnt sich daran.«

»Darauf kann ich verzichten.« Zoe kratzte an ihrem Bein. »Die Stiche jucken.« Als diese Klage zu keiner Reaktion bei ihm führte, wickelte Zoe die Decke um sich und stand auf. Ihre Kleidung, die arg mitgenommen aussah, hing auf der Trennwand der Box. Zoe hielt den Schotten misstrauisch im Auge, als sie sich anzog, doch er schien ins Füttern des Pferdes vertieft zu sein. Das Unterhemd verfing sich in ihrem Haar, als sie es überstreifte. Mit dem Korsett hatte sie noch mehr Mühe. Es war schwierig, es zuzuhaken, eine Aufgabe, die sie noch niemals allein bewältigt hatte, und fast hätte sie ihren Entführer um Hilfe gebeten. Aber irgendwie schaffte sie es allein. Als sie das Mieder schnürte, beeilte sie sich, denn sie empfand nagenden Hunger.

Das Brot war aus Schrot, und es würde vermutlich ihrem empfindlichen Magen schlecht bekommen, doch Zoe aß es trotzdem. Sie hatte es fast zu Ende verzehrt und dazu Apfelwein getrunken, als ihr einfiel, den Schotten um Erlaubnis zu fragen. »Dies ist doch zum Teilen?«

»Nein, ich habe bereits gegessen. Iss nur.« Keegan war damit beschäftigt, eine Art Halfter aus Lederriemen zu binden, die er im Sattelraum gefunden hatte. Er legte der Stute das improvisierte Halfter an, führte sie nach draußen, legte ihr die Decken auf den Rücken und war Zoe beim Aufsitzen behilflich. Als Zoe die Beine spreizte und um die Flanken des Pferdes schlang, schienen ihre Muskeln zu zerreißen. Aber weil sie immer noch verlegen durch das Fiasko mit den vermeintlichen Pocken war, behielt sie die Schmerzen für sich. Stattdessen fragte sie: »Wohin reiten wir jetzt?«

»Nach Harmouth an der Küste. Dort wird man uns nordwärts nach Schottland bringen.« Keegan saß hinter Zoe auf, schob die Arme an ihr vorbei und ergriff die behelfsmäßigen Zügel. Als er die Stute mit einem Zungenschnalzen antrieb, lehnte Zoe sich zurück und schmiegte sich zwischen seine Schenkel. Bei seinem Aufstöhnen wandte sie sich zu ihm um.

»Dieser Muskelkater ist schlimm, nicht wahr? Aber ich beklage mich nicht, wie du bemerken wirst.«

Vielleicht jammerte sie nicht, aber Keegan war es danach zumute. Es war schon schlimm genug, Lady Zoe als seine

Gefangene zu haben. Doch der Gedanke, von ihrem Charme gefangen genommen zu werden – so begrenzt er auch war –, gefiel ihm gar nicht. Sein Entschluss stand fest. Bei der ersten Gelegenheit würde er Lady Zoe zurücklassen. Er würde eine andere Möglichkeit finden, seinen Vater zu rächen.

6

Am späten Nachmittag des nächsten Tages trafen sie nach einem Ritt, den Zoe grausam gefunden hatte, in Harmouth ein. Sie sagte sich, dass der Ritt für den Schotten genau so schlimm gewesen sein musste, denn er war wortkarg und mürrisch. Wenn er etwas sagte, dann war es eine gebellte einsilbige Antwort, begleitet von ein paar grollenden Bemerkungen über ihre Neigung zum Jammern. Dieser herzlose Wilde! Gewiss hatte Zoe nicht den Wunsch, sich mit dem Barbaren zu unterhalten, aber er hatte anscheinend nicht das geringste Verständnis dafür, wie miserabel sie sich fühlte.

Ihr Po war wund, ihre Beinmuskulatur schmerzte, und die Insektenstiche juckten. Nur die Erinnerung an die Miene ihres Entführers, als er ihr gesagt hatte, dass sie keine Blattern hatte, verhinderte, ihn wissen zu lassen, wie schlecht es ihr ging. So hielt sie den Mund, auch wenn sie so erschöpft war, dass sie das Gefühl hatte, ihr nächster Atemzug würde der letzte sein.

Aber irgendwie atmete sie weiter, und ihr Herz schlug, und sie lebte noch, als der Schotte ihr vom Pferd half.

Das Dorf war klein und schmiegte sich an einen Granithang. Verwinkelte schmale Gassen wanden sich durch die Ansammlung weiß getünchter Steinhäuser, die wie übereinander gebaut wirkten, als ob sie sich selbst vor den salzigen Stürmen schützen wollten. Wie die Umgebung wirkte das Dorf karg und unfreundlich.

Und das Gebäude mit dem Namen »Hungrige Krähe«

wirkte am abweisendsten. Das in gebrochenen Angeln hängende Schild – das einen unglaublich hässlichen Vogel mit weit aufgerissenem Schnabel zeigte – klapperte und knarrte bei jeder Windbö vom Kanal.

Die Tür wurde knarrend aufgestoßen, und ein grauhaariger alter Mann, so gekrümmt wie der Stechginster, der die Hänge tupfte und im Wind zitterte, schlurfte heraus auf die Straße. Ein Auge war mit einer schmutzigen schwarzen Klappe bedeckt. Das andere, wässrigblau, musterte Keegan und Zoe.

»Ich suche einen Padraic Rafferty«, begann Keegan. »Ich habe gehört, er hält sich vorzugsweise in dieser Gegend auf.«

»Hast du?«

»Aye, und ich würde es schätzen, wenn du mir sagst, ob er hier ist.«

»War«, sagte der alte Mann und spuckte aus. Er wischte sich mit dem Handrücken über den Mund und richtete dann sein unversehrtes Auge auf Zoe. »Wer ist denn dieses hübsche Weibchen?«

Bevor Zoe wusste, wie ihr geschah, zog der Schotte sie hinter sich, bevor er antwortete. »Das geht dich nichts an, alter Mann. Wenn du mir nichts über Captain Rafferty sagen willst, werde ich jemand anderen finden, der mir Auskunft gibt.«

Der Einäugige zuckte nur mit den schmalen Schultern und schlurfte den Hügel hinunter. Keegan schaute ihm nach, drehte sich dann um und fing Zoes Blick auf.

»Ich brauche dir wohl nicht zu sagen, dass du deine Bemerkungen für dich behalten sollst. Diese Männer sind alles andere als Gentlemen. Es ist am besten, du bleibst an meiner Seite und hältst den Mund.«

»Am besten für wen?«

Keegan kniff die Augen zu Schlitzen zusammen. »Wie meinst du das?«

Mann und verbeugte sich förmlich vor Zoe. »Sie hat fürchterliche Manieren.« Dies führte zu einem wütenden Laut von Limmy, doch der Mann ignorierte das, ergriff Zoes Hand und führte sie an seine Lippen. »Einer so feinen Dame wie Euch sollte so etwas wie Limmy erspart bleiben.«

»Nun, ich ...« Zoe schluckte und wusste nicht mehr weiter. Sie hatte noch nie einen Handkuss erhalten. Und der Mann, der ihre Hand küsste, war zweifellos erfahren darin. Er sah ihr dabei in die Augen, und seine waren so dunkelbraun, dass sie fast schwarz wirkten. Seine Lippen waren fest und leicht feucht, und obwohl er nicht annähernd so attraktiv wie der Schotte war, spürte Zoe, wie Hitze in ihre Wangen stieg und sie leicht rötete. Das heißt, bis Keegan ihre Hand von dem Charmeur fortriss.

»Ich bitte um Verzeihung, Sir«, sagte der Mann zu Keegan. »Ich habe es nicht böse gemeint. Ich wollte Eurer Frau nur meinen tiefsten Respekt erweisen.« Sein Blick glitt zu Zoe, als sie den Mund öffnete, um seinen Irrtum zu korrigieren, doch ein murrender Laut des Schotten veranlasste sie, ihn wieder zu schließen.

»Keine Ursache«, sagte Keegan mit einem leichten Nicken.

»Ich bin Captain Keefer Holt vom Schoner *Sea Maiden*. Vielleicht habt Ihr das Schiff im Hafen gesehen?«

»Nein.« Keegan verschränkte die Arme vor der Brust und lehnte sich zurück. »Ich suche Padraic Rafferty.«

»Den müsst Ihr leider im Himmel suchen ... oder vielleicht in der Hölle.«

»Er ist tot?«

»Bedauerlicherweise. Obwohl dies kaum ein Schock für Euch wäre, wenn Ihr Padraic gekannt hättet.« Keefer Holt legte eine Pause ein, um Zoe ein gewinnendes Lächeln zu schenken.

»Ich kannte ihn nicht«, sagte Keegan und schaffte es, damit Holts Aufmerksamkeit wiederzugewinnen.

»In diesem Fall vermute ich, dass Ihr seine Bekanntschaft machen wolltet, weil Ihr Schmuggelwaren braucht…«, er legte eine Pause ein, um Zoe abermals zu mustern »… oder Ihr wünscht, eine Seereise zu unternehmen.« Als Keegan schwieg, fuhr Keefer Holt fort: »Mein eigenes Schiff, die *Sea Maiden*, steht zu Eurer Verfügung.«

»Danke, aber ich habe nicht vor, eine Seereise zu machen.«

»Nicht?«

Zoe beobachtete, wie Keefer Holt sich auf dem Stuhl, auf dem er Platz genommen hatte, zurücklehnte und die lässige Pose des Schotten nachahmte. Die Männer schienen einander abzuschätzen.

»Das überrascht mich«, sagte Holt. »Nach Eurem schottischen Akzent und Eurer breiten Sprechweise zu schließen, hätte ich gedacht, Ihr hättet vielleicht das Gefühl, dass Ihr den Kontinent verlassen solltet.«

Er wusste Bescheid.

Zoes Herz begann heftiger zu pochen, und sie versuchte, dem Captain eine stumme Botschaft zu übermitteln, ihm mitzuteilen, dass sie als Geisel gehalten wurde und wer der Schotte war. Doch bevor sie den Blick des Captains auf sich ziehen konnte, sah sie sich um und fing Keegans Blick auf. Er schaute hinab auf seine Hand, mit der er die Pistole umklammerte. Sie war unter dem Tisch für alle außer ihr verborgen und zielte auf Zoe. Ihr stockte der Atem, und sie entschied sich dagegen, etwas Unüberlegtes zu tun.

Jedenfalls für den Moment.

Sie nickte sogar zustimmend, als Keegan irgendeine erfundene Erklärung gab, weshalb sie Padraic Rafferty gesucht hatten. Er blieb dicht an ihrer Seite, die Hand mit der Pistole in der Jackentasche, als sie die Taverne verließen.

Die würzige Salzluft war erfrischend nach dem Mief in der Taverne. Keegan atmete tief durch und zog Zoe vom Eingang fort, bevor er seiner Wut und Enttäuschung freien Lauf ließ.

»Verdammt, verdammt«, grollte er. »Was, zum Teufel, mache ich jetzt?«

Die Frage war offenbar rhetorisch gemeint, doch Zoe gab trotzdem eine Antwort.

»Du könntest aufgeben. Nach London zurückkehren und ...«

»Mich aufhängen lassen? Ist das dein Vorschlag?«

Er starrte sie verblüfft an, und Zoe musste sich eingestehen, dass er ins Schwarze getroffen hatte. »Ich könnte zu deinen Gunsten aussagen. Den Behörden versichern, dass du mich nicht angerührt hast.«

»Das ist ein Trost. Das Dumme ist nur, dass man mich mit oder ohne deine Fürsprache aufhängen wird.«

»Warum nimmst du dann nicht Captain Holts Angebot an? Ich finde, er ist genauso gut wie dieser andere Mann, der dich nach Schottland bringen sollte.« Diesen Vorschlag hätte sie vermutlich nicht machen sollen, angesichts seiner Planung, sie mitzunehmen, doch er rutschte ihr heraus, bevor sie es verhindern konnte. Und er war kaum unvernünftiger als seine Erwiderung.

»Ich kann den Kerl nicht leiden.«

»Das ist albern. Er war sehr nett zu mir.«

»Ich kann mir denken, dass dir seine Handküsse und seine schmachtenden Blicke gefallen haben.«

»Was?«

»Merk dir meine Worte, Lady, er ist kein Mann, dem man vertrauen kann.«

»Ah.« Zoe hob das Kinn. »Aber ich sollte dem Wort eines

Mannes vertrauen, der mich entführt und gedroht hat, mich zu töten?«

»Halt den Mund.« Keegan packte sie am Arm und zerrte sie den schmalen Pfad hinab, der zu dem kleinen, windgeschützten Hafen führte. »Ich habe gesagt, dass dir nichts passieren wird.«

»Das ist ein bisschen schwierig zu glauben, wenn du eine Pistole auf mich richtest. So lange ich mich erinnern kann, habe ich gewusst, dass ich jung sterben werde, aber ich hätte nie gedacht, dass es durch die Hand eines Schuftes wie dir geschehen wird. Ich sollte jetzt in meinem Bett sein, mit Miss Phelps und dem Doktor an meiner Seite.«

Keegan verdrehte nur die Augen himmelwärts, während er Zoe mitzog und zu der kleinen Bucht eilte. Er war nicht daran interessiert, sich abermals eine Aufzählung ihrer Leiden anzuhören, ob sie nun echt oder eingebildet waren. Und er war allmählich davon überzeugt, dass sie hauptsächlich eingebildet waren.

Er warf ihr einen Seitenblick zu und fand, dass sie völlig gesund wirkte. Ihre Haut hatte ein wenig Farbe bekommen, entweder von der Herbstsonne oder von der Anstrengung, mit ihm Schritt zu halten. Wie auch immer, es stand ihr ausgesprochen gut. Er konnte glauben, dass Captain Holt ihretwegen das Risiko eingehen würde, sich den Zorn eines Ehemannes zuzuziehen. Doch er kannte diesen Typ verkommener Kerle – er hatte genügend davon an den Spieltischen kennen gelernt. Von seiner Menschenkenntnis hing sein Leben ab – und auf sonderbare Weise auch Zoes Leben. Er sollte sich nicht damit aufhalten, sich deswegen Sorgen zu machen, doch er tat es trotzdem.

Umso mehr Grund, seinen ursprünglichen Plan aufzugeben, und sich von ihr so bald wie möglich zu trennen. Aber ein Blick auf Harmouth reichte, um ihm klar zu machen, dass er sie nicht hier zurücklassen konnte. Sie mochte von

Holts Aufmerksamkeiten geschmeichelt sein, aber Männer wie er würden wie Tiere über sie herfallen, wenn sie ihnen ausgeliefert wäre.

Ungebeten und unwillkommen kam ihm ein anderer Gedanke. Sogar Männer wie er selbst würden über sie herfallen.

Ein Nachmittag, an dem er mit den Einheimischen sprach oder es zumindest versuchte, führte zu nicht mehr Informationen als er bereits hatte. Fast jeder schien zu bestätigen, dass Padraic Rafferty tot war, das Opfer eines Schiffsunglücks. Anscheinend war niemand bereit, eine Reise nordwärts nach Schottland zu unternehmen, jedenfalls nicht für das Geld, das Keegan anzubieten hatte.

Als sich die Dunkelheit über Harmouth senkte, mietete Keegan ein Zimmer im einzigen Gasthaus des Dorfes. Irgendwie – vielleicht weil sie zu müde war – schaffte es Zoe, sich Bemerkungen zu enthalten, die ihn noch mehr verärgert und gereizt hätten.

Das Zimmer war klein und überfüllt, die Decke war offensichtlich für kleinere Leute als ihn gemacht worden, doch es war wenigstens einigermaßen sauber. Nicht, dass Zoe dies zu interessieren schien. Sie warf nur einen Blick in das Zimmer, ging zum Bett, ließ sich darauffallen und schlief fast sofort ein.

Er hatte ihr angekündigt, dass er sie heute Nacht fesseln würde, für den Fall, dass sie mit irgendwelchen Fluchtgedanken spielte. Aber sie wirkte so süß, so unschuldig, Keegan brachte es nicht übers Herz, sie festzubinden. Außerdem war sie wahrscheinlich so erschöpft, dass er selbst am nächsten Morgen alle Hände voll zu tun haben würde, um sie aus dem Bett herauszubekommen. Besonders, wenn er ihr erzählte, dass sie nach Norden aufbrechen würden, um Schottland auf dem Landweg zu erreichen.

So schob Keegan seine Pistole unter das dünne Kissen,

legte das Schwert griffbereit neben sich und streckte sich im Bett neben Zoe aus. Obwohl er müde war, fand er so schnell keinen Schlaf. Besonders nicht, als er sich zu fragen begann, ob er ihr – natürlich zu ihrer eigenen Bequemlichkeit – die Kleidung ausziehen und ihr Mieder lockern sollte. Schließlich sagte er sich, dass er ein verdammter Lüstling war, weil er dies auch nur erwog.

Aber das Bild des Morgens im Stall wollte ihm nicht aus dem Kopf gehen.

Sie träumte, stark und gesund zu sein, und ihr Haar flatterte im Wind, während sie auf einem prächtigen Pferd durch die Felder galoppierte. Sie roch die Wildblumen, hörte das Singen der Vögel und spürte die Sonne auf dem Gesicht. Es war ein schöner Traum, umso schöner wegen des Mannes, der neben ihr ritt. Er machte sie glücklich, brachte ihr Herz zum Singen. Und als sie zu ihm hinüberblickte, sah sie, dass es ein Schotte war.

Zoe schnappte entsetzt nach Luft und wachte auf.

Einen Moment lag sie still und wartete darauf, dass der Traum verblasste, während sich ihre Augen an die Dunkelheit gewöhnten. Sie lag auf einem Bett und konnte sich kaum erinnern, es schon einmal gesehen zu haben, und der Mann aus ihrem Traum lag neben ihr. Nein. Der Mann, der sie entführt hatte.

Langsam, kaum in der Lage, ihr Glück zu fassen, hob sie die Arme. Er hatte sie nicht gefesselt, wie er ihr angedroht hatte. In der Dunkelheit konnte sie so gerade seinen Umriss erkennen, und seine tiefen Atemzüge sagten ihr, dass er schlief.

Er schlief, und sie war frei. Nun, noch nicht ganz, aber bald.

So vorsichtig wie sie konnte schob sie sich zentimeterweise auf der Matratze von ihm fort. Die Füllung war dünn und gewiss nicht aus Daunen, aber der Bezug sackte nur ein wenig ein, als sie sich bewegte, wofür sie äußerst dankbar war.

Leider war der Bodenbelag so dünn wie die Füllung der Matratze und knarrte laut, als sie einen Fuß auf die Dielen setzte. Ihr stockte der Atem – und seine regelmäßigen Atemzüge stockten ebenfalls. Sekunden vergingen, Zoe rechnete damit, jeden Augenblick von Keegan gepackt und festgehalten zu werden. Doch das geschah nicht. Als er wieder gleichmäßig und jetzt leise schnarchend atmete, seufzte Zoe auf.

Sie rutschte vom Bett, glitt zu Boden. Irgendwie schaffte sie es, auf die Beine zu gelangen, ohne ihn aufzuwecken. Jetzt musste sie aus dem Zimmer heraus. Zoe verharrte und schaute zu Keegan zurück. Ihr Blick fiel auf das Schwert neben ihm. Es würde so leicht sein, es sich zu schnappen und ihn damit ...

Angewidert von dem Gedanken, wandte sie sich zur Tür. Sie konnte ihn nicht töten. Nicht einmal, wenn seine Drohungen gegen Fox in ihren Ohren widerhallten. Sie würde Fox retten, indem sie ihn warnte. Und der erste Schritt bestand darin, ihn zu finden.

Auf Zehenspitzen schlich Zoe zur Tür. Der Schein der Mondsichel, der durch das Fenster fiel, reichte aus, um sie das Schloss erkennen zu lassen. Aber er sorgte nicht für genügend Licht, um den Schlüssel zu finden.

Verdammt!, dachte Zoe, während sie angespannt durch das dunkle Zimmer spähte und versuchte, das Schimmern von etwas Metallischem zu entdecken. Nichts. Der Barbar hatte den Schlüssel vermutlich unter seinem Kissen versteckt.

Ihr Blick fiel wieder auf das Schwert und schweifte dann zum Fenster. Es stand offen und ließ den Geruch der See herein. Das Fenster schien der perfekte Fluchtweg zu sein.

Nun, vielleicht nicht so ganz perfekt, sagte sich Zoe, als sie auf die Straße hinabblickte. Dennoch musste der Abstieg zu bewältigen sein, besonders wenn sie sich vom Sims herabhängen ließ und vorsichtig heruntersprang.

Und welche Wahl hatte sie denn?

Sie sammelte ihren Mut, raffte ihre Röcke und kletterte durch die Öffnung. Als sie an dem rauen Sims hing und ihre Füße über der unbefestigten Straße baumelten, wünschte sie flüchtig, dass der Schotte aufwachen würde. Sie erwog sogar kurz, nach ihm zu rufen, doch dann schloss sie die Augen, hielt den Atem an und ließ sich herabfallen.

Sie landete auf den Füßen und plumpste dann zurück auf ihren Po.

»O nein«, wimmerte sie. »Ich habe mir den Knöchel gebrochen.« Sie setzte sich im Schmutz der Straße auf und erwartete fast, dass Miss Phelps aus der Dunkelheit herbeieilen und ihr helfen würde. Das war natürlich ein alberner Gedanke. Niemand würde ihr helfen; sie war auf sich allein gestellt. So schaffte es Zoe nach einer Weile und zwei Versuchen, auf die Beine zu gelangen. Ihre Knöchel schmerzten, aber sie trugen ihr Gewicht, und nach ein paar Schritten tat es gar nicht mehr so weh.

Natürlich hätte sie es vorgezogen, die Füße auf ein weiches Kissen zu betten, anstatt durch die verlassene Straße zum »Hungrigen Raben« zu humpeln, aber dies waren verzweifelte Zeiten.

Trotz der späten Stunde war die Taverne voller Leute, die meisten davon ziemlich zwielichtige Gestalten. Aber Zoe hielt ihren Kopf hoch erhoben, als sie das Etablissement betrat. Der Lärm ließ nach, als zuerst ein Gast und dann ein anderer seinen Nebenmann anstieß und zu Zoe hin nickte. Sie hatte wiederum den unvernünftigen, jedoch nicht minder realen Wunsch, zurückzurennen und den Schotten um Schutz zu bitten.

Dieser Gedanke schwand, als sie sah, dass Captain Holt sich einen Weg durch das volle Lokal bahnte. Sie lächelte, und er erwiderte das Lächeln, doch seines wirkte ein wenig trunken. Nun ja, sie suchte keinen Heiligen, sondern jemanden, der sie zu Fox brachte.

»Mistress, ich muss sagen, ich bin überrascht, Euch hier zu sehen. Überrascht, aber erfreut.« Er begleitete seine Worte, indem er ihre Hand an seine Lippen führte. Zoe nahm den unverkennbaren Geruch von Rum in seinem Atem wahr.

»Meinen Sie, wir können uns irgendwo unter vier Augen unterhalten?«, begann sie mit einem Blick zu den unzähligen Gesichtern, die zu ihr blickten.

Er nickte und führte sie zu einem Tisch in der Ecke. Drei Männer, einer mit einem Holzbein, maulten, machten jedoch ihre Plätze frei, als der Captain es verlangte.

Mit einer Verneigung bot er Zoe einen der frei gewordenen Stühle an. Der Captain war kleiner, als sie ihn von der ersten Begegnung in Erinnerung hatte, und er sah ein bisschen grobschlächtiger aus, doch seine dunklen Augen blickten freundlich, und sie wusste wirklich nicht, an wen sie sich sonst wenden sollte. Als sie beide saßen, ergriff Zoe von neuem das Wort.

»Zuerst solltet Ihr wissen, dass ich Lady Zoe Morgan bin.« Sie sah, wie sich seine Augenbrauen hoben. »Ich weiß, Ihr müsst es sonderbar finden, dass ich hergekommen bin, aber lasst Euch versichern, dass mir keine Wahl blieb.«

»Ich verstehe nicht. Euer Mann …«

»Er ist nicht mein Mann, sondern mein Entführer.« Zoe legte eine Hand auf seine. »Bitte, Ihr müsst mich zu meinem Bruder bringen. Er wird Euch gut belohnen.«

In den Augen des Captains leuchtete es auf. »Ja, ich kann mir denken, dass er das tun wird.«

Er schreckte aus dem Schlaf wie in seinen Monaten im Gefängnis. Wie an so vielen solcher Morgen brauchte Keegan einen Moment, um sich darüber klar zu werden, wo er war. Frei, war jetzt sein erster Gedanke. Allein, war der zweite.

»Verdammt!« Keegan sprang aus dem Bett und zog in fieberhafter Hast seine Stiefel an. Wo, zur Hölle, konnte sie sein? Er nahm Schwert und Pistole und eilte zur Tür. Abgeschlossen. Das war eine Überraschung für ihn. Aber wie hätte sie an den Schlüssel gelangen können, ohne ihn zu wecken? Und wie war sie entkommen? Keegan fluchte, weil er zu weichherzig gewesen war, sie am Abend zu fesseln. Er schritt zum Fenster.

Er wusste nicht, wie sie es geschafft hatte, aber sie musste das Fenster als Fluchtweg benutzt haben. Als er auf die Straße hinabblickte, rechnete er fast damit, sie mit gebrochenen Knochen dort liegen zu sehen. Stattdessen sah er nur Staub.

Sie war also geflüchtet. Keegan atmete tief durch und lehnte sich gegen das Fensterbrett. Er wusste nicht, ob er wütend oder erleichtert sein sollte. Je mehr er darüber nachdachte, desto mehr gewann die Erleichterung die Oberhand. Ohne sie konnte er schneller reisen. Und wenn Fox Morgan in Schottland war, würde er ihn finden – mit seiner Schwester oder ohne sie.

Ja, es ist besser so, dachte er, als er den Schlüssel aus seiner Tasche zog. Er würde etwas essen und sich auf den Weg nach Schottland machte. Keegan versuchte immer noch, sich glücklich zu preisen, weil sie fort war, als er nach unten ging. Aber einige Dinge störten ihn. Wohin war sie gegangen? Und mit wem? Er hatte eine Ahnung, wo er die Antwort darauf finden konnte. Wie würde sie sich Geld beschaffen? Und wie würde sie überleben?

Der Besitzer des Gasthofs begrüßte ihn mit einem

Lächeln, das jedoch schnell verschwand, als Keegan ihn am Kragen packte und an sich heranzerrte.

»Was wisst Ihr von einem Captain Holt?«

»Sir ... ich ... ich verstehe Eure Frage nicht. Würdet Ihr mich bitte loslassen?«

»Ist er ein Schmuggler? Ein Pirat?«

»Oh, das und noch mehr«, sagte seine Frau, die hinter ihm auftauchte. »Aber Ihr braucht Euch seinetwegen keine Sorgen zu machen. Er sticht heute in See. Fährt nach Schottland, wie ich hörte.«

»Hölle und Verdammnis!«, grollte Keegan und ließ den Mann los.

7

Keegan stimmte den Möwen zu, die ihn auslachten, während sie herabstießen und sich auf den Luftströmungen gleiten ließen. Da gab es nichts zu leugnen. Zoe Morgan war aus seinem Leben verschwunden. Er brauchte sich nicht mehr ihr Jammern anzuhören, ihre Fragen, das ständige Lamentieren über ihre Krankheiten. Er sollte dem Schicksal dankbar sein. Hölle, er sollte fröhlich nach Schottland reiten.

Stattdessen ging er über den gewundenen Pfad, der zu den schwarzen, schaumbedeckten Felsen führte. Dies war nicht der Hauptweg vom Dorf zur See. Aber Keegan hatte das Gefühl, dass er seine Ankunft im Hafen nicht ankündigen sollte. Nicht bei dem, was er plante.

Tatsächlich hatte er keinen Plan, sondern mehr eine Eingebung: Er musste Zoe retten ... ob sie es wollte oder nicht.

Die *Sea Maiden* ankerte noch, und es hatte nicht den Anschein, dass sie bald auslaufen würde. Keegan konnte niemanden an Deck sehen. Er klammerte sich an ein Büschel Ginster, als seine Füße am Felsgestein abrutschten, das mit Flechten bedeckt war. Verdammt! Man hätte meinen können, ein Schotte aus dem Hochland könnte besser in einem solchen Gelände zurechtkommen. Das bequeme Leben in London hatte ihn verweichlichen lassen.

Er spürte jetzt die Gischt, die salzig von den Felsen unter ihm emporspritzte. Er verharrte und ließ seinen Blick über den Hafen gleiten. Bis jetzt schien niemand ihn zu bemerken, und er wünschte, dass es so blieb. Das schloss natürlich aus, dass er den Weg über den Bootssteeg wählte. Die einzige andere Möglichkeit an Bord zu gelangen, war eine Strickleiter, was natürlich bedeutete, dass er bis dorthin schwimmen musste, worauf er nicht erpicht war.

Fluchend zog er die Pistole hervor und versteckte sie in einer Felsspalte. Dann watete er in die kalte Brandung.

Die See war bewegt, durch die Felsen unter Wasser aufgewühlt, und es war schwierig, darin zu schwimmen. Als Keegan die *Sea Maiden* erreichte, war er fast mit den Kräften am Ende. Aber er schaffte es, sich mit letzter Kraft an der Strickleiter festzuklammern, bis er zu Atem kam. Dann begann er langsam hinaufzuklettern. Er wünschte, er könnte sein Schwert aus der Scheide ziehen, doch er sagte sich, dass er damit gegen ein Boot voller Piraten, auf die er wahrscheinlich an Deck stoßen würde, wenig ausrichten konnte. Stattdessen war das Deck immer noch verwaist. Keegan entschied sich, sein Glück nicht herauszufordern und kletterte schnell über die Reling. Er schaffte es bis zu einer Bodenluke, ohne entdeckt zu werden. Hastig stieg er die Leiter hinab.

Nach dem, was er im Dorf erfahren hatte, vermutete er Zoe an Bord. Was bedeutete, dass sie überall sein konnte. Keegan wartete, bis sich seine Augen an den flackernden Lichtschein einer Kerze gewöhnt hatten, von der Wachs auf den schmiedeeisernen Halter tropfte. Wenn jemand im Schiff eine Geisel gefangen hielt, dann entweder im Laderaum oder in einer Kabine.

Keegan konnte sich Zoe einfach nicht inmitten von Bilgewasser und Ratten im Laderaum vorstellen, und so schlich er nach achtern, wo er Captain Holts Kabine vermutete. Trotz seines Bemühens, leise zu sein, quatschten seine vom Seewasser nassen Stiefel bei jedem Schritt. Er gelangte zur Kabine, verharrte an der verschlossenen Tür und zog sein Schwert aus der Scheide. Dann klopfte er mit dem Griff an die Tür.

Keine Antwort. Er klopfte noch einmal. »Zoe?«

Jetzt ertönte ein gedämpftes Geräusch, das er nicht zu deuten vermochte. Sein Versuch, den Schnappriegel zu drehen, war erfolglos. Die verdammte Tür war abgeschlossen. Keegan holte tief Luft und blickte sich um. Dann warf er sich mit aller Kraft gegen die Tür. Einmal, zweimal, bis sein Körper schmerzte und Holz splitterte. Beim dritten Mal krachte er mit der Tür in die Kabine.

»Zoe?«

Sie war allein und saß auf einem Stuhl. Besser gesagt war sie daran gefesselt, die Hände hinter dem Rücken. Ihre Augen waren fast so groß wie kleine Untertassen und sie war mit einem Schal geknebelt.

Keegan fluchte in sich hinein und schritt zu ihr. Es gefiel ihm nicht, dass sie so weit vor ihm zurückwich, wie sie konnte. Sie stieß einen vom Knebel erstickten Laut aus, als er das Schwert hob, sank jedoch erleichtert zurück, als er es nur dazu benutzte, die Stricke durchzuschneiden. Ihre Handgelenke waren rot und geschwollen. Keegan bemerkte, dass sie besorgt darauf starrte, während er sie von dem Knebel befreite. Sie schluckte und bewegte den Kiefer hin und her.

»Alles in Ordnung? Er hat dir keine Gewalt angetan, oder?«

»Nein.« Ihre Stimme klang krächzend. »Ja. Sieh dir nur meine Arme an.«

»Das wird heilen.«

»Ja, aber ...« Zoe unterdrückte ein Schluchzen. »Oh, Keegan, du hattest so Recht. Er ist ein Monster. Er nahm mich als Geisel und ...« Zoe ließ ihre Hände von den nassen Ärmeln des Schotten gleiten, an die sie sich geklammert hatte. »Warum erzähle ich dir das? *Du* hast mich zuerst entführt. *Du* hast gedroht, mich zu fesseln.« Sie rückte von ihm fort. »Was machst du hier überhaupt?«

»Ich rette dich«, schien angesichts ihrer Anschuldigungen kaum die passende Antwort zu sein … angesichts ihrer *berechtigten* Anschuldigungen. Keegan, der diese Worte schon auf der Zunge gehabt hatte, verkniff sie sich und gab dann eine Mischung von Fakten und Fiktion von sich. »Du warst zuerst meine Geisel, und ich behalte, was mir gehört. Und jetzt komm mit.« Er umfasste ihr Kinn. »Was ist los? Du bist so weiß wie die Geister, die im Castle MacLeod spuken.«

»Ich kann mir vorstellen, das liegt daran, dass sie mich sieht.«

Keegan brauchte sich nicht umzuwenden, um zu wissen, wessen Stimme da ertönt war. Er atmete tief durch, schob Zoe beiseite und wirbelte herum, das Schwert erhoben. Er war entschlossen, den Bastard in Stücke zu schneiden. Doch seine Entschlossenheit erhielt einen Dämpfer, als er die Pistole in Holts Hand sah. Ganz zu schweigen von den Waffen in den Händen der beiden anderen Männer, die offenbar Mitglieder der Schiffsbesatzung waren. Alle drei Männer hatten ihn vor der Mündung. Er riskierte einen schnellen Blick über die Schulter zu Zoe und ließ dann das Schwert fallen.

Es wurde sofort von einem der beiden Schmuggler aufgehoben. Der kleine Mann sah merkwürdig aus. Seine Ohren standen ab, das Haar hatte die Farbe von Karotten. Er spuckte auf die Schwertklinge, rieb die Stelle mit dem Ärmel seiner Jacke sauber und grinste von einem zum anderen.

»Schöne Waffe.«

»Freut mich, dass sie dir gefällt«, erwiderte Keegan voller Sarkasmus. »Und wenn du sie mir jetzt wiedergibst, werden meine Frau und ich uns auf den Weg machen.«

»Deine Frau?« Holt lachte glucksend. »Das ist aber komisch. Lady Zoe hat eine völlig andere Geschichte erzählt, nicht wahr meine Liebe?«

Lady Zoe? Der Blick, den sie Keegan zuwarf, war reuevoll.

»Ja, sie war sehr redselig.« Der Captain schritt in die Kabine und schüttelte missbilligend den Kopf, als er die zersplitterte Tür passierte. »Und die Dame hat hauptsächlich von dir gesprochen.«

»Sie ist ein bisschen verrückt.« Keegan wollte sich an die Stirn tippen, als eine Pistole durchgeladen wurde.

»Sie sagte, dass du das behaupten würdest, nicht wahr, meine Süße?«

»Ich bin nicht Eure Süße.«

»Stimmt. Du bist Lady Zoe Morgan, die Schwester von Lord Foxworth Morgan, und ein hübsches Lösegeld wert, wenn mich nicht alles täuscht.« Holts Zähne schimmerten weiß in dem düsteren Gesicht.

»Sie ist für dich nichts wert. Lass sie gehen.«

»Ah, welch ritterliche Worte, und auch noch von einem Mann, der selbst eine hübsche Summe einbringen wird. Nicht wahr, Lady Zoe?« Als Zoe schwieg, fuhr der Captain fort: »Keegan MacLeod, anscheinend hast du mir und meinen Männern einige Mühe erspart. Wir wollten dich schnappen, bevor wir lossegeln. Nicht wahr, Männer?«

»Aye, das wollten wir«, antwortete der Kerl, der Keegans Schwert an sich genommen hatte. Der andere Matrose schien sich damit zufrieden zu geben, dem Captain das Sprechen zu überlassen.

»Wir hielten es für unsere Pflicht, einen so wilden Jakobiter wie dich den Behörden in Schottland zurückzubringen.«

»Um ehrlich zu sein«, sagte der Matrose und bedrohte

Keegan mit dessen eigenem Schwert, »die Behörden interessiert es nicht, ob du tot oder lebendig bist.«

»Mein Bruder will ihn lebend.« Zoe trat vor, schob sich zwischen Keegan und den Matrosen mit dem Schwert und ignorierte die Klinge, die plötzlich auf sie wies. »Es gibt eine Fehde zwischen den beiden, und das ist keine, die Lord Foxworth von irgendwelchen Piraten ... oder den Gerichten entscheiden lassen will.«

»Ihr wollt damit sagen, Lady Zoe ...«

»... dass Ihr die beste Chance habt, das meiste Geld zu erhalten, wenn Ihr uns beide zu meinem Bruder bringt. Unversehrt.« Zoe stand so gerade und hoch aufgerichtet da, wie sie konnte, und ignorierte den Muskelkrampf in ihrem Rücken und den Schultern, nachdem sie solch barbarischer Behandlung wie der Fesselung an den Stuhl ausgesetzt gewesen war. Ihre Handgelenke schmerzten ebenfalls, und auch ihr Kinn tat weh. Ja, sie hatte gewiss Grund zu Klagen ... zu berechtigten. Aber sie wirkten im Vergleich zu der Vorstellung, dass die Piraten den Schotten töten könnten, so unbedeutend.

Was nicht ganz vernünftig ihrerseits war. Der Mann hatte sie entführt, ihren Bruder bedroht, ihr das Leben schwer gemacht. Dennoch konnte sie weder die Erinnerung an den Moment auslöschen, an dem er durch die Kabinentür gedonnert war, noch seine Miene, als er sie entdeckt hatte.

Zoe zählte die Sekunden nach dem Klopfen ihres Herzens, während Captain Holt sie anstarrte – zuerst sie, dann Keegan. Sie bildete sich ein, es hinter seiner Stirn klicken zu hören, während er überlegte und seinen Wunsch, Keegan zu töten, gegen seine Geldgier abwog. Die Geldgier gewann ... jedenfalls für den Moment.

»Sperrt sie beide in den Laderaum, während ich mir das genauer durch den Kopf gehen lasse.«

»Würdest du bitte aufhören, hin und her zu gehen? Ich bekomme Kopfschmerzen.«

Keegan tigerte zwar weiterhin auf und ab, doch er blickte über die Schulter zu der Frau, die auf einer Rolle von Tauen hockte. Mit dem Blick hoffte er jede weitere Bemerkung ihrerseits zu unterbinden, doch er hätte wissen sollen, dass es nicht klappen würde.

»Eigentlich sind wir jetzt besser dran als zuvor, obwohl es hier furchtbar feucht ist. Und das...«, Zoe schnüffelte angewidert, »... kann nicht gut für die Gesundheit sein.«

»Aber deine Freunde interessieren sich herzlich wenig für unsere Gesundheit, nicht wahr?«

»Du brauchst nicht sarkastisch zu sein. Es sind nicht meine...«

In diesem Moment erfüllte der Schotte ihren Wunsch. Er hörte auf, wie ein gefangener Tiger im Käfig auf und ab zu gehen. Direkt vor ihr blieb er stehen. Er starrte sie mit einer Intensität an, die Zoe gegen das feuchte Schott zurückweichen ließ.

»Ich sollte auf meinem Weg nach Schottland sein.« Keegan fuhr sich mit den Fingern durch das nasse Haar, wiederholte die Worte mit leiserer Stimme, fast wie im Selbstgespräch.

»Und *ich* sollte bequem im Bett liegen, auf einem mit Gänsedaunen gefüllten Kopfkissen unter einer weichen Decke.«

»Es ist nicht Nacht«, bemerkte Keegan geistesabwesend. Er untersuchte jetzt mit einem Kerzenstummel in der Hand ihr Gefängnis.

»Das weiß ich. Wegen meines Gesundheitszustandes ... habe ich viel Zeit im Bett verbracht.«

»Allein? Ah, vergiss es, selbstverständlich warst du allein«, sagte Keegan und winkte ab. Er stellte die Inspektion des Schlosses ein und richtete sich auf. »Wurde es dir nicht langweilig, die ganze Zeit im Bett herumzuliegen?«

»Nun ja«, Zoe zog ihre Knie an und umfasste sie mit den Armen, »aber Miss Phelps sagte, es sei zu meinem Besten.«

»Ah, Miss Phelps.«

»Sprich ihren Namen nicht auf diese Weise aus.«

»Auf welche Weise?« Keegan versetzte der Tür einen kräftigen Tritt und bereute es, als Schmerzen durch seine Zehen schossen.

»Du weißt, was ich meine. Miss Phelps ist eine liebe Frau, die ihr Bestes getan hat, um für mein Wohlergehen zu sorgen. Du verstehst einfach nicht, wie krank ich war ... bin.«

»Und das ist ein Wunder, denn das hast du mir erzählt, seit wir uns begegnet sind.«

»Du meinst, seit du mich von meinem Zuhause verschleppt hast.« Zoe umfasste das zusammengerollte Tau und stellte die Füße auf die Planken.

»Aye.« Keegan holte tief Luft und atmete langsam aus. »Das war vermutlich das Blödeste, was ich jemals getan habe ... oder das Netteste.«

Oder das Netteste? Allein die Vorstellung, dass er das erwog, überraschte Zoe. Vor Verblüffung war sie sprachlos.

So war nur das Schwappen des Wassers gegen die Bordwand zu hören, und Keegan nutzte Zoes stille Phase, um jede einzelne Planke zu untersuchen. Er war schon drauf und dran, aufzugeben, denn der Laderaum schien ausbruchsicher zu sein, als er mit der Fußspitze eine weiche Stelle im Holz ertastete.

»Komm her, Zoe.« Als sie zu ihm kam, reichte Keegan ihr die Kerze und stellte sie so hin, dass er den Lichtschein voll nutzen konnte. Er schaute sich um, und sein Blick fiel auf den eisernen Ring eines zerbrochenen Fasses.

»Was ist das?« Zoe beugte sich zu ihm herunter.

»Ich bin mir noch nicht sicher, aber das Holz ist ein bisschen verrottet, und ich glaube … Aye.« Keegan schabte und kratzte an der Planke. »Wir können uns ein Loch herausbrechen.«

»Aber wohin führt es? Meinst du, wir können von diesem Schiff flüchten? Beeil dich, mach schneller.«

»Halte um Gottes willen das Licht gerade. Ich weiß nicht, wohin es führt. Wahrscheinlich in einen anderen Abschnitt des Laderaums.«

»Und was nutzt es uns, wenn wir dorthin gelangen?« Zoe neigte sich vor, um besser sehen zu können, und dann fuhr sie plötzlich zurück. »Autsch!«

»Was, zum Teufel, hast du denn jetzt schon wieder?«

»Nichts. Alles in Ordnung«, sagte Zoe mit angespannter Stimme.

»Dann halte die Kerze so, dass ich etwas sehen kann. Es könnte uns helfen, hier rauszukommen, weil die nächste Kammer des Laderaums vielleicht nicht abgeschlossen …« Keegan verstummte, als er den wimmernden Laut hörte. »Also gut, sag schon, was du hast.« Auf allen vieren drehte er sich zu ihr herum, doch obwohl er sich bemühte, sich Sorgen um ihr Wohlergehen zu machen, schüttelte sie den Kopf und beteuerte, es ginge ihr prima.

Schließlich entschied sich Keegan mit einem Schulterzucken, sie beim Wort zu nehmen. Er bog das spitze Ende des Fassreifens am Schott um und bearbeitete damit weiter die morsche Stelle der Planke. In diesem Augenblick stieß Zoe einen Schmerzensschrei aus.

»Verdammt, du machst mich wahnsinnig!« Keegan stemmte sich auf die Füße und eilte die zwei Schritte zu ihr. »Jetzt sag mir, was du hast. »Hat Holt dir wehgetan, der Bastard?«

»Nein.« Zoe versuchte, zurückzuweichen, doch seine Hand schoss vor, packte sie am Arm. Die Kerze flackerte.

»Was hast du dann?«

»Ich ... ich habe einen Splitter im Auge.«

»Einen Splitter?«

»Ja.« Zoe blinzelte und zuckte bei dem Schmerz zusammen. »Du hast einen Holzsplitter im Auge?«

Zoe nickte und wischte sich dann die Tränen ab, die aus ihrem linken Auge rannen.

»Lass mich sehen.«

»Nein.« Sie zuckte zurück. »Es geht mir prima, wirklich.«

»Ich hole dir den Splitter raus.«

»Ich ...«

»Um Himmels willen, Zoe, gib mir die Kerze.«

»Es ist nichts«, wisperte Zoe, als Keegan ihr die Kerze abnahm und auf das Fass stellte. Dann zog er sie näher ans Licht und stellte sie so, dass er in ihr Auge spähen konnte.

»Ist es dieses Auge?«

»Ja.« Zoes Antwort war nur ein Hauch. Er berührte ihren Wangenknochen, zog die Haut herunter und wischte die Hand an seiner nassen Hose ab. Dann neigte er sich näher zu ihr hin, so nahe, dass sie die goldenen Pünktchen in seinen grünen Augen flimmern sehen konnte.

Zoe schluckte. »Kannst du etwas sehen?«

Wie konnte er sich auf einen winzigen Splitter in ihrem Auge konzentrieren, wenn ihr Duft die Luft erfüllte? Selbst in dem feuchten Bootsrumpf, in dem es nach Teer und Bilgewasser roch, nahm er den zarten Duft von Rosen wahr.

Und ihre Haut. Er hatte keine Ahnung gehabt, dass sie so unglaublich weich und zart war. Er schloss die Distanz zwischen ihnen und gab sich nicht mehr den Anschein, als spähe er ihr ins Auge. Es war ihr Mund, der ihn anzog. Weich. Rosafarben. Einladend.

Sie hob den Kopf, und ihr Blick traf seinen, bevor er ihn

wieder auf ihren Mund senkte. Dann öffneten sich ihre Lippen ein wenig, und Keegan war verloren.

Der Kuss war zuerst zögernd, nur ein Vermischen ihres Atems, eine federleichte Berührung. Dann umfasste Keegan ihren Kopf, grub die Finger in ihr Haar und zog sie fester an sich. Zoe schnappte nach Luft, als sie seine Zunge an ihrer spürte. Aber es war ein so warmes, wundervolles Gefühl, dass sie zu protestieren vergaß. Sie war noch nie geküsst worden. Nicht so. Fox küsste sie natürlich auf die Wange und manchmal, wenn er fürsorglich war, auf die Stirn. Aber das war nichts ... überhaupt nicht vergleichbar mit diesem Kuss. Zoe hätte darin ertrinken können. Sie glaubte zu schweben, und in ihrem Körper war nichts als Wärme. Sie glaubte, ihr Herz müsste zerspringen oder sie würde ohnmächtig werden.

»Was ist, Mädchen?« Keegans Stimme klang rau, als er sie wie durch einen sinnlichen Nebel anschaute. Sie drückte gegen seine Arme. Das hatte er wahrgenommen, viel mehr jedoch nicht.

Jetzt sah sie zu ihm auf, den Blick verschleiert ... als wäre sie krank.

»Ich ... ich glaube, ich werde ohnmächtig.« Da er sie jetzt nicht mehr in den Armen hielt, konnte das durchaus möglich sein. »Und ...« Sie drückte ihre Hände auf den Unterleib. »Da sind diese furchtbaren Schmerzen.«

»Schmerzen?« Keegan ergriff ihren Ellenbogen und führte sie zu ihrem Platz auf den Tauen.

»Ja, es ist wie ...« Zoe sprach nicht weiter. Sie hätte ihm fast von den Schmerzen erzählte, die sie während ihrer monatlichen Periode hatte. »Ich kenne das schon.« Sie winkte ab und hoffte, er würde sich abwenden. Was war, wenn sie ihre Krämpfe bekam? Wie konnte sie die ertragen, ohne Miss Phelps zur Seite zu haben?

»Nun, ich arbeite besser weiter.« Keegan blickte ein letztes Mal zu ihr und nahm dann wieder die Kerze und das behelfsmäßige Werkzeug. Herr im Himmel, die Frau war sonderbar. Nicht, dass er nicht selbst Beschwerden hatte. Dieser Kuss war wie ein Energiestoß für seine Lenden gewesen, und seine untere Körperpartie war steif und angespannt. Aber diese Art Schmerz war zu erwarten, sogar erwünscht, wenn es danach etwas Erleichterung gab. Was natürlich in diesem Fall nur Wunschdenken war.

Keegan hackte an der Öffnung, benutzte dann die Hände, um vermodertes Holz wegzubrechen. Noch ein Stück, und das Loch würde groß genug sein, um hindurchzukriechen. Er war so aufgeregt, dass er zuerst gar nicht bemerkte, wie Zoe zu ihm zurückkehrte, die Kerze hielt und sich fast den Hals verrenkte, um über seine Schulter in die Öffnung zu spähen.

Keegan blickte zurück zu ihr. »Was ist mit deinem Auge?«

»Mit meinem Auge? Oh, das ist viel besser.« Eigentlich hatte Zoe seit seinem Kuss gar nicht mehr an das Auge gedacht. Sie blinzelte ein paar Mal, um sich zu vergewissern, dass es nicht wehtat. Dann zuckte sie mit einem leichten Lächeln die Schultern, und das Licht der Kerze flackerte und tanzte auf und ab.

»Was wirst du tun?« Sie hoffte, dass er sie in seine Planungen mit einbezog. Trotz ihrer Furcht vor ihm – Zoe stutzte und fragte sich, ob sie sich tatsächlich vor ihm fürchtete – musste sie zugeben, dass sie bei dem Schotten besser dran sein würde als bei den Piraten. Jedenfalls hatte er sie niemals geknebelt.

»Gib mir die Kerze.«

Widerstrebend hielt Zoe ihm den übelriechenden Wachsstummel hin. Wollte er sie hier im Dunkeln allein lassen? Aber bevor sie fragen konnte, bedeutete er ihr mit einer Geste, ihm zu folgen, duckte sich und spähte durch das Loch in die Dunkelheit.

»Ich habe so eine Ahnung, dass wir uns beeilen sollten, bevor sie ...«

Er verstummte, als sich das Boot plötzlich auf die Seite legte und dann wieder zurückruckte.

»Bevor sie was?« Zoe klammerte sich an einem Fass fest. »Was ist passiert?«

Keegan fluchte, bevor er sich aufrichtete. »Bevor wir segeln, verdammt. Und genau das tun wir jetzt.«

»Was sollen wir machen?«

»Uns beeilen. Wir gehen an Deck, springen über Bord und schwimmen – warum, zur Hölle, reißt du an meinem Arm?«

»Pst.« Zoe legte den Kopf schief. »Ich glaube, da kommt jemand.«

»Verdammt, verdammt!« Keegan hörte es jetzt ebenfalls. Zwei oder drei Männer näherten sich der Luke des Laderaums. Er konnte Stimmen hören und erkannte eine als die von Holt. »Hier, hilf mir das Fass zu rollen, um dieses Loch abzudecken«, zischte er Zoe zu.

»Sollten wir nicht hindurchklettern und fliehen?«

»Sie würden uns schnappen, bevor wir zur Luke kämen.« Das Fass schabte über den Boden. »Heule.«

»Was?«, keuchte Zoe außer Atem; sie war es nicht gewohnt, schwere Sachen zu schieben.

»Heule. Mach Krach. Weine.« Keegan hatte kaum ausgesprochen, als sie auf das zusammengerollte Tau sank und heulte wie ein Schlosshund. Sie schniefte und wimmerte. Sie machte genügend Lärm, um die Geräusche zu übertönen, die Keegan mit dem Fass verursachte. Er hatte gerade die Spuren im Staub und Dreck auf dem Boden verwischt, als Captain Holt die Luke öffnete.

Er hielt eine Pistole, und auch sein Begleiter war bewaffnet. Beide richteten die Waffen auf Keegan.

»Herr im Himmel. Hält dieses Weib denn niemals die Klappe? Ich hätte ihr einen Knebel verpassen sollen.«

Zoe schnappte nach Luft, wischte sich theatralisch über die Augen und stellte ihr Schluchzen ein. Sie wollte nicht noch einmal einen schmutzigen Stofffetzen im Mund haben.

»Ich dachte mir, ihr beiden möchtet wissen, dass wir Segel nach Schottland gesetzt haben«, sagte Holt. Er lehnte sich gegen die Luke und wirkte sehr selbstzufrieden. »In weniger als einer Woche werden wir ein hübsches Lösegeld kassieren, wenn wir euch Lord Foxworth übergeben.« Er lachte glucksend. »Vielleicht bleiben wir sogar eine Weile da und sehen zu, wie du am Galgen baumelst.«

»Das möchte ich mir gern ansehen, Captain«, sagte der andere Mann und rieb sich übers Kinn.

»Macht es euch unterdessen so bequem wie möglich.« Beide Piraten lachten, als sie die Luke des Laderaums schlossen. Das unverkennbare Knirschen eines Schlüssels im Schloss folgte.

Als ihre Schritte verklungen waren, sprang Zoe von der Taurolle auf. »Sollten wir uns nicht beeilen?«

»Es ist zu spät.«

»Zu spät? Aber was wird aus unserer Flucht? Wir müssen vom Boot springen.«

»Wir wären jetzt zu weit vom Land entfernt und würden nur ertrinken.« Was nicht ganz stimmte. Keegan konnte sich vorstellen, dass er das Schwimmen in der See schaffen konnte. Aber Zoe würde es niemals schaffen. Es überraschte ihn, dass sie den Gang über den Bootssteeg überstanden hatte, ohne sich den Fuß zu verstauchen.

Ob es ihm gefiel oder nicht, er fühlte sich verantwortlich für sie. Er hätte sie überhaupt nie entführen sollen. Das war fast von Beginn an klar gewesen. Aber so sehr er ihren Bruder auch verabscheute, ihn hasste wegen des Todes, den sein Vater erlitten hatte – Zoe trug keine Schuld daran.

Vielleicht konnte er froh sein, wie sich die Dinge entwickelt hatten. Captain Holt wusste es nicht, aber er gewährte ihm genau das, was er im Moment wollte – eine schnelle Reise nach Schottland. Es mangelte natürlich ein wenig an Komfort, aber mit dem Loch im Laderaum war er vielleicht in der Lage, zu verbessern, was ihnen der Kerl als Nahrung zukommen lassen würde.

Natürlich müsste Keegan es in Schottland irgendwie schaffen zu flüchten, bevor er Foxworth ausgeliefert werden würde. Aber das sollte nicht zu schwierig sein ... sofern niemand entdeckte, dass er eigentlich kein richtiger Gefangener mehr war.

Aye, die Dinge entwickelten sich ziemlich gut, abgesehen davon, dass er die nächsten sieben, acht Tage mit einer Frau verbringen musste, die ihn langsam in den Wahnsinn trieb – ganz zu schweigen davon, dass sie sein Verlangen weckte. Aber er würde seine Begierde unter Kontrolle halten. Keegan warf einen Blick zu ihr – irgendwie würde er das schon schaffen.

Sie starrte ihn an, die Augen groß, die Lippen leicht geöffnet. »Ich weiß nicht, wie du so selbstzufrieden sein kannst.«

»Und ich weiß nicht, weshalb du so besorgt bist. Dein Bruder wird das Lösegeld bezahlen.« Und in Gedanken fügte er hinzu: Dann werde ich dich los, und du wirst sicher sein. Dann kam ihm ein bestürzender Gedanke. Was war, wenn Foxworth ihr gegenüber so gemein sein würde, wie er es bei seinem Wortbruch gewesen war? »Oder wird er nicht zahlen?«

»Doch. Selbstverständlich würde er zahlen.«

»Würde? Du meinst ›wird‹, nicht wahr?«

»Wird.«

Sie biss sich auf die Unterlippe, und Keegan hatte plötzlich das Gefühl, dass irgendetwas nicht in Ordnung war. Er schob sich näher zu ihr heran. »Zoe? Was verschweigst du mir?«

»Nun ...« Sie ließ das Wort ausklingen, und Keegans Nackenhärchen richteten sich auf. »Du weißt ja, dass ich dir erzählt habe, Fox sei in Schottland.«

»Aye.«

»Ich habe Holt das Gleiche gesagt.«

»Und?«

»Ich habe es ihm gesagt, nachdem ich erkannt hatte, dass man ihm nicht trauen kann.«

»Und?«

»Ich weiß nicht genau, wo Fox ist.«

8

Was die Gefangenschaft anbetraf, so hatte Keegan schon Schlimmeres erlebt.

Eigentlich gab es sogar Zeiten, an denen er diese besondere Haft ziemlich erfreulich fand. Natürlich half dabei die Tatsache, dass er gar nicht wirklich eingesperrt war.

In der ersten Nacht, nachdem er und Zoe einen halb vollen Napf mit Erbsenbrei und Keksen als Ration erhalten hatten, kroch er durch das Loch ihres Gefängnisses und lauschte angespannt, als er an Deck schlich, um Zoes Mahnung zu befolgen und vorsichtig zu sein. Die Sicherheitsmaßnahmen auf der *Sea Maiden* waren lax, gelinde gesagt. Es gelang Keegan spielend, zusätzliches Essen und Kerzen aus der Kammer zu stehlen, die als Kombüse des Schoners diente.

Als er wieder im Laderaum war und das Fass über das Loch gerollt hatte, um den Fluchtweg zu verbergen, wickelte Keegan seine Beute aus. Obwohl Zoe seine Tapferkeit bewunderte, erklärte sie ihm, dass sie von dem fetten Hammelfleisch krank werden würde. Sie weigerte sich, auch nur einen Bissen davon zu verzehren, bis der Hunger sie zum Umdenken zwang. Keegan schaute zu, als sie ein großes Stück hinunterschlang.

»Was ist?«, fragte Zoe kauend mit einem Blick zu ihm und schluckte. Er beobachtete sie amüsiert.

»Nichts.« In Ermangelung einer Serviette wischte sich Keegan mit dem Handrücken über den Mund ... und verbarg damit sein Lächeln. »Es überrascht mich nur, wie eine halbe Portion wie du das Essen eines schwer kämpfenden Infanteristen verputzen kann.«

Zoes Wangen röteten sich vor Verlegenheit. »Ich hatte Hunger.«

»Was nicht schlecht ist.«

»Vielleicht.« Zoe wischte die Finger am Rocksaum ab. »Aber ich werde einen schlimmen Preis für diese Völlerei zahlen müssen. Miss Phelps war ziemlich eisern, was meine Diät anbetraf.« Sie lehnte den Kopf gegen das Schott und seufzte. »Ich kann sagen, dass ich mich schon jetzt ein bisschen unpässlich fühle.«

Doch obwohl sie versuchte, Magenbeschwerden heraufzubeschwören, konnte sie sich selbst nicht davon überzeugen. Sie musste zugeben, insgeheim jedenfalls, dass sie sich sehr gut fühlte.

In der zweiten Nacht auf See wurde Keegan kühner. Er stahl in der Kombüse, gab sich damit jedoch nicht zufrieden, schlich durch den Durchgang und betrat Captain Holts Kajüte. Dort fand er sein Schwert und zwei Pistolen. Grinsend und sich wie einer der Geister von Castle MacLeod fühlend, kehrte Keegan mit seiner Beute in den Laderaum zurück.

Zoe war beeindruckt, als er ihr die erbeuteten Dinge zeigte, äußerte jedoch Bedenken. »Wird Captain Holt nicht merken, dass die Waffen fehlen?«

»Aye.« Keegan lachte glucksend. »Höchstwahrscheinlich wird ihm das auffallen.«

»Aber wenn er Verdacht schöpft, dass wir . . .«

»Wir?« Keegan zog eine seiner dunklen Augenbrauen hoch. »Ich kann mir vorstellen, dass wir die Letzten wären, an die er als Diebe denkt. Wir sind schließlich Gefangene, oder hast du das vergessen?«

Zoe musste zugeben, dass dies in gewisser Hinsicht einen Sinn ergab. So beobachtete sie, wie Keegan seine Waffen in einem leeren Fass versteckte. Dann aßen sie den gekochten Fisch und die Kekse. Trotz Zoes gegenteiliger Klagen bekam ihrem Magen das Essen sehr gut. Abgesehen davon, dass sie seit Tagen keine Sonne mehr gesehen hatte, fühlte Zoe sich besser als seit Jahren. Selbst das Schwanken des Bootes machte sie nicht seekrank, wie sie angenommen hatte. Ebenso wenig schien sich das Fehlen der Schröpfkuren auf ihre verengten Blutgefäße auszuwirken.

Sie fühlte sich in der Tat so gut, dass sie sich in der dritten Nacht, als Keegan das Fass von seinem Schlupfloch schob, räusperte und entschlossen sagte: »Ich möchte mitkommen.«

»Bist du verrückt? Dies hier ist nichts für eine Frau. Hinter jeder Biegung lauern Gefahren.«

»Du hast gesagt, es sei so leicht, wie einen Engländer zu überlisten.«

»So, habe ich das gesagt?« Keegan musste grinsen, als sie so ernst vor ihm stand und nickte.

»Ja. Und ich habe es satt, hier gefangen zu sein, trotz des zusätzlichen Essens und der Decken, die du beschafft hast.

»Es ist kein Spaß, eingesperrt zu sein, das gebe ich zu.«

»Wie lange warst du es ... im Gefängnis, meine ich?« Zoe wusste, nicht, was sie zu dieser Frage veranlasst hatte. Schließlich war es ein Thema, das bisher für sie tabu gewesen war.

»Lange genug, um es nicht meinem schlimmsten Feind zu wünschen.« Er ergriff ihre Hand. »Also gut, komm mit. Aber denk daran, still zu sein und dicht bei mir zu bleiben.«

Zoe nickte und wagte nicht, etwas zu sagen, als sie sich durch die Öffnung zwängte. Der Abschnitt des Laderaums, in den sie gelangte, war finster und stank faulig. Sie klammerte sich an die Hand des Schotten und schlich hinter ihm her.

»Wohin gehen wir?«

»Sei still!«

»Aber ich kann nichts sehen. Du etwa?«

»Nein.« Keegan verharrte, und sie prallte gegen seinen Rücken. »Aber ich habe den Weg schon gefunden, und wenn du so freundlich sein würdest, den Mund zu halten ...«

»Ja, selbstverständlich.« Zoe widerstand dem Drang, wieder etwas zu sagen, als sie in den Durchgang gelangten und die Leiter emporstiegen. Eine Laterne, deren Licht beim Schlingern des Schiffes flackerte, ermöglichte jetzt, etwas zu erkennen.

Auf Deck gab ihr Keegan mit einer Geste zu verstehen, ihm zu folgen. So raffte Zoe ihre Röcke und huschte auf den Mast zu. Einige Piraten lagen auf dem Rücken und schnarchten. Keiner schien sie oder ihren Gefährten wahrzunehmen.

Zoe drückte sich an den Mast. »Sollten wir sie nicht fesseln? ... Oder erschießen?«, flüsterte sie.

»Sie erschießen? Du meine Güte, bist du ein blutrünstiges Weib.«

Zoe spürte, wie ihr das Blut in die Wangen stieg. »Schließlich haben sie uns entführt.«

Keegan hob die Augenbrauen. »Erinnere mich daran, von jetzt an mit einem offenen Auge zu schlafen.«

»Du weißt, was ich meine. Wer weiß, was sie uns antun werden.«

»Im Augenblick nichts. Nicht, solange sich Holt ein fettes Lösegeld verspricht. Außerdem bezweifle ich, dass wir dieses Boot alleine segeln könnten. Und wir haben den Vorteil, dass die Crew nichts davon weiß.« Keegan klopfte auf die Pistole, die in seinem Hosenbund steckte.

Nach diesen Worten schlich er voran zu der kleinen Kammer, die von der Besatzung als behelfsmäßige Kombüse benutzt wurde.

Heute Abend hatten die Piraten eine Art Eintopf geschmaust. Er war etwas salzig, aber Zoe musste zugeben, dass er gut schmeckte. Sie kauerte sich in den Schatten und aß, während der Schotte nach etwas zum Trinken suchte. Er fand einen Krug, aber keinen Becher, und bot ihn Zoe an.

»Mmmm, nein«, sagte sie mit dem Mund voller Eintopf. »Das würde mir nicht bekommen, da bin ich mir sicher.«

Keegan grinste. »Irrtum, Zoe. Ich habe das Gefühl, es würde deiner Verdauung helfen.«

»Meinst du?«

»Da habe ich nicht den geringsten Zweifel.«

Sie streckte zögern die Hand nach dem Krug aus. »Ich nehme an, ein kleiner Schluck wird nicht schaden.«

Aus dem kleinen Schluck wurde jedoch ein ziemlich großer, und sie bekam einen Hustenanfall.

Keegan neigte sich vor und drückte sie an seine Brust, um ihr Keuchen, Röcheln und Husten zu dämpfen.

»Das ... ist ... ja ... schrecklich!«, brachte sie schließlich, immer noch um Atem ringend, hervor. »Ich fühle mich, als ob ich in Flammen stünde.«

»Nun, es ist ein wenig scharf. Nicht so süffig wie guter schottischer Whisky. Aber je mehr man trinkt, desto besser wird es.«

»Das halte ich kaum für möglich«, erwiderte Zoe. Wie um ihre Worte zu beweisen, nahm sie noch einen Schluck. Diesmal hustete sie nur einmal und blinzelte gegen Tränen an. Nach dem dritten – noch größeren – Schluck musste sie nur grinsen.

»Das reicht, das garantiere ich dir«, sagte Keegan und nahm ihr den Krug ab. »Wir müssen unten sein, bevor einer dieser verdammten Piraten erwacht, weil er mal muss.«

»Und was ist mit Holt?«

»Was soll mit ihm sein?« Keegan zog Zoe auf die Füße

und fragte sich, ob er sie sich einfach über die Schulter werfen sollte. Sie sprach mit schwerer Zunge, und er bekam Zweifel, ob sie noch das Gleichgewicht bewahren konnte.

»Ich dachte, wir schleichen uns in seine Kabine.« Zoes Worten folgte ein Kichern.

»Nun, Mädchen, da hast du falsch gedacht. Komm mit.«

»Aber du warst schon dort.« Zoe widersetzte sich, als er sie mitziehen wollte. »Ich will ihn fesseln. Und knebeln.«

»Heute nicht.«

»Wann dann?« Zoe riss ihre Hand los, verschränkte die Arme und hob störrisch das Kinn.

»Um Himmels willen, Zoe! Wir können das Boot jetzt nicht übernehmen. Wir sind zu weit vom Land entfernt.«

Das waren offenbar die falschen Worte, denn bevor Keegan erkannte, was sie vorhatte, taumelte Zoe über das Deck. Sie neigte sich über die Reling und spähte in die Dunkelheit, und er schlang schnell den Arm um ihre Taille, um sie festzuhalten.

»Verdammt, willst du, dass ich deinetwegen einen Herzschlag bekomme?« Keegan drehte sie von der Reling weg in seine Arme und musterte ihr Gesicht im Schein der Mondsichel. Ihre Augen funkelten vor Aufregung. Ihr Mund, dieser Mund, dessen Anblick er anscheinend nicht aus seinen Gedanken verbannen konnte, verzog sich an den Winkeln nach oben. Sie wirkte von Leben erfüllt und begehrenswert, und er bemühte sich, verärgert zu bleiben.

»Ich wusste, dass es eine schlechte Idee ist«, murmelte er, nicht ganz sicher, ob er die Erlaubnis, ihn an Deck zu begleiten, oder ihre Entführung meinte. Oder irgendeine der mannigfachen Launen, die sie in der Zwischenzeit gehabt hatte. Allein die Erinnerung daran, was er ihretwegen mitgemacht hatte, führte dazu, dass sich seine Miene noch mehr verfinsterte.

Zoe bemerkte es nicht. »Würdest du wirklich einen Herzschlag bekommen?«, fragte sie lächelnd, und ihre großen, unschuldigen Augen weiteten sich.

»Wovon redest du, Zoe?« Keegan versuchte, sich von ihr zu lösen, doch irgendwie hatten sich ihre Arme um seinen Nacken geschlungen.

»Wenn ich über die Reling fallen würde? Würde es dir das Herz brechen?«

Die Frage war arglos gestellt, und einen Moment erwog Keegan, sie freundlich zu beantworten. Natürlich würde es ihm das Herz brechen. Trotz ihrer zahlreichen ärgerlichen Angewohnheiten, hatte sich Zuneigung zu ihr entwickelt – er mochte und begehrte sie.

Aber er musste sich in Erinnerung rufen, warum er sie überhaupt entführt hatte. Ganz gleich, wie sehr er sie ins Herz geschlossen hatte, die Rache für den Tod seines Vaters zählte mehr.

Keegan ignorierte, wie ihr Lächeln verschwand, als er etwas davon murmelte, dass er sie brauchte, um mit ihrem Bruder abzurechnen. »Komm mit.« Es war nicht nötig, sich aus ihren Armen zu befreien, sie löste sie von selbst und ließ sie schlaff herunterhängen. Keegan ergriff ihre Hand und zog sie zurück zur Kombüse. Sie stand schweigend da, während er schnell den Krug und Essbares in seine Jacke steckte und sie sich über die Schulter warf.

Warum war Zoe plötzlich so still? Was war los mit ihr?

Zoe blinzelte, versuchte ihre Gedanken zu konzentrieren, fand jedoch nur verschwommene Bilder. Hatte sie soeben die Arme um den Schotten geschlungen? Das war eigentlich unmöglich, doch ihre Hände schienen noch zu prickeln, und sie glaubte immer noch sein zerzaustes Haar zu spüren.

Zoe schob diesen beunruhigenden Gedanken von sich und versuchte sich auf das zu konzentrieren, was sie tat. Im

Wesentlichen setzte sie einen Fuß vor den anderen, während der Schotte sie über das Deck führte. Warum folgte sie ihm? Er hatte sie aus ihrem Haus entführt. Aber er schien das geringere von zwei Übeln zu sein, erinnerte sie sich, als ihr Blick auf die reglose Gestalt eines schnarchenden Piraten fiel.

Eigentlich war es das Messer des Kerls, das wirklich ihr Interesse weckte. Es hatte eine breite Klinge und verjüngte sich zu einer übel aussehenden Spitze. Genau die richtige Waffe, die sie brauchte, um sich von *beiden* Entführern zu befreien.

Ja, sie würde es unter ihren Röcken verstecken. Es für einen Zeitpunkt aufsparen, an dem sie es einsetzen konnte. Bei dem Schotten? Zoe biss sich auf die Unterlippe, während sie auf den breiten Rücken von Keegan MacLeod schaute. Würde sie jemals eine Messerklinge in seinen Körper stoßen können? Sie hatte gerade begonnen, in ihrem benommenen Kopf über diese Frage zu grübeln, als sich seine Hand von ihrer löste.

Zoe sprang zur Seite und stolperte fast über die Beine des schlafenden Piraten. Sie ignorierte seinen Gestank und schnappte sich das Messer, als er die Augen öffnete.

Er starrte sie an und sie ihn. Dann schrien beide auf.

Zoe stockte der Atem, als sie unsanft über eine Schulter geworfen wurde. Das Blut stieg ihr in den Kopf und verwirrte ihren bereits vom Rum benebelten Verstand noch mehr. Aber sie schaffte es, das Messer umklammert zu halten, während sie eine Leiter hinab hin und her gerüttelt wurde. Finsternis hüllte sie ein, als Keegan mit ihr durch einen Teil des Laderaums eilte. Dann wurde sie durch die schmale Öffnung in den kleinen Abschnitt des Laderaums gestoßen und geschoben, der als ihr Gefängnis diente.

Sie wurde nicht gerade sanft auf das Stroh gelegt und erhielt den schroff geflüsterten Befehl, still zu sein. Zu ängstlich, um sich zu widersetzen, beobachtete Zoe mit großen Augen, wie der Schotte ein Fass aufbrach, seine Beute hineinwarf und den Deckel wieder verschloss. Dann verdeckte er das Schlupfloch, verteilte Stroh, um Spuren zu beseitigen, blies einen Kerzenstummel aus und legte sich auf den Boden neben sie.

Erst als Zoe das Gewicht spürte, das in ihre Seite drückte, fiel ihr ein, dass sie das Messer verstecken musste. Sie schob es unter das Stroh. Jedes Geräusch, das sie dabei verursachte, wurde vom Quietschen des Schlüssels im Schloss übertönt.

»Kein Sterbenswort«, zischte ihr Keegan ins Ohr, während er an ihrem Mieder nestelte. Er hörte sie scharf einatmen, als er die Hand über ihre Brust schob, das leise Aufstöhnen, als er die Lippen auf ihren Mund presste.

Dann wurde die Luke aufgestoßen, und Licht fiel in den Laderaum.

»Was, zur Hölle, soll das?« Keegan tat sein Bestes, um empört zu klingen. Er hob die Hand über die Augen, um sie zu beschatten und zählte zwei Piraten plus Captain Holt.

»Da ist sie, Captain, genau wie ich gesagt habe.«

»Eigentlich hast du gesagt, sie wäre an Deck.« Holts Blick glitt über Zoe. »Was offensichtlich nicht der Fall ist.«

»Ich sage dir, Captain, da ist sie gewesen. Klaute mir mein Messer.«

»Was hat das alles zu bedeuten?« Keegan stemmte sich auf die Füße und wünschte jetzt, er hätte es noch geschafft, Zoes Mieder weiter zu öffnen. Captain Holt konnte den Blick nicht von dem Ausschnitt des Mieders nehmen, das ihre Brüste verdeckte.

»Reggis hier behauptet, Lady Zoe an Deck gesehen zu haben.«

Keegan schnaubte. »Sie hat wohl die frische Nachtluft genossen, wie?«

»Sie hat mir mein Messer geklaut und mich zu Tode erschreckt. Als ich wach wurde …«

»Du hast geschlafen? Auf Wache?« Keegan hob eine Augenbraue, und der Pirat wurde unter seiner braunen, von Wind und Wetter gegerbten Haut rot.

»Eigentlich habe ich nur meine Augen ausgeruht.«

»Ich würde sagen, das war mehr Träumerei von schönen Frauen.«

Der dritte Pirat, er hieß Stancil, kicherte zuerst und brach dann in lautes Gelächter aus, was ihm von Reggis einen Stoß in die Rippen einbrachte.

»Ich habe nicht geträumt, sie war da.«

»Ah, komm, Reggis, du siehst, dass sie hier ist und sich mit dem Schotten im Stroh gewälzt hat.«

»Ich sage dir, sie war …«

»Genug!« Die Stimme des Captains donnerte durch den Laderaum. »Durchsucht hier alles!«

»Ihr verschwendet Eure Zeit.« Zoe erhob sich und wischte Stroh von ihrem Rock. Sie ignorierte das Aufklaffen ihres Mieders, als sie Captain Holt gegenübertrat. »Ich kann Euch alles sagen, was Ihr wissen wollt.«

»Zoe!« Keegan griff nach ihr, doch sie trat schnell aus seiner Reichweite. Das kalte Gefühl, dass er dem Untergang geweiht war, stieg in ihm auf.

»Das könnt Ihr, Lady Zoe?«

»Ja.« Zoes Haltung straffte sich. »Wenn ich mit einem Messer an Deck gewesen wäre, dann wäret Ihr jetzt tot, wäre Eure Kehle durchgeschnitten.« Sie blickte zu den beiden anderen. »Und das gilt für euch alle.«

Keegan unterdrückte ein Grinsen, als er sah, wie das Gesicht des Captains erst bleich und dann scharlachrot wurde. Er kniff die Augen zu Schlitzen zusammen und befahl den anderen beiden mit einem Wink, ihm aus dem Laderaum zu folgen. »Es ist jetzt zu dunkel, aber am Morgen werde ich jemanden runterschicken, der hier jeden Zoll durchsucht.«

Keegan wartete, bis die Luke zuknallte und sich der Schlüssel im Schloss drehte. Dann atmete er auf. Nachdem er den Kerzenstummel angezündet hatte, stemmte er den Deckel des Fasses auf und nahm den Krug heraus. Er trank einen kräftigen Schluck Rum und reichte den Krug Zoe, die immer noch zur Tür blickte.

»Was werden wir tun?«, fragte sie. Ohne sich ihm zuzuwenden, nahm sie den Krug und trank ausgiebig. »Sie werden das Loch finden, wenn sie wirklich genau suchen.«

»Was der Fall sein wird.«

»Also, was dann?« Zoe wandte sich ihm zu. »Was werden wir tun?«

Keegan trank noch einen Schluck Rum, bevor er den Krug wieder ihr gab. »Anscheinend hätten *wir* uns das überlegen sollen, bevor *wir* einen der Piraten geweckt haben.«

»Ich ... ich bin über seine Beine gestolpert.«

Seine Miene zeigte Zweifel. »Wo ist das Messer, Zoe?«

»Welches Messer?«

»Das, von dem dieses Fischmaul Reggis geschwätzt hat. Das du ihm gestohlen hast.«

»Es gibt kein Messer. Du hast gehört, was der Captain gesagt hat. Der Kerl hat die ganze Sache höchstwahrscheinlich geträumt.«

»Das hat nicht der Captain gesagt, sondern ich, und ich weiß, dass er nichts geträumt hat.« Mit zwei Schritten war er bei ihr. »Hast du es unter deinen Röcken versteckt?«

»Nein. Hör auf. Was machst du da?«

»Ich durchsuche dich, wie es diese verdammten Piraten hätten tun sollen.« Keegan tastete sich mit einer Hand durch die Schichten ihrer Unterröcke, während er mit der anderen Hand ihre Fausthiebe abwehrte. »Was hast du vor? Willst du mir ein Messer zwischen die Rippen schieben, während ich schlafe?«

»Nein.« Zoe versuchte, sich loszureißen. Sie spürte seine Hände an ihren Oberschenkeln, als er bis zu dem oberen Ende ihrer Strümpfe hinab und zurück tastete. »Hörst du auf! Es ist nicht da.«

Keegan ließ seine Hände verweilen. »Nun, das kann ich noch nicht sagen.« Er schob seine Handfläche zu der Wärme zwischen ihren Beinen. »Wo ist es?«

»Ich habe kein Messer.«

Sein Daumen schob sich zentimeterweise höher. »Zoe?«

»Ich ...« Zoe stockte der Atem, als er sich noch mehr der Stelle näherte, wo die Hitze fast schmerzvoll in ihr aufwallte. »Es ist im Stroh!«, sprudelte sie hervor. Ihr Atem war flach, aber seiner nicht minder.

Es folgte ein Moment, in dem Zoe dachte, dass sich keiner von ihnen noch für das Messer interessierte. Er schaute sie an, und sie sah ihn an, und die Hitze zwischen ihren Beinen schien die Luft zwischen ihnen zu erwärmen. Zoe erinnerte sie, wie sie ihn an Deck hatte küssen wollen, und ihre Lippen öffneten sich.

Dann trat er zurück. Ihre Unterröcke fielen herab und bedeckten ihre Beine.

»Wo im Stroh?«, fragte er, doch er trat es bereits auseinander. Als er das Schaben von Metall auf Holz hörte, lächelte er, bückte sich und hob das Messer auf. »Liebe Zoe, ich werde dies behalten, wenn es dir nichts ausmacht.«

»Aber es macht mir etwas aus.« Es war albern, das zu sagen, denn es war offenkundig, dass es ihm gleichgültig war, was sie dachte oder wollte. Angewidert nahm Zoe den Krug mit Rum und trank einen großen Schluck. Dann noch einen. »Ich weiß immer noch nicht, was du vorhast, wenn sie am Morgen kommen und suchen.«

»Das weiß ich auch noch nicht.« Keegan schob das Messer in seinen Stiefelschaft. »Vielleicht werden wir allen heute Nacht die Kehle durchschneiden müssen. War nur ein Scherz«, fügte Keegan hinzu, als er sie erbleichen sah. »Obwohl der Allmächtige weiß, dass dies dein Vorschlag gewesen ist.«

»Ich glaube, das könnte ich nicht, auch wenn ich es Captain Holt gesagt habe.« Sie trank noch einen Schluck. »Wie ist es, einen Menschen zu töten?«

Keegan rutschte am Schott herab, bis er im Stroh saß. Er blickte fort. »Nicht so, dass ich es empfehlen würde.«

»Aber du willst meinen Bruder töten.«

Er starrte sie an. »Aye. Denn so hart es ist, jemanden zu töten, es ist härter, jemanden leiden zu sehen, den man liebt.«

Sie bewegte sich auf gefährlichem Terrain, das war ihr klar. Doch sie wollte es wissen. Nach all dieser Zeit wollte sie hören, was ihr Bruder nach Keegans Meinung getan hatte. Sie nahm noch einen stärkenden Schluck, um Mut zu sammeln. »Erzähl es mir«, sagte sie nur und reichte ihm den Krug.

Keegan ließ den Rum in dem Krug kreisen, bevor er einen Schluck trank. »Alle rings um mich starben. Meine Brüder. All drei starben an diesem Morgen.« Er schüttelte den Kopf. »Ich weiß nicht, warum ich überlebt habe. Aber ich war als Einziger übrig, um unseren Vater zu schützen, und ich habe versagt.«

»Es war eine Schlacht.«

Als er aufblickte, fuhr Zoe fort. »Ich habe davon in der Zeitung gelesen. Du hättest deinen Vater nicht retten können.« Sie trank einen Schluck Rum. »So viele Männer sind gestorben.«

»Aye, sie sind ehrenvoll gefallen. Das könnte ich akzeptieren … für ihn … für mich. Aber ich habe auf deinen Bruder gehört und ihm mein Schwert übergeben – um dann zusehen zu müssen, wie sie meinen Vater gefoltert haben. Ich musste ansehen, wie sie ihn auszogen und qualvoll töteten. Und die ganze Zeit habe ich versucht, mich zu befreien und sie umzubringen.«

Zoe beobachtete, wie er die Hände zu Fäusten ballte, und nahm noch einen Schluck aus dem Krug. »Das glaube ich nicht ... Fox würde so etwas nicht tun.«

Keegan lehnte den Kopf gegen das Schott und schloss die Augen. »Glaube, was du willst.«

»Das werde ich tun.« Zoe stemmte sich auf. »Du kennst Fox nicht. Du weißt nicht ...«

»Das ist das Unglaubliche.« Er blickte sie unter halb gesenkten Lidern an. »Ich glaubte, Menschenkenntnis zu haben.« Er schüttelte den Kopf. »Als ich ihn zum ersten Mal sah, war es, als ...«, mit einem angewiderten Kopfschütteln fuhr er fort, »... als wäre ich ihm schon einmal begegnet. Ich vertraute ihm. Deshalb muss ich meine Rache haben.«

Seine Worte hallten in ihr nach, und zum ersten Mal spürte sie quälende Zweifel in sich aufsteigen. Konnte Fox etwas so Abscheuliches getan haben? Abermals griff Zoe nach dem Krug.

»Er war der Einzige, der sich jemals um mich gekümmert hat«, sagte sie, nachdem sie den Saum ihres Rockes angehoben hatte, um den Rum wegzuwischen, der von ihrem Kinn getropft war. »Abgesehen von Miss Phelps natürlich.«

»Natürlich.«

Sein Tonfall veranlasste Zoe, aufzublicken. Ihre Augen verengten sich, und der Blick war leicht verschwommen. »Ich kann nicht verstehen, was du gegen Miss Phelps hast. Sie war ... ist eine Heilige. Tag und Nacht hat sie sich um mich gekümmert, dafür gesorgt, dass ich keinen Finger zu rühren brauchte ... so lange ich zurückdenken kann.«

»Sie hat dich auch nur mit Brühe gefüttert und dafür gesorgt, dass du regelmäßig geschröpft wirst. Vergiss das nicht.«

»Es war zu meinem eigenen Besten«, sagte Zoe, jedoch mit weniger Überzeugung als zuvor. Um ihre Zweifel zu zerstreuen, trank sie noch einen Schluck Rum.

»Was war mit deiner Mutter und deinem Vater?«, fragte Keegan und fügte hinzu. »Du könntest vorsichtiger mit dem Rum sein. Er ist ziemlich stark.«

»Mir geht's prima. So gut wie nie.« Zoe zuckte die Achseln. »Meine Eltern starben, als ich neun war. Aber selbst davor habe ich nicht viel von ihnen gesehen. Ich war die meiste Zeit krank.« Als er sich nicht dazu äußerte, trank Zoe noch einen Schluck aus dem Krug und fuhr fort: »Mein Bruder wurde dann der Earl of Werwick.«

»Foxworth?«

»Nein.« Zoe kicherte. »Mein Bruder Dalton. Er ist ein eingebildeter Dummkopf.« Sie schloss ihre Augen, und ihr Kopf sank gegen das Schott zurück. »Überhaupt nicht wie Fox.« Sie schwieg lange Zeit, und als sie dann die Augen öffnete, trafen sich ihre Blicke. »Das mit deinem Vater ... und das mit deinen Brüdern tut mir Leid.«

Zoe sah, dass er tief durchatmete und nickte. Er wirkte so traurig, dass sie sich wünschte, ihn irgendwie trösten zu können. Aber sie befürchtete, dass dies nicht möglich war.

»Keegan.«

»Aye.«

»Ich weiß, dass du denkst, ich ... ich übertreibe, wenn ich mich krank fühle.« Zoe versuchte sich aufrecht zu halten. »Aber ich glaube ... ich glaube, diesmal bin ich es wirklich.« Sie schaffte es gerade noch bis zur Ecke des Laderaums, bevor sie alles Essen und den Rum erbrach.

9

»Zoe.«

»Oh. Bitte, lass mich in Frieden sterben.«

»Zoe, um Gottes willen, steh auf.«

»Ich kann nicht.« Mit einem Stöhnen öffnete sie ihre Augen einen Spalt. Ihr Entführer hockte neben ihr, rüttelte sie an der Schulter und verschlimmerte ihre Übelkeit noch. »Ich weiß, du denkst, ich bilde es mir nur ein ... aber es ist keine Einbildung. Diesmal werde ich tatsächlich sterben.«

Keegan stemmte sich gegen das Schlingern des Schiffes an und fluchte in sich hinein, als er das Gleichgewicht verlor und auf Zoe fiel. »Wir haben einen Sturm. Mein Gefühl sagt mir, dass die *Sea Maiden* ihn nicht verkraftet.«

»Ich habe dir gesagt, dass ich sterbe.« Zoe versuchte schwach, ihn von sich zu schieben, und stöhnte dann auf. »Ich glaube, mir wird wieder schlecht.«

»Hier.« Er zog sie hoch, reichte ihr den Arm, um sie zu stützen und hielt sie fest. Aber sie würgte nur ein paar Mal und gestikulierte dann, um anzuzeigen, dass es mit ihr zu Ende ging. »Fühlst du dich besser?« Keegan drückte sie an seinen Körper.

»Nein.« Der Raum neigte sich von einer Seite zur anderen, und Zoe presste die Hände auf ihre Schläfen. »Ich sterbe.«

»Ich bezweifle nicht, dass du dich so fühlst, dir vielleicht sogar wünschst, tot zu sein. Aber dies ist der Preis, den du für zu viel Trinken von starkem Alkohol zahlst.«

»Aber ich habe nicht…«

»Doch, du hast.«

Zoe blinzelte. Sie erinnerte sich vage, dass sie den Krug mit Rum tatsächlich an ihre Lippen gesetzt hatte … oftmals. Aber sie war gewiss nicht betrunken gewesen. »Ich muss mich hinlegen.«

»Das geht nicht. Wir müssen nach oben an Deck.«

»Aber…«

»Zoe, um Gottes willen, sieh mich an.« Er drehte sie, damit sie ihm ins Gesicht schauen konnte, und in diesem Moment ächzten die Spanten, und die Decke erzitterte. Sie beide flogen in einem Gewirr von Unterröcken und Fässern gegen das Schott. Keegan setzte sich schnell auf und versuchte gegen das heftige Schaukeln anzukämpfen, während er darauf wartete, dass sich die *Sea Maiden* in der aufgewühlten See wieder aufrichtete.

Er wartete vergebens.

»Was ist? Was ist los?« Zoe rappelte sich auf, und ihre Kopfschmerzen und die Übelkeit waren im Moment vergessen.

»Ich bin mir nicht sicher.« Keegan zerrte den Deckel von dem Fass. Er zog die beiden Pistolen hervor und schob sie in seinen Hosenbund. Dann schnallte er den Schwertgurt um und stieß das Schwert in die Scheide. »Komm mit«, brüllte er, während er das Fass von dem Schlupfloch schob.

»Werden sie uns nicht sehen?« Zoe zögerte einen Moment. »Es ist heller Tag.« Sie bückte sich, um sich durch das Loch zu zwängen. »Mir ist so schlecht«, murmelte sie, aber dann wurde ihr klar, dass der Schotte ihr gar keine Beachtung schenkte. Als sie in den Hauptteil des Laderaums gelangten, erkannte sie, warum.

Meerwasser umspülte ihre Knie und tränkte ihre Röcke. Und das Wasser schien zu steigen, während sie darauf starrte.

»Komm!« Der Schotte packte ihre Hand und riss ihr fast den Arm aus. Es blieb ihr nichts anderes übrig, als ihm zu folgen, während er durch das eiskalte Wasser watete und sich an herumschwimmenden Trümmern vorbeikämpfte.

Im gespenstisch grauen Licht, das von oben herabfiel, ragte die Leiter in einem seltsamen Winkel aus dem Wasser. Zoe wusste gar nicht, wie sie dorthin gelangt war, denn das Wasser schien schneller zu steigen, als sie sich bewegen konnte. Sie stolperte und tauchte unter, und Keegan konnte sie in letzter Sekunde hochziehen. Sie war völlig durchnässt, und das Haar klebte an ihrem Kopf, als sie sich durch das Wasser weiterkämpfte, das ihr jetzt bis zur Hüfte reichte.

»Kannst du schwimmen?«

»Was?«

Zoe spuckte Salzwasser aus, hustete und begriff endlich, was er gesagt hatte. »Nein! Nein.«

Wasser klatschte in Wogen durch die Luke. Der Schotte schob sich vor ihr her, führte ihre Hände und schloss sie um das Geländer der Leiter. »Halte dich fest!«, brüllte er, das Gesicht dicht bei ihrem. Dennoch konnte sie seine Worte kaum verstehen. Über ihr tobte die See, und der Sturm heulte.

Das Schiff ächzte, den Elementen ausgeliefert. Dann, als ihr Fuß gerade Halt auf einer Leiterstufe fand, krachte es ohrenbetäubend. Es folgte ein heftiger Ruck, der Zoes Hände von dem zersplitterten Geländer riss und sie wegschleuderte. Sie landete klatschend im Wasser, schnappte panisch nach Luft, dann ging sie unter.

Fluchend versuchte Keegan Zoe zu fassen zu bekommen. Irgendwie schaffte er es, sich mit einer Hand an der Leiter festzuklammern. Das verdammte Boot brach auseinander, und Meerwasser schoss durch Risse im Rumpf. Er hatte lange genug an der schottischen Felsenküste gelebt, um zu wissen, dass es nicht lange dauern würde, bis der Schoner sank. Es gab nur eine Chance – an Deck zu gelangen, und zwar sofort.

Mit einem Schrei sprang er in das wogende Wasser im Laderaum. Es war zu tief zum Stehen, zu trübe, um etwas darin zu erkennen. Keegan tauchte an der Stelle, an der er Zoe hatte untergehen sehen, und tastete sich zu dem schräg stehenden Deck. Als seine Lunge förmlich nach Luft schrie, stieß er sich vom Boden ab, schnappte nach Luft und tauchte wieder. Diesmal verfingen sich seine Finger in etwas Langem und Weichem.

Zoes Haar.

Mit aller Kraft versuchte Keegan wieder an die Wasseroberfläche zu gelangen und zog Zoe mit. Gierig sog er Luft ein und zog Zoes Kopf aus dem salzigen Wasser. Ein leeres Fass schwamm vorbei, und Keegans schaffte es, Zoes Arme unter seine zu schieben und sich um die runden Seiten des Fasses zu klammern.

Zoe wirkte leichenblass im trüben Licht, und Keegan versuchte nicht an das Schlimmste zu denken, während er im Scherenschlag auf die Leiter zuschwamm.

Der Schoner war in ständiger Bewegung, er ruckte und schlingerte, und die Geräusche, die sie hörten, erinnerten an das Herabkrachen gigantischer gefällter Bäume. Keegan hatte schon gesehen, welche Zerstörungen die Felsen an einer Küste bei Schiffen anrichten konnten. Die weißgekrönten Wellen, die gegen die aus dem Wasser ragenden Granitfelsen an der Küste klatschten, konnten tödlich sein.

Wenn sie eine Chance zum Überleben haben wollten, mussten sie schnell sein. Keegan blinzelte das Wasser aus seinen Augen und manövrierte Zoe auf die Leiter zu.

War es dumm gewesen, ins Wasser zu springen, um sie herauszuholen? Zweifellos. Keegan erreichte eine gesplitterte Leiterstufe. Aber schließlich hatte er mehr Dummheiten als sonst was begangen, seit er sie zum ersten Mal gesehen hatte.

Er zog sich mit einer Hand an der Leiter hoch. Zoe begann zu husten, was ihm verriet, dass sie zu sich kam. »Komm jetzt, Mädchen«, flehte er, während er sich mit ihr abmühte. Trotz ihrer zierlichen Gestalt war sie schwer, denn ihre Kleidung hatte sich mit Wasser vollgesogen.

Keegan schaffte es schließlich, Zoe gegen die Leiter zu lehnen und dann auf seine Schulter zu wuchten. Sie hustete wieder, ein gurgelnder Laut, der stärker wurde, als er ihren Körper auf der Schulter verlagerte. Dann stieg er so schnell er konnte die Leiter hinauf. Bei jedem Schritt ächzte die wacklige Konstruktion. Als er nur noch zwei Stufen vom Deck entfernt war, ruckte der Schoner heftig.

Keegan prallte gegen die Leiter, und Schmerzen schossen durch seinen Körper. Er versuchte sich festzuklammern. Zoes Körper drohte ihm von der Schulter zu rutschen und er gab sich alle Mühe, sie zu halten. Er schwor sich, ihr nicht wieder nachzuspringen, wenn sie ins Wasser fallen und untergehen würde.

Unter Aufbietung all seiner Kraft zog er sie durch die Luke auf Deck. Die Planken waren noch glitschig, von Salzwasser überspült und in einem Winkel von fast fünfundvierzig Grad geneigt. Von dem Schoner herunterzukommen, war jetzt das Wichtigste. Er ließ Zoe von der Schulter gleiten und klemmte sie und sich in die Windschattenseite des Achterdecks.

»Zoe!« Keegan schrie ihren Namen in das Heulen des Sturms. »Komm zu dir, verdammt!« Er kauerte sich hin und umfasste ihren Kopf, drehte ihn zur Seite, als sie wieder zu husten begann. Ihr Körper wurde von Krämpfen geschüttelt, und sie erbrach Seewasser.

»Kannst du mich hören, Zoe?« Keegan gab ihr einen

Moment Zeit, um sich zu erholen, bevor er sie aufsetzte. »Zoe? Fühlst du dich gut genug, um dich zu bewegen?«

Gut genug, um sich zu bewegen? Sie fühlte sich gerade gut genug, um zu sterben. In ihrem kurzen, leidvollen Leben hatte sie sich nie so schlimm gefühlt. Ihre Kehle schien zu brennen. Ihre Brust fühlte sich an, als hätte sich ein Messer hineingebohrt, um ihr schwaches Herz herauszuschneiden. Und sie hatte das Gefühl, ihr Kopf müsste jeden Augenblick explodieren.

Das war es dann also. Sie würde sterben. Irgendwie hatte sie sich ihr Dahinscheiden niemals so nass und vom Sturm umtost vorgestellt. Aber da war es. Zoe öffnete den Mund, um dem Schotten ihren bevorstehenden Tod anzukündigen, doch nur ein unhörbares Krächzen kam aus ihrer gepeinigten Kehle.

Das hatte der Schotte anscheinend als Zustimmung verstanden, dass sie sich bewegen konnte, denn er riss sie mit einem Ruck hoch, bis sie stand. Oder eigentlich lehnte, denn die *Sea Maiden* war in einem solchen Winkel geneigt, dass Zoe meinte, sie müsste sinken – bis sie die Felsen sah. Nur sie schienen den zerstörten Schoner noch über Wasser zu halten.

Mit einem krächzenden Laut wies Zoe zu der Stelle, wo die gezackten Felsen den Schiffsrumpf aufspießten.

»Ich sehe keine Rettungsboote. Wir müssen zum Ufer schwimmen«, sagte Keegan.

Schwimmen? War er wahnsinnig? Erstens konnte Zoe kein Ufer sehen, nur Felsen und wilde Brandung. Zweitens konnte sie nicht schwimmen, wie sie bereits bewiesen hatte. Zoe schüttelte wild den Kopf und versuchte wieder, sich zu äußern, doch sie brachte nur ein weiteres Krächzen zustande, und der Schotte schenkte ihr keine Beachtung.

Sie wischte sich Wasser aus den Augen, folgte seinem starren Blick und sah die gespenstische Gestalt von Captain

Holt keine fünf Meter entfernt stehen. Mit einem Arm hielt er sich am Mast fest, in einem Winkel, als ziele er mit dem Schwert in der anderen Hand zum Horizont.

»Geht runter!«, brüllte er. »Ihr seid meine Gefangenen.«

»Bist du wahnsinnig? Wir müssen von diesem Kahn, bevor er zu Brennholz wird.«

»Die *Sea Maiden* ist ein robustes Schiff. Sie wird diesem Sturm trotzen.«

Zoes Aufschrei klang erstickt, als Captain Holt sich vom Mast löste und taumelnd näher kam. Er stürzte genau in dem Augenblick, als ein gewaltiger Brecher über die Reling krachte, der ihn über Bord spülte.

Der Schoner ächzte. Ein lautes Knacken ertönte. Das Deck vibrierte und riss auf. Zoe blickte zu Keegan. Er sah zu ihr. Bevor sie reagieren konnte, rannte er los und zerrte sie mit zu der Stelle, an der Captain Holt davongespült worden war. Er sprang mit ihr an der Hand über Bord in das Dunkel der aufgewühlten See.

Er hasste fast alles an Colonel Upton, seit sich vor zwei Jahren zum ersten Mal ihre Wege gekreuzt hatten. Der Colonel lehnte sich jetzt in dem Sessel zurück und starrte Fox über den Rand seines Glases mit rotem Bordeaux an.

»Es überrascht mich, dass Ihr zurückgekehrt seid. Ich hätte geschworen, Eure Abreise sei endgültig gewesen.«

Fox verlagerte sein Gewicht und hütete sich, diesen eingebildeten Menschen um die Erlaubnis zum Sitzen zu bitten. Er hatte seine Gründe für die Rückkehr; wie er sie für seinen Weggang gehabt hatte. »Ich nehme an, Ihr habt meine Befehle gelesen.« Fox nickte zu dem Pergament, das er bei seinem Eintreffen aus dem Lederetui genommen und dem Colonel ausgehändigt hatte.

»Oh, ich habe sie gelesen. Aber ehrlich gesagt, Major Morgan, ich stehe vor einem Rätsel.«

Fox widerstand dem Wunsch, zu sagen, dass ihn das nicht überraschte. »Ich kläre gern jedes Rätsel auf.«

»Tatsächlich?« Der Colonel nippte an seinem Rotwein. »Vielleicht sollten wir damit beginnen, warum Ihr es für notwendig gehalten habt, zu Eurem Regiment zurückzukehren. Wie ich mich erinnere, widerstrebte es Euch sehr, den Dienst Seiner Majestät zu verlassen.«

Nicht den Dienst Seiner Majestät. Einfach den Colonel Uptons. Leider war das bei Fort William im schottischen Hochland ein und derselbe gewesen. Fox versteifte sich. Er hatte gewusst, dass dies unangenehm werden würde. Es war ein Preis, den er zu zahlen bereit war. Und er wusste, dass Upton am Ende keine Wahl haben und ihn akzeptieren würde. »Ich habe den Befehl, eine kleine Kompanie zu befehligen, um den Jakobiter-Rebellen Keegan MacLeod zur Strecke zu bringen.« Der Befehl war vom Duke of Cumberland, dem Sohn des Königs, unterzeichnet.

»Ah, ja, ich hörte, er ist der Henkersschlinge entkommen. Listiger Typ, der Kerl. Aber wie kommt Ihr auf den Gedanken, dass er sich irgendwo hierhin wagt? Wenn er auch nur einen Funken Verstand hat, wird er sich längst jenseits des Kanals seinem Prinzen im Exil angeschlossen haben.«

»Das Hochland ist seine Heimat.« Und Miss Phelps hatte ihm berichtet, nachdem er die Frau genügend beruhigt hatte, um ihr Gestammel zu verstehen. Aber Fox hielt es für unnötig, Upton von Zoe und ihrer Entführung zu erzählen. »Castle MacLeod ist sein Familiensitz.«

»Nicht mehr. Aller Besitz der Rebellen ist konfisziert worden. Er hat dort nichts mehr. Nur ein Stelldichein mit dem Henker.«

»Ich bezweifle, dass MacLeod es so sehen wird.«

Upton trank sein Rotweinglas leer und wischte sich mit

einem Spitzentaschentuch über den Mund. »Ihr sprecht, als sei Euch der Mann persönlich bekannt.«

»Wir sind uns begegnet.«

Der Colonel runzelte die Stirn und sah Fox fragend an.

»Sofort nach der Schlacht bei Culloden. MacLeod ergab sich mit seinem Vater bei mir.«

»Ah ja, ich erinnere mich an so etwas. Ich glaube, Ihr erwähntet die Episode während Eurer ... ziemlich langen Aufzählung von Gründen, weshalb Ihr Euren Abschied nehmt.«

»Ich habe nie meinen Abschied genommen.«

»Nein, selbstverständlich nicht. Ihr seid einfach auf den Familiensitz heimgekehrt, um Eure Wunden zu lecken. Habt Ihr Euch jemals mit der Tatsache abgefunden, dass in Schlachten getötet wird, Major?«

Fox presste die Zähne aufeinander. Am liebsten hätte er dem Colonel die Faust in das rötliche Gesicht geschlagen. Aber er hatte bereits Brücken niedergebrannt und war nun gezwungen, sie zu reparieren. »Jawohl, Sir«, sagte er gepresst. »Ich habe mich mit dem, was bei Culloden geschehen ist, abgefunden.« Mit dem unnötigen Abschlachten nach der Schlacht. Mit dem Vergewaltigen und Niedermetzeln, das er nicht hatte stoppen können. Bei dem Colonel Upton belustigt zugeschaut hatte.

Kerzenschein von dem Lüster glänzte auf dem Weinglas des Colonels, als er sich vorneigte. »Seid Ihr sicher, dass Ihr diesen Renegaten findet, wenn er in Schottland ist?«

»Dessen bin ich mir sicher.« Fox war seit zwölf Jahren Soldat, und seine Ehre und Tapferkeit waren nie zuvor in Frage gestellt worden. Er ärgerte sich, weil das jetzt der Fall war.

»Ihr habt anscheinend Anzeichen der Sympathie mit dem Rebellen gezeigt, wie ich mich erinnere.«

»Ich habe Mitleid mit jedem Mann, der gezwungen ist, zuzusehen, wie sein Vater abgeschlachtet wird ... Sir.«

»Sein Vater war ein Anführer der Rebellen.«

»Und als solcher verdiente er einen Prozess, kein Bauchaufschlitzen zur Unterhaltung der Soldaten.«

»Ihr vergesst Euch, Major.«

Fox bemühte sich, seinen aufwallenden Zorn unter Kontrolle zu bekommen. Es nutzte ihm nichts, wenn er sich Upton zum Feind machte. »Ich entschuldige mich, Sir. Gewiss verzeiht Ihr mir, wenn Ihr bedenkt, dass ich eine lange Reise hinter mir habe.«

»Selbstverständlich.« Upton knetete seine Hände. »Ihr werdet mich auf dem Laufenden halten, wenn Ihr den Rebellen zur Strecke bringt?«

»Jawohl, Sir.« Fox machte auf dem Absatz kehrt und verließ das Zimmer. Er machte erst Halt, als er das Tor von Fort William erreichte. Er blickte nordwärts zum Stützpunkt Ben Nevis in Richtung Hochland. Wo Keegan MacLeod war oder bald sein würde. Davon war er überzeugt.

Fox schloss die Augen und fuhr sich über das Gesicht. Zum Teufel mit dem Mann. Colonel Upton hatte in einem Punkt Recht gehabt. Es hatte eine Zeit gegeben, in der Fox mit Keegan MacLeod zumindest sympathisiert hatte. Aber das war vorbei.

Der Schotte hatte sich einen erbitterten Feind gemacht, als er in Fox' Haus am St. James Square eingedrungen war und Zoe entführt hatte. Fox erfuhr, was geschehen war, als er nach einem kurzen Besuch in Ashford Hall auf dem Weg nach Schottland in London Zwischenstation gemacht hatte. Dort hatte er sich von einer Beinverletzung erholen wollen. Aber sie war unbedeutend gewesen.

Colonel Upton hatte mehr Recht, als er sich vorstellen konnte, wenn er Fox wegen der Schlacht tadelte. Er, Fox, war einfach nicht in der Lage gewesen, dem anschließenden Blutvergießen Einhalt zu gebieten. So war er überhastet nach Ashford Hall aufgebrochen, hatte die Ruhe und Abgeschiedenheit des ländlichen Devon dem Trubel von London vorgezogen.

Verdammt, wenn er doch nur bei Zoe geblieben wäre. Oder wenn er sich mehr bemüht hätte, sie zu überreden, ihn nach Devon zu begleiten … Fox atmete tief durch. Darüber konnte er sich keine Gedanken machen. Nicht im Augenblick. Jetzt musste er all seine Kraft und Energie aufwenden, um den Renegaten gefangen zu nehmen. Ihn für das bezahlen zu lassen, was er Zoe angetan hatte.

Die arme, gebrechliche Zoe. Sie konnte kaum im Park spazieren, ohne ohnmächtig zu werden. Unmöglich konnte sie überleben, was sie in der Gewalt des Rebellen durchmachen musste.

Aber dafür würde der Kerl bezahlen. Fox würde dafür sorgen, und wenn es das Letzte war, das er auf dieser Erde tun würde.

10

Sie erwachte ganz allmählich. Zuerst hörte sie ein Tosen in ihren Ohren, und dann bemerkte sie langsam die eisige Nässe und Kälte. Erst als die salzige Brise mit der Locke an ihrer Stirn spielte, öffnete Zoe die Augen.

Sie konnte sich nicht erinnern, wo sie war und wie sie dorthin gekommen war, wusste jedoch, dass ihr gesamter Körper schmerzte. Stöhnend stemmte sie sich auf die Ellenbogen auf und blickte sich um.

Sie lag auf einem felsigen Strand, ihre Kleidung und Haut waren mit Sand verkrustet und schaumiges Meerwasser schwappte über ihre Schuhe.

Was war geschehen?

Zoe setzte sich auf, als Erinnerungen kamen und verblassten. Da war der Schoner, die *Sea Maiden.* Und der Sturm. Zoe erinnerte sich an das Ansteigen des Wassers unter Deck und den Versuch des Schotten, die Leiter hinaufzusteigen. Er hatte sie hinaufgetragen, und zusammen waren sie über Bord in die See gesprungen.

Jetzt fiel ihr alles wieder ein, mit einer Klarheit, bei der sie erschauerte. Sie waren gesprungen und untergegangen, und das Wasser hatte geschäumt und gegurgelt, als wären sie plötzlich in einen Kessel gefallen, in dem etwas brodelnd kochte.

Aber Keegan hatte sie festgehalten und sich bis zum Ufer durchgekämpft.

Und dann …

An das weitere Geschehen konnte sich Zoe nicht erinnern.

»Keegan«, flüsterte sie. Sie stemmte sich auf die Füße und rief jetzt seinen Namen. Ihre Kleidung war steif von Salz und unbehaglich feucht, doch Zoe ignorierte das ebenso wie ihre Kopf- und Muskelschmerzen, als sie über den Strand wankte.

»Keegan, wo bist du?« Zoe raffte ihre Röcke, nachdem sie über einen zerrissenen Unterrock gestolpert war. »Schotte!« Der Strand, eine kleine, halbkreisförmige Bucht, umgeben von Felsen, war verlassen bis auf sie und ein paar krächzende Krähen. Wo konnte Keegan sein?

Zoes Blick schweifte zu den Felsen vor der Küste. Bei Tageslicht und dem abgezogenen Sturm wirkten sie so viel näher. Der Schoner, oder das, was davon übrig geblieben war, befand sich noch dort, wie ein zerbrochenes Spielzeug, das von einem verwöhnten Kind aufgegeben und vergessen worden war. Das Wasser zwischen Felsen und Ufer war jetzt ruhiger, ein klares Grün, das Zoe an die Augenfarbe des Schotten erinnerte.

Er konnte nicht dort sein, auf den Grund gesunken, ertrunken. Tränen brannten in ihren Augen. Und wenn es doch so war? Was, wenn er sie mit letzter Kraft an Land gebracht und dann in der See untergegangen war?

»Nein!« Zoe wischte die Tränen fort, die über ihre Wangen liefen. Den Gedanken, dass dieser so starke und maskuline Mann tot war, konnte sie nicht ertragen. »Verdammter Schotte«, murmelte sie, als sie sich durch die auslaufende Brandung schleppte und ignorierte, dass ihre Schuhe und der Rocksaum vom Meerwasser getränkt wurden. So unerträglich der Gedanke an seinen Tod auch sein mochte, ihr Verstand sagte ihr, dass sie eigentlich froh sein sollte, weil sie ihn los war. Er hatte sie entführt. Es war der Todfeind ihres geliebten Bruders gewesen. Warum sollte es ihr etwas ausmachen, dass sie den Sturm überlebt hatte und er nicht?

War dies nicht die Antwort auf ihre Gebete? Sie würde herausfinden, wo sie sich befand, und irgendwie Fox informieren. Zoe blickte sich in der einsamen, windigen Gegend um. Irgendwie musste ihr das gelingen. Und dann würde sie nach London zurückkehren und vergessen, dass irgendetwas von alldem jemals geschehen war.

Doch jetzt begann sie zu weinen und an so alberne Dinge zu denken, zum Beispiel an die Art, wie sich die Lippen des Schotten verzogen und sich um seine Augen Fältchen bildeten, wenn er lächelte. Und dass in der Sonne sein dunkles Haar glänzen konnte, als sei es kupferfarben gesprenkelt. Und dass sie sich in seinen Armen warm und geborgen gefühlt hatte, obwohl er ein gesetzloser Rebell gewesen war.

»Oh, Keegan, bitte sei nicht tot«, schluchzte sie, und ihr Kopf ruckte hoch, als sie ein merkwürdiges Geräusch wahrnahm. Es klang wie ein Wehklagen des Windes, jedoch tiefer. Und es kam hinter einem Felsen hervor, der aus der Brandung ragte. Vorsichtig trat sie in die Wellen und spähte um den glänzenden Kalkstein.

Dann watete sie so schnell sie konnte durch das kalte Wasser. »Keegan. Keegan, lebst du?«

Er lag auf dem Rücken, die Augen geschlossen, und eine kleine Platzwunde lugte unter dem Gewirr von Haaren hervor, die in seine Stirn fielen.

Zoe ließ sich neben ihm auf die Knie sinken und berührte seine Schulter. Selbst als sie seinen Namen rief, gab er keinen Laut von sich und regte sich nicht. Zoe hockte sich auf die Fersen und ließ ihren Blick über seinen Körper hinabgleiten. Außer der Wunde an der Stirn konnte sie keine Verletzung erkennen, und seine Brust bewegte sich auf und ab. Er atmete.

Was sollte sie jetzt machen? Bei all der Pflege von Miss Phelps hatte Zoe das Gefühl, dass sie wissen sollte, was zu tun war. Aber sie wusste es nicht. Zögernd und behutsam strich sie über die kleine Verletzung und achtete darauf, keinen Druck darauf auszuüben. Dann streichelte sie über Keegans Wange, über seine Bartstoppeln zu der sinnlichen Linie seiner Lippen. Sie bewegten sich kaum wahrnehmbar, als Zoes Daumen federleicht darüber glitt.

Sie hatte seine Lippen von Anfang an bewundert, sogar als sie am meisten Angst vor ihm gehabt hatte. Sie waren fest und verrieten Entschlossenheit. Trotz der Umstände musste Zoe lächeln. Sonderbar, an den Lippen von jemandem Entschlossenheit zu erkennen. Aber bei dem Schotten war es so. Und es faszinierte sie.

Mit einer federleichten Berührung zeichnete Zoe mit den Fingerspitzen die Konturen seiner Lippen nach. Sein Atem erwärmte ihre Haut, ein tiefer, gleichmäßiger Rhythmus, der ein wenig ihre Besorgnis nahm. Jemand, der so gut atmen konnte, musste doch wieder gesund werden, oder?

Zoes Blick glitt zurück zu der Platzwunde an seinem Kopf. Sie seufzte. Sie sollte wirklich etwas unternehmen. Vielleicht konnte sie Hilfe finden? Aber als sie die Fingerspitzen fast widerstrebend von seinem Mund zurückzog, stöhnte er auf. Es war kein lautes Aufstöhnen, nur ein Hauch, klagend wie der Wind.

Es war fast, als wollte sie ihn nicht verlassen. Dumm, aber dieses Gefühl hatte sie. Ohne an die Konsequenzen zu denken, neigte sich Zoe vor. Jetzt liebkoste sie seine Lippen mit ihren. Leicht. Behutsam, damit sie ihm nicht wehtat, das Salz auf seinen Lippen schmeckte. Ihn schmeckte.

Etwas löste das gleiche merkwürdige Verlangen in ihr aus, das ihr jetzt nicht mehr fremd war. Seine Lippen waren glatt und weich, ein köstlicher Kontrast zu den Bartstoppeln, die ihre zarte Haut am Kinn kitzelte. Sie sehnte sich danach, über seine breiten Schultern und muskulösen

Arme zu streicheln, die unter dem zerrissenen Stoff seines Hemdes sichtbar waren. Sie sehnte sich danach, seinen ganzen Körper zu spüren, auf eine Art, die sie sich nur in ihrer Phantasie vorstellen konnte.

Aber sie tat nichts dergleichen. Sie hielt sich steif, die Augen geschlossen, ließ nur die leichte Bewegung ihres Mundes Leben in ihn hauchen.

Zoe war so vertieft, wahrzunehmen, wie ihr Körper auf den leichten Kontakt reagierte, dass sie zuerst gar nicht merkte, wie seine Lippen zum Leben erwachten. Die Berührung, so köstlich leicht, weckte langsam Wärme in ihr, die zu heißem Verlangen wurde. Dann öffneten sich seine Lippen, und seine Zunge, so feucht und kühn, erschreckte sie. Zoe riss die Augen auf.

Und sie starrte direkt in die grünen Tiefen seiner Augen.

»Oh.« Verlegen versucht Zoe, sich zurückzuziehen, doch er umfasste ihren Hinterkopf. Er hielt sie und starrte sie intensiv an.

»So lebendig bist du?«, fragte er.

Zoe schluckte und nickte dann. »Anscheinend.«

»Anscheinend?« Die feinen Fältchen um seine Augenwinkel vertieften sich, als er lächelte. »Ich hätte geschworen, es war ein Engel, der mich mit einem Kuss im Himmel willkommen hieß.«

Hitze stieg in Zoes Wangen. Sie versuchte, sich wieder zurückzuziehen, doch er hielt sie nur fester. Für einen Mann, der gerade erst aus der Bewusstlosigkeit erwacht war, hatte er erstaunliche Kraft. »Ich ... ich war mir nicht sicher, ob du lebst. Du hast eine Verletzung an der Stirn.«

»Aye.« Keegan zog die Augenbrauen hoch, lockerte seinen Griff jedoch nicht. »Ich fühle mich, als hätte mich ein gigantisches schottisches Breitschwert an der Stirn getroffen.«

»Ich glaube, du bist eher von den Felsen vor der Küste getroffen worden.«

»Glaubst du das?« Seine Stimme klang tief ... verführerisch.

»Ja.« Zoe befeuchtete ihre plötzlich trockenen Lippen.

»Warum?« Die Frage schien unsichtbare Fäden um Zoe zu weben und sie einzuhüllen.

»Warum was?« Zoe schloss die Augen, damit er darin nicht sehen konnte, welch ein Feigling sie war, denn sie wusste genau, was er meinte. Ihm musste es ebenso klar sein, denn er sagte nichts mehr, zog sie einfach näher an sich, erfüllte sie mit seinen Sinnen. Sie konnte nicht weitermachen, ohne etwas zu sehen, und so öffnete sie die Augen. »Es war nur ein Kuss«, sagte sie.

»So?« Seine Augen verengten sich. »Für mich schien es mehr zu sein.«

»Ich hatte befürchtet, du bist tot, und dann fand ich dich und du warst verletzt ... offensichtlich.« Zoe blinzelte. »Ich wusste nicht, was ich tun sollte, und ...«

»Und so hast du mich geküsst.«

Verlegenheit verwirrte ihre Gefühle ... zumindest diejenigen, die nicht von ihm überwältigt waren. Sie versuchte sich wieder zurückzuziehen. »Du brauchst dir keine Sorgen zu machen«, sagte sie in einem hochmütigen Tonfall, den sie kaum als ihren eigenen erkannte. »Es wird nicht noch einmal passieren.«

»Ach, Lady Zoe, da irrst du dich aber.« Er nahm sie in die Arme und erstickte ihren Protest, der schon im Ansatz zu einem Seufzen wurde, als seine Lippen mit den ihren verschmolzen.

Unzählige Gedanken schossen ihr durch den Kopf. Dass sie dies nicht zulassen sollte, war sicherlich einer davon, und Zoe tat ihr Bestes, um sich lange darauf zu konzentrieren, um danach zu handeln. Aber sie konnte es nicht. Nicht, als er verführerische zärtliche Küsse auf ihre Lippen tupfte und seine Zunge sinnlich ihre umspielte.

Er nahm ihr den Atem. Machte sie benommen. Und bewirkte, dass dieses schmerzliche Verlangen wieder in ihr aufstieg. Tief in ihr. Diese Sehnsucht, die sie nie wirklich loswerden konnte. Es war ein Schmerz, den sie nicht gekannt hatte, bis der Schotte in ihrem Leben aufgetaucht war. Ein bittersüßer Schmerz, der sich in Augenblicken wie diesem verstärkte und fast unerträglich wurde.

Sie hatte das Gefühl, jeden Moment zu zerspringen.

Doch der Weg zur Erlösung von diesem Schmerz, Keegan zur Seite zu schieben und auf die Linderung zu hoffen, schien gleichermaßen unerträglich zu sein.

So ließ sie ihn gewähren, ließ zu, dass er den Kuss vertiefte und leidenschaftlicher wurde, bis sie auf ihn sank und sich an ihn presste. Ihre Brüste schwollen an, die Spitzen richteten sich auf, und die einzige Erleichterung schien darin zu bestehen, sie auf seine harte Brust zu pressen.

Und was den unerträglichen Schmerz tief in ihrem Innern anbetraf ... alles, was er tat, schien ihn noch schlimmer zu machen. Sie spürte seine Hände auf ihrem Rücken, dann tiefer, als er sie fester an sich zog.

»Ich kann es nicht ertragen.« Zoe riss sich von ihm los, stieß gegen seine Schultern und rollte sich so schnell von Keegans Körper, dass er sie nicht aufhalten konnte. Sie setzte sich auf, hob die Knie an ihren Oberkörper und schlang die Arme um sie. Sie atmete ein paar Mal tief durch und versuchte das Gefühl, etwas verloren zu haben, unter Kontrolle zu bekommen.

»Was ist, Zoe?« Keegan rang selbst noch um Atem. »Was ist los mit dir?«

Zuerst glaubte er, sie hätte ihn nicht gehört ... oder verweigere eine Antwort. Sie wiegte sich einfach vor und zurück, das Gesicht hinter den Armen verborgen; ihr Körper zitterte. Er stemmte sich auf die Ellenbogen und wandte sich ihr zu.

»Nein, rühr mich nicht an!«

Keegan zögerte, ließ dann die ausgestreckte Hand sinken. »Ich würde dich niemals zwingen. Das brauchst du nicht zu befürchten.«

»Das tue ich auch nicht..« Was angesichts der Umstände ungewöhnlich war. »Es ist nur...« Ihre Stimme klang verzagt, als sie über ihre Knie spähte. »Es ist etwas nicht in Ordnung mit mir. Etwas Schreckliches.«

Keegan widerstand dem Verlangen zu lachen. So weit er das beurteilen konnte, war ziemlich viel nicht mit ihr in Ordnung. Aber sie hatte ebenso einige erstaunliche Qualitäten – auf die er näher eingegangen war.

»Dies ist nicht der bequemste Ort, um ... nun, um zu tun, was wir im Begriff waren zu tun. Ich würde dich in ein Daunenbett legen, wenn ich könnte.«

»Das ist es nicht.« Obwohl Zoe zugeben musste, dass ihre feuchten Röcke ihr die Haut aufscheuerten. »Ich habe schreckliche Schmerzen.« Das letzte Wort klang gedämpft, als sie ihr Gesicht wieder an ihre Knie drückte.

»Schmerzen? Was für Schmerzen? War ich zu grob? Ich muss zugeben, dass ich mich ein bisschen hinreißen ließ. Habe ich dich gebissen?«

»Nein«, gab Zoe zu. »Das ist es nicht. Es ist tiefer.«

»Tiefer?« Keegan hob ihr Kinn mit seinem Daumen an. »Ich verstehe nicht.«

»Oh, was macht das schon?« Zoes Augen füllten sich mit Tränen, und sie blinzelte. Vor Jahren hatte sie sich damit abgefunden, jung zu sterben. Ihre Krankheiten und Miss Phelps waren das einzig Beständige in ihrem Leben gewesen. Warum regte sie sich jetzt über die Aussicht auf einen frühen Tod auf? Warum betrauerte sie gerade jetzt, entführt und in einem fremden Land, die Gefangene eines

Mannes, der sie zwar faszinierte, jedoch ein Todfeind war, den Verlust ihrer Gesundheit?

Die Melancholie obsiegte über ihre Verlegenheit.

»Hier.« Zoe richtete sich genügend auf, um eine zitternde Hand auf ihren Busen zu drücken. »Und hier.« Ihre Hand glitt hinab zu ihrem Schoß. »Da schmerzt es.«

Trotz ihrer Neigung, jedes Wehwehchen zu übertreiben, und ihres ständigen Jammerns über irgendwelche Krankheiten, fragte sich Keegan, ob diesmal vielleicht wirklich Anlass zur Sorge war. Ihr Unbehagen war ganz bestimmt nicht eingebildet. Ihre Unterlippe zitterte, und zwei Tränen lösten sich aus den Augen und kullerten ihre Wangen herab. Keegan ergriff ihre Hand. Vielleicht hatte sie sich verletzt, als sie sich an Land gekämpft hatten. Davor hatte er sich ebenfalls viel besser gefühlt.

»Hast du Blutergüsse ... oder Prellungen?« Gewiss, er konnte keinerlei Anzeichen darauf sehen, aber sie war ja auch angezogen.

»Nein, nein.« Zoe seufzte und wünschte, sie hätte das Thema niemals zur Sprache gebracht. »Es ist innerlich. Und es wird nur manchmal unerträglich.«

»Ich verstehe nicht.«

»Wenn ...« Zoe fühlte trotz der kühlen Brise Wärme in sich. »Wenn wir uns küssen, wird es schlimmer«, sagte sie hastig und hoffte, dass dies die Diskussion beenden würde. Für einen Moment saß er stumm da und starrte sie an, dann lachte der Schotte schallend auf. Und noch einmal. Vor ihren weit aufgerissenen Augen wurde er von brüllendem Gelächter geschüttelt, während sein markantes Gesicht pure Freude widerspiegelte. Sein Lachen verscheuchte die Möwen.

Zoe versteifte sich. »Ich weiß nicht, was so lustig an meinem Gebrechen ist.« Sie brachte die Worte kaum über die bebenden Lippen. »Ich weiß, dass es dir gleichgültig ist, aber ich hatte gehofft, wenigstens zu Hause zu sein ... in meinem eigenen Bett, wenn das Ende kommt. Nicht hier an diesem verlassenen ... trostlosen Strand.« Die Tränen strömten jetzt, begleitet von leisem Schluchzen, das in Keegans Gelächter unterging.

»Nun, Lady Zoe, hör auf«, sagte Keegan zwischen einem weiteren Lachenanfall. »Es ist nicht so schlimm. Und ich wette, dass du nicht sterben wirst. Jedenfalls nicht an dieser besonderen Krankheit.«

»Wie kannst du da so sicher sein?« Zoe bemühte sich, ihr Weinen unter Kontrolle zu bekommen. »Du bist kein Arzt.«

»Aye, und es ist gut, dass ich keiner bin.« Keegan wurde ernster. »Denn dieser alte Bastard würde dich wahrscheinlich für etwas so Natürliches wie das Atmen schröpfen.«

Zoe legte den Kopf schief. »Wie kann Schmerz etwas Natürliches sein?« Bei ihr war er das natürlich – aber sie war auch ein besonderer Fall, das hatte ihr Miss Phelps von früh an eingebläut.

»Diese Schmerzen, von denen du gesprochen hast, führen sie bei dir zu Aufregung ... zu der Erwartung auf etwas, das du dir nicht genau erklären kannst?«

Zoe verschränkte die Arme. »Das ist eine merkwürdige Weise, Schmerzen zu beschreiben, aber ja, das trifft zu. Doch wir brauchen jetzt nicht darüber zu sprechen.« Sie betrachtete misstrauisch seinen Gesichtsausdruck. Da waren immer noch Anzeichen der Belustigung, doch auch eine Spur von Arroganz. Als sei er sehr selbstzufrieden – aus irgendeinem Grund, den Zoe nicht herausfinden konnte. »Mir geht es jetzt wieder gut«, fügte sie hinzu und hoffte, damit weitere Spekulationen seinerseits zu beenden.

»Und jetzt?« Er schob sich näher und legte den Arm um ihre Schultern.

»Ja … gut«, beharrte Zoe, obwohl seine Nähe sie in Wirklichkeit unruhig machte.

»Und wie ist es, wenn ich dich küsse?«, fragte Keegan, ließ ihr jedoch keine Zeit für eine Antwort, sondern presste die Lippen auf ihren Mund. Er betrachtete es als Experiment, als nichts sonst. Doch bevor er wusste, wie ihm geschah, vergaß Keegan alles außer dem süßen Geschmack von ihr.

»O Gott.« Zoe bog sich von ihm fort. »Da haben wir's. Der Schmerz ist wieder da.«

»Bei mir auch.«

»Bei dir?« Überrascht starrte sie ihn an.

»Aye. Wir haben die gleichen Beschwerden, mehr oder weniger, meine schöne Geisel. Und wenn du im Moment auch das Gefühl hast, es könnte dein Tod sein, wirst du nicht daran sterben.«

»Nicht?« Ihre Lippen verzogen sich zu einem zögernden Lächeln. »Aber es ist ein so schreckliches Gefühl.«

»Das liegt daran, dass wir es noch nicht geschafft haben, Linderung zu finden.« Die Worte schienen in ihr zu vibrieren, als er den Mund auf ihren presste. Das prickelnde Gefühl führte zu neuen süßen Schmerzwellen in ihrem Körper.

Zoe atmete schneller. Sie fühlte sich wieder benommen. »Können wir das? Linderung finden?«

Jetzt war es Keegan, der sich zurückzog. Er musterte ihr Gesicht und strich sanft ein Sandkorn von ihrer Wange. Sie schaute ihn mit großen Augen und unschuldig an, die Lippen leicht geöffnet. Ein Mann würde ein Schuft sein, dies auszunutzen, auch wenn sie diesen Mann manchmal fast wahnsinnig vor Begierde machte.

»Nichts würde mir mehr gefallen, Zoe. Aber ich finde, dies ist weder der richtige Zeitpunkt noch der richtige Ort, um unserer Begierde nachzugeben.«

»Nun, ich meinte nicht . . .« Zoe biss sich auf die Unterlippe und wandte sich ab. Was musste der Mann von ihr denken? Von welcher Begierde sprach er?

»Zoe.« Seine Stimme klang sanft und verführerisch. »Sieh mich an.«

Zoe hob langsam den Kopf. Keegans grüne Augen starrten sie an, und sie wusste genau, was er mit Begierde meinte. Der Schmerz in ihr war wieder da, stärker und überwältigender als zuvor. Aber sie wusste jetzt, dass es keine Krankheit war, sondern etwas bei weitem Verzehrenderes.

Sie entdeckte so vieles bei ihm, ohne bewusst danach zu suchen. Die Rundung seiner breiten Schultern. Das Spiel seiner Muskeln, wenn er sich bewegte. Die Form seiner Hände. Es machte nichts, dass er schmutzig und nass war. Dass sein Haar strähnig und sein Kinn mit Bartstoppeln bedeckt war. Verlangen nach ihm durchpulste sie. Beschämte sie.

Sie wandte sich ab und rappelte sich auf, so schnell es ihr durchnässter Rock zuließ.

»Zoe.« Er folgte ihr, zuerst auf etwas wackligen Beinen. »Bleib stehen. Ich werde dich nicht anrühren. Hör zu, ich weiß nicht, was zwischen uns ist, aber ich nehme an, ich bin nicht der Einzige, der es empfindet. Ich möchte . . .«

Keegan verstummte abrupt, als er ein neues Geräusch wahrnahm, das sich mit denen der See, des Windes und dem Kreischen der Möwen mischte. Zoe hörte es ebenfalls, hielt an und fuhr zu ihm herum. Er hielt einen Finger auf die Lippen, und sein Blick mahnte sie, still zu sein. Dann winkte er sie zurück, ergriff ihren Arm und zog sie hinter die Felsen.

»Wer ist das?«, wisperte sie. »Holt?«

»Ich weiß es nicht. Ich hatte gewünscht, dass er und seine Männer im Sturm umgekommen sind.«

Das hatte sie ebenfalls gehofft, obwohl sie es nicht zugeben wollte. Aber da war jemand, gar nicht weit entfernt. Sie konnte Stimmen und Gelächter hören. »Ich kann sie nicht verstehen«, flüsterte Zoe und drehte den Kopf, um zu lauschen. Dabei sah sie, wie sich ein Grinsen auf dem Gesicht des Schotten ausbreitete.

»Das liegt daran, dass sie kein Englisch sprechen, es ist Gälisch«, sagte er erfreut, richtete sich auf und rief etwas in derselben Sprache. Dann nahm er sie an der Hand und trat hinter den Felsen hervor.

11

Sie würde krank werden. Zoe zitterte unter einer rauen Wolldecke. Obwohl ihr kalt war, glänzte Schweiß über ihrer Oberlippe und auf der Stirn. Mit jedem Atemzug fühlte sie sich schlechter.

Die verräucherte Luft in der kleinen Grassodenhütte war mit allerlei Gerüchen erfüllt, bei denen sich ihre Magenschmerzen verschlimmerten. Da waren die scharfen Ausdünstungen des Viehs in einem Pferch am fernen Ende der Hütte, der faulige Gestank des Misthaufens, der durch die offene Tür hereindrang, und der starke Geruch des Farbstoffs, mit dem die gesponnene Wolle gefärbt wurde.

Aber Zoe wusste, dass ihr Unbehagen mehr darauf zurückzuführen war, dass der Schotte sie verlassen hatte. Er war mit dem Ehemann der Frau fortgegangen, die gelegentlich von ihrer Arbeit aufblickte, um sie angewidert anzuschauen.

Sie waren am Morgen mit den beiden Jungen, die Keegan bei den Felsen entdeckt hatte, hierhin gekommen. Die Jungen hatten in der Bucht nach Strandgut stöbern wollen, das vielleicht vom Sturm an Land gespült worden war. Vermutlich waren sie im Augenblick damit beschäftigt, zu stehlen, was sie vom Wrack der *Sea Maiden* finden konnten. In dieser Hinsicht wünschte ihnen Zoe viel Glück. Sie hoffte ebenfalls, dass sie auf keinen von der Besatzung stießen. Es war ein Geheimnis, was aus den Piraten geworden war. Vermutlich hatten sie sowohl ihr Schiff als auch ihren Captain verlassen.

Zoe blickte wieder zu der Frau, die jetzt der Wiege am Fuß des Bettes einen sanften Tritt versetzte. In der Wiege schlief ein Säugling. Die Familie hieß MacNair. Der Schotte hatte sofort erkannt, dass es sich um Landsleute handelte. Obwohl sie sich noch nie begegnet waren, verknüpfte sie ein gemeinsames Band. Sie unterstützten wie er die Rebellion.

So waren die beiden Männer zusammen fortgegangen, und der Schotte hatte Zoe kaum mehr als ein Wort gegönnt. Das war vor Stunden gewesen. Sie sollte froh sein. So brauchte sie ihn nicht zu hören oder anzusehen. Sie konnte sogar von dem wackligen Stuhl, auf dem sie saß, aufstehen und nach draußen gehen, wenn sie das wollte. Von der Hütte fortspazieren. Die Frau würde sie nicht aufhalten. Dessen war sich Zoe ziemlich sicher. Es hätte sie ohnehin nicht überrascht, wenn die Frau sie aus ihrer Hütte fort gewünscht hätte. Hass hing so schwer wie der Rauch, der die Wände geschwärzt hatte, in der kleinen Hütte.

Vielleicht sollte sie das tun ... flüchten. Ihr Rock hing an einem Haken neben dem kleinen Torffeuer in der Mitte der Hütte. Rauch kräuselte empor und entwich durch das Loch im Dach. Die Reitkleidung war vermutlich noch feucht, aber sie würde sie anziehen und verschwinden, bevor der Schotte zurückkehrte. Wahrscheinlich würde es ihm nichts ausmachen, wenn sie bei seiner Rückkehr fort sein würde. Sie war eine Belastung für ihn.

Das einzige Problem war, dass es *ihr* etwas ausmachen würde.

Was so dumm war, dass Zoe es kaum begreifen konnte. Sie hätte ihn verabscheuen sollen. Alles in ihrer Macht Stehende tun sollen, um ihm zu entkommen. Sie musste immer noch ihren Bruder warnen. Oder die Administration informieren. Irgendjemanden.

Doch die Tatsache blieb. Die Besorgnis, die ihre Magenbeschwerden verschlimmerte, rührte daher, dass er nicht bei ihr war. Sie hatte sich an ihn gewöhnt.

»Esst das.« Die Frau bedachte sie mit einem ihrer eisigen Blicke, und dabei drückte sie weiter die Wollfäden in dem schweren Eisentopf mit dem grünen Farbstoff aus. »Er sagte, ich soll Euch füttern.«

Zoe aß etwas von dem kalten Haferschleim.

»Ist kein feines englisches Essen, aber Ihr habt Glück, dass wir es entbehren können.«

»Es schmeckt gut.« Zoe aß noch einen Löffel Haferschleim. »Ich danke Euch.«

»Auf Euren Dank kann ich verzichten.«

Die Worte, mit so viel Gehässigkeit ausgesprochen, ließen Zoe im Essen innehalten. »Warum könnt Ihr mich nicht leiden?«

»Nicht leiden?« Die Frau warf Wolle in den übel riechenden Farbstoff. »Es ist keine Abneigung, es ist schlicht und einfach Hass.«

Zoe fiel der Löffel aus der Hand auf die raue Tischplatte. »Aber ich ... ich habe Euch nichts getan.«

»Es ist Eure Abstammung. Ich wusste, dass Ihr eine Engländerin seid, bevor der MacLeod auch nur ein Wort sagte. Ich konnte Euch riechen, als Ihr über den Pfad vom Meer kamt.«

Was Zoe angesichts des Gestanks, von dem sie umgeben war, kaum glauben konnte. »Ich kann mir wirklich nicht denken ...«

»Was gut ist, denn es schert mich einen Dreck, was Ihr denkt.«

»Was ist los, Frau, wo bleibt deine Gastfreundschaft?«, ertönte eine Stimme von der Tür her.

Zoe erhob sich, als der Mann der Frau die Hütte betrat. Ihm folgte Keegan, der den Kopf einziehen musste, um durch die niedrige Tür einzutreten. Es fehlte nicht viel, und

Zoe wäre ihm über den feuchten irdenen Boden entgegengelaufen.

Seine Miene war verschlossen, fast so unfreundlich wie die der Frau, als er Zoe befahl, sich anzuziehen.

»Warum? Wohin gehen wir?«, platzte sie heraus. Es überraschte sie nicht, dass er keine Antwort gab. Er sagte ein paar Worte zu der Frau, als sie ihm einen Napf mit Haferschleim anbot. Er aß schweigend und im Stehen. Nur einmal blickte er auf, und das, um Zoe mit einer Geste aufzufordern, sich anzuziehen.

Zoe kleidete sich hinter einer Decke an, die als Raumteiler zwischen Küche und Schlafkammer diente. Die Kleidung war noch feucht und roch nach der See, aber der Sand war wenigstens abgebürstet worden. Zoe fuhr sich mit den Fingern durchs Haar, flocht einen Zopf und drehte ihn auf den Kopf. Aber sie hatte keine Klammern zum Feststecken, und so fiel der Zopf wieder auf ihren Rücken.

Als sie hinter der Decke hervortrat, hatte der Schotte sein Frühstück beendet. In der fremden Sprache verabschiedete er sich von seinen Gastgebern und führte Zoe aus der Hütte.

»Ein Stück die Straße herunter wartet ein Karren«, sagte er, als er über Felsbrocken kletterte.

»Ein Karren? Wohin fahren wir? Wo sind wir hier überhaupt?«

»Schottland«, antwortete Keegan knapp. »Und wir fahren nach Castle MacLeod.«

Das war die ganze Zeit lang ihr Ziel gewesen – es hätte also keine Überraschung für sie sein sollen. Aber irgendwie war es das doch, besonders, als Zoe erfuhr, dass sie nur ein paar Tagesritte von ihrem Ziel entfernt waren. Vorausgesetzt natürlich, die Straßen waren passierbar, was nach dem gestrigen Sturm nicht sicher war.

Der Karren war primitiv, mit zwei Holzrädern und einem

betagt wirkenden Wagengaul davor. Die Ladefläche, gefüllt mit Stroh und Säcken mit Hafer, war von der Front nur mit einem roh gezimmerten Holzsitz abgetrennt. Zoe war überzeugt, dass sie zu Fuß schneller sein würden als mit dem Karren. Aber sie wollte nicht zu Fuß gehen, und der Schotte schlug das auch nicht vor.

Nachdem er Shamus, den Besitzer des Karrens, begrüßt hatte, sagte er nicht mehr viel. Der alte Mann war ebenfalls ein MacNair. Er wirkte so knorrig und krumm wie die Bäume bei der Klippe oberhalb des Meers.

Obwohl er mit der feindselig gesinnten Frau verwandt war, zeigte sich Shamus redselig, und als er erkannte, dass Zoe Engländerin war, schien ihm das nichts auszumachen. Zoe war dankbar, weil sie nicht behandelt wurde, als hätte sie die Pest ... eine der wenigen Krankheiten, die sie noch nicht gehabt hatte.

Zoe hatte den Eindruck, dass Shamus sehr an einem Gespräch mit Keegan interessiert war. Doch dessen Antworten beschränkten sich auf Gemurmel und einen gelegentlichen Fluch, wenn der Karren in ein Schlagloch rumpelte, und so fiel es Zoe zu, die Fragen zu stellen, die Shamus zum Reden veranlassten, während sie über die schlammige und zerfurchte Straße rumpelten.

»Ihr werdet euch vor den Soldaten von Fort William in Acht nehmen müssen«, sagte der alte Mann. »Sie belagern die gesamte Gegend. Ich habe mehr als eine Ahnung, dass sie nach dir suchen werden, Junge, was nicht heißen soll, dass jemand ihnen von deiner Rückkehr ins Hochland erzählen wird. Aber sie scheinen einen sechsten Sinn für diese Dinge zu haben.«

Er schlug mit einem grünen Zweig auf die Kruppe des Pferdes. »Vor vierzehn Tagen habe ich gesehen, wie sie in der Nacht eine Hütte überfielen, das Zuhause eines Mannes, der sich dorthin geschlichen hatte, um seine Familie zu sehen. Sie rissen ihn aus den Armen seiner liebenden Frau und hängten ihn im Hof auf, während seine Kinder schrien und seine Frau wehklagte.«

»Das ist ja schrecklich.« Zoe wand sich in dem kratzenden Stroh. »Was hatte der arme Mann getan?«

»Der *arme Mann* ist ein Jakobiter gewesen, Zoe«, sagte Keegan und schaute sie an, zum ersten Mal, seit sie auf den Karren geklettert waren.

»Stimmt das?« Zoe richtete die Frage an Shamus, obwohl sie die Antwort wusste, bevor er sie gab.

»Die Armee ist entschlossen, dafür zu sorgen, dass sich so etwas wie diese Rebellion niemals wiederholt, und wenn sie jeden töten muss, der auch nur für den Prinzen an seine Mütze tippt.

»Die MacNairs sind nette Leute«, bemerkte Zoe. »Ich hatte den Eindruck, dass sie in der Rebellion gekämpft haben.«

»Aye, das haben sie und dabei einen Sohn verloren«, sagte Shamus. »Ihr Haus wurde niedergebrannt, und ihre Schafe wurden abgeschlachtet.«

»Das ist schlimmer, als ich gedacht habe«, sagte Keegan mehr im Selbstgespräch als an seine Begleiter gerichtet.

»Du konntest es nicht wissen, Junge, nachdem man dich nach London verschleppt hatte. Aber es ist, wie du sagst; die Zeiten sind rau für diejenigen von uns, die dem Prinzen folgten.« Plötzlich zügelte Shamus den Gaul. Sie waren an ein Flüsschen gelangt. Klares Wasser schoss über moosbedeckte Felsbrocken und floss zum Meer. Es gab keine Brücke, und es blieb ihnen nichts anderes übrig, als den Bach zu durchfurten.

Es hatte eine Zeit gegeben, in der Zoe davor zurückgeschreckt wäre, überzeugt, dass das kalte Wasser ihr Tod sein würde. Doch jetzt seufzte sie nur und fand sich damit ab, dass es kalt und nass werden würde ... und ihr Herz es irgendwie überstünde.

Wie sich herausstellte, wurde Zoe aufgefordert, auf dem Karren zu bleiben, während Shamus die Zügel hielt und Keegan herabkletterte, um das Pferd durch die Wasserstrudel zu führen. »Pass auf, MacLeod, die Strömung ist stärker, als du denkst«, sagte Shamus mit einem Lachen, bevor der Karren ins Wasser platschte.

»Ich suche mir stets eine Stelle, an der ich mich orientieren kann«, rief der alte Mann mit erhobener Stimme, um das Rauschen des Wassers zu übertönen. »Zum Beispiel den Felsen dort drüben. Dann richte ich die Ohren des Gauls auf diesen Kurs aus. Das hält uns davon ab, von der Strömung zu weit abwärts getrieben zu werden.«

Genau das tat Keegan jetzt. Er schien mit der Strömung und dem Pferd gleichermaßen Probleme zu haben. Als er das Tier schließlich ans andere Ufer führte, kündigte er an, dass er ein bisschen zu Fuß gehen werde. Zoe legte den Kopf auf einen Hafersack und döste ein, das Geplapper von Shamus wie aus weiter Ferne in den Ohren, den sonnigen blauen Himmel in Erinnerung.

Sie erwachte jäh. Der Singsang der Stimme des alten Mannes war verstummt. Stattdessen hörte sie knappe Kommandos. Befehle, denen Keegan gehorchte. Er sprang auf den Karren, verkroch sich unter dem Stroh und befahl ihr, das Gleiche zu tun.

»Was ...? Was ist los?« Zoe wühlte sich unters Stroh und nieste.

»Mein Gott. Sag mir nicht, dass du jetzt solche Anfälle bekommst.«

»Ich kann nichts dafür.« Zoe musste wieder niesen.

Unterdessen drehte sich Shamus auf dem Karrensitz um und ermahnte sie, sich zu beeilen. In seinen Worten klang Furcht mit. »Soldaten kommen.«

Einen Lidschlag lang hielt Keegan in dem Bemühen inne, Zoes Beine unter Hafersäcken zu verstecken. Er sah auf, und ihre Blicke trafen sich. Sie beide wussten, wie nahe er daran war, am nächsten Baum aufgehängt zu werden, selbst wenn sie die Soldaten nicht mit Schreien alarmierte.

In diesem Moment wollte sie ihn beruhigen, spürte aber, dass es besser war, zu schweigen. Er schob sie tiefer unters Stroh, bedeckte ihren und seinen Kopf mit einer Decke und schuf so etwas wie ein kleines Nest. Und die ganze Zeit über rumpelte der Karren über den zerfurchten Pfad.

Der Sonnenschein drang nicht durch die Decke, doch Zoe konnte im staubigen Halbdunkel Keegan erkennen. Er lag neben ihr. Sein Gesicht war ihr zugewandt. Eine Hand ruhte neben ihrer Wange, als wisse er nicht, ob er ihr den Mund zuhalten sollte oder nicht.

Er tat es in dem Moment, indem er das gebrüllte Kommando »Anhalten!« hörte.

Der Akzent war unverkennbar Englisch, der Tonfall militärisch.

»Nennt Euren Namen und Euer Ziel!«

Der alte Mann ließ sich Zeit mit der Antwort. »Ich bin Shamus MacNair, und ich bin unterwegs, um dem neuen Grundbesitzer die Pacht zu entrichten.«

»Wer ist das?«

»Angus MacDonald. Er wohnt jetzt in dem Schloss unten bei Firth Glenmorgan.«

Zoe hörte Hufschlag, und als der Soldat wieder sprach, klangen seine Worte noch näher. »Was habt Ihr hier?«

Der Karren ruckte, offenbar von dem Engländer in Schaukelbewegung versetzt. Zoes Augen weiteten sich, und sie starrte Keegan über seine Hand an. Sie spürte seine Anspannung, glaubte das heftige Klopfen seines Herzens zu spüren – oder war es ihres? – als sich die Sekunden zu einer Ewigkeit zu dehnen schienen. »Hafer, Bier und Stroh.«

Zoe hatte keine Ahnung, ob der Soldat glaubte, dass dies alle Fracht war. Sie wünschte, sie könnte sein Gesicht sehen. Wünschte, er würde dem alten Mann befehlen, weiterzufahren. Wenn nicht ... wenn er sich entschied, den Karren zu durchsuchen, war Keegan in der Falle. Dem Tod geweiht.

Und dann begann der Niesreiz. Tief in ihrer Nase. Zoe versuchte, durch den Mund zu atmen, doch der Schotte presste die Hand darauf. Ihre Augen wurden feucht, so sehr kämpfte sie gegen den Niesreiz an, doch sie spürte, dass es ihr nicht gelingen würde, ihn zu unterdrücken.

Verzweifelt hob Zoe die Hand und umklammerte seine. Überraschung, dann Zorn verdunkelte seine Augen. Aber er war so überrumpelt, dass sie seine Hand ein Stück von ihrem Mund fortreißen konnte. Er rechnete damit, dass sie schrie; sie konnte es ihm ansehen. Aber sie tat es nicht. Nachdem sie tief Luft geschöpft hatte, kniff sie ihre Nasenflügel zusammen, gerade bevor sie vom Niesen erschüttert wurde.

Es gab ein Geräusch, leise und erstickt, von der Decke und dem Stroh noch mehr gedämpft. Offenbar wurde es von den Soldaten nicht gehört. Kurz darauf nahm Zoe das Pochen von Hufschlag wahr, als die Soldaten davonritten. Und dann setzte sich der Karren in Bewegung.

Zoe drehte den Kopf zu Keegan. Seine Hand bedeckte ihren Mund nicht mehr. Er hatte sie zurückgezogen, als er erkannt hatte, was sie tat. Er schaute sie jetzt wie eine Fremde an, die er nie zuvor gesehen hatte. Sie wusste, warum er verwundert war. Als ihre Freilassung möglich gewesen war, als sie ihre Rache an ihrem Entführer hätte haben können, hatte sie sich entschieden, ihn stattdessen zu schützen.

Zoe wollte ihm das erklären. Aber sie musste es zuerst selbst begreifen.

Und in diesem Augenblick konnte sie das nicht.

Die Straße verlief nicht mehr am Wasser entlang. Sie wand sich jetzt in Serpentinen höher in die Hügel. Keegan ging wieder zu Fuß und hielt nach anderen Soldatentrupps von Fort William Ausschau. Shamus hatte gewarnt, dass sie überall waren, eine Mahnung, die er nach dieser Begegnung mit ihnen wiederholte.

»Ich weiß nicht, ob ich hier bleiben würde, wenn ich an deiner Stelle wäre, Junge«, sagte er jetzt. »Sie müssen nach dir suchen. Sie haben erfahren, dass du geflüchtet bist.«

»Vielleicht solltest du auf ihn hören.« Zoe stemmte sich im Karren auf die Knie. Keegan gab dem alten Mann keine Antwort, schritt einfach weiter, als hätte er ihn nicht gehört. »Du könntest nach Frankreich flüchten«, fügte Zoe hinzu. Shamus hatte ihnen erzählt, dass viele der Anführer der Rebellen, deren Land konfisziert worden war, über den Kanal entkommen waren. Viele der Pächter, einschließlich Shamus, zahlten jetzt zweierlei Pacht. Eine an den neuen, von den Engländern ernannten Grundbesitzer, die andere freiwillig an den Gutsherrn jenseits des Meers.

Keegan blickte über die Schulter. »Das würde dir gefallen, wie? Alles, was deinen Bruder rettet.« Ihre Blicke trafen sich, doch seine Miene wurde verlegen, und er schaute wieder auf die Straße vor sich.

»Ich habe nicht an Fox gedacht, und das weißt du.«

»Aye«, murmelte er. »Nun, ich kann Schottland nicht verlassen. Jedenfalls nicht, ohne zu sehen, wie die Dinge stehen.«

Und ohne Fox zu töten, dachte Zoe. Aber sie sprach es nicht aus.

Die Dämmerung senkte sich schnell über das Hochland, verschleierte es in Grautönen, verwischte die scharfen Konturen der zerklüfteten Berge und machte sie geheimnisvoller.

Die Sonne stand jetzt tief über dem Atlantik, und die Luft war klar und kalt. Zoe war dankbar für die Wolldecke. Sie zog sie fester um ihre Schultern und fragte sich, wie weit sie an diesem Tag noch in die Berge hinauffahren würden.

Wie als Antwort auf ihre unausgesprochene Frage zügelte Shamus das Pferd. »Hier trennen sich unsere Wege.« Er kletterte von dem wackligen Sitz und streckte sich. »Du weißt, wo du bist, Junge, nicht wahr?«

»Aye. Castle MacLeod liegt im Nordwesten.«

»Richtig. Ich würde euch den Rest des Weges mitnehmen, aber ...«

»Du hast genug für uns getan.« Keegan legte dem alten Mann eine Hand auf die Schulter. »Ich danke dir dafür.«

»Unten im Tal gibt es ein Gasthaus. Wenn du dich beeilst, solltest du es bis zum Einbruch der Dunkelheit dorthin schaffen. Klopf an die Hintertür und sag, du möchtest ein Glas auf den König jenseits des Meeres heben. Dann wirst du kein Problem haben.«

Keegan nickte. »Wenn ich irgendetwas für dich tun kann ...«

»Du brauchst nicht weiterzusprechen, Junge.« Shamus stieg wieder auf den Karren. »Dies sind schwierige Zeiten. Geh jetzt. Und kümmere dich um das Mädchen.«

Zoe schaute dem Karren nach, wandte sich dann um und beeilte sich, Keegan einzuholen. Er schritt bereits den Pfad hinunter. Er überraschte sie, indem er wartete, bis sie bei ihm war, und dann ihren Arm ergriff. Nebel wallte an einigen Stellen auf und verhüllte den Saum von Zoes Reitrock.

Sie überquerten einen Bergkamm und folgten einem Pfad, über den der Karren niemals hätte fahren können.

Zoe spähte in die zunehmende Dunkelheit und versuchte irgendein Anzeichen auf ein Gasthaus zu entdecken. Aber da war nichts. Der Wind brauste, und in der Ferne konnte sie das Rauschen von Wasser hören, ob es das eines Flusses oder des Meeres war, wusste sie nicht.

Aber abgesehen davon war sie von einer Stille und Einsamkeit umgeben, die sie nie gekannt hatte. Es war, als seien sie die beiden einzigen Menschen auf der Welt. Die Vorstellung machte sie unruhig – und löste wieder diesen sonderbaren Schmerz in ihr aus. Aber sie hütete sich, ihr Unbehagen zu erwähnen.

Das Gasthaus war wenig besser als die primitive Behausung, die sie an diesem Morgen verlassen hatten. Es war nur etwas größer, ein Bau aus Torf mit einem Strohdach. Doch es bot Schutz vor dem Nieselregen, der eingesetzt hatte.

Zoe stand hinter Keegan, die Wolldecke über dem Kopf, als er an die Hintertür klopfte. Mehrere Leute hielten sich in dem Gasthaus auf. Zoe hörte sie singen, als die Tür einen Spalt geöffnet wurde.

»Was willst du?«, fragte er Besitzer äußerst unfreundlich.

»Ein Glas auf den König jenseits des Meeres heben«, antwortete Keegan, und sofort wurde die Tür weiter geöffnet.

»Komm aus dem Regen raus, Junge. Oh, wen haben wir denn da?« Der Blick des Gastwirts fiel auf Zoe.

»Wir sind müde Reisende, die einen Platz zum Schlafen suchen.«

»Ich habe ein Zimmer. Ich heiße übrigens Galen Frasier.« Als er die Lippen spitzte, schienen sie in seinem breiten Gesicht zu verschwinden.

»Galen.« Keegan nickte ihm zu. »Wenn Ihr uns das Zimmer zeigen wollt...«

»Es ist im Hochland üblich, seinen Namen zu nennen.«

Keegan hob eine regennasse Augenbraue. »Und ich dachte, im Hochland wird die Privatsphäre eines Reisenden respektiert.«

Einige der Gäste um die Asche eines Torffeuers lachten. Dann stand einer auf. Mit dem Bierkrug in der Hand näherte er sich Keegan und kniff im schwachen Lichtschein einer Fackel an der Wand die Augen zu Schlitzen zusammen.

»Du bist der Sohn vom MacLeod. Keegan, das bist du. Bist nach London gegangen, das bist du.«

»Und zurückgekehrt, um bei Culloden zu kämpfen«, entgegnete Keegan.

»Aye, das hast du getan. Wurdest geschnappt und zum Hängen verurteilt.« Der Mann hob seinen Bierkrug und trank ausgiebig.

»Nun, wie du siehst, bin ich entkommen und heimgekehrt.«

»Es ist nicht mehr viel da zum Heimkehren«, sagte ein anderer der Gäste, ein drahtiger Mann mit Pockennarben. »Dein Land ist konfisziert worden.«

»Das habe ich gehört.«

Zoe hob den Blick, um Keegan anzusehen. Sie hatte sich gefragt, ob Castle MacLeod nicht mehr in seinem Besitz war. Wie lange hatte er es gewusst? Und wenn sie nicht dorthin unterwegs waren, wohin dann?«

»Hast du ein Zimmer für uns oder nicht?«, fragte Keegan den Gastwirt. »Es war ein langer Tag, und ich brauche dringend ein Kissen, auf das ich den Kopf legen kann.«

Der Gastwirt sagte sich, dass er von diesem MacLeod nichts mehr erfahren würde, und wies mit einem Wurstfinger nach draußen. »Hinter dem Haus ist eine Hütte. Darin gibt es eine Liege für dich und die Lady. Hast du Hunger?«

Sie verzehrten ein Abendessen aus fettigem Hammelfleisch und hartgekochten Eiern und nahmen dann eine brennende Fackel zu ihrem Schlafquartier mit. Es regnete jetzt stärker, und die Tropfen stachen wie winzige Dolche aus Eis in Zoes Gesicht. Aber in der kleinen Hütte war es relativ trocken, und nachdem Keegan die Fackel benutzt hatte, um ein Torffeuer anzuzünden, wurde es schnell wärmer.

Zoe stand beim Feuer und fragte sich, ob sie an Erschöpfung sterben würde. Ihre Füße schmerzten. Ihr ganzer Körper und der Kopf taten ihr weh. Aber sie wusste, dass Keegan genauso litt wie sie. Nicht, dass er sich beklagte. Er stand nur da und starrte sie an, mit dem gleichen Ausdruck auf dem markanten Gesicht, den sie oft gesehen hatte, nachdem die Soldaten den Karren angehalten hatten.

Zoe nahm die Decke vom Kopf und schüttelte die Wassertropfen von der Wolle. Als sie damit fertig war, hatte er sich immer noch nicht bewegt. Verlegen versuchte Zoe, an ihm vorbeizugehen. Er hielt sie am Arm fest.

Er sah ihr in die Augen und fragte nur: »Warum?«

12

Sie konnte so tun, als ob sie ihn nicht verstand, doch das wäre albern gewesen. Noch dümmer als ihre Taten. Der Wind raunte wie klagend um die Hütte, doch drinnen herrschte tiefe Stille, die nur vom gelegentlichen Knistern des Feuers durchbrochen wurde. Er wartete auf ihre Antwort, doch Zoe konnte ihm beim besten Willen keine geben.

»Hast du niemals etwas Impulsives getan? Etwas, nach dem du dich gefragt hast, welcher Teufel dich geritten hat?«

»Aye.«

Er antwortete so schnell und überzeugt, dass Zoe die Lippen aufeinander presste. »Mich vor Captain Holt gerettet, meinst du zweifellos.«

»Eigentlich dachte ich mehr daran, dass ich dich überhaupt entführt habe.«

Zoe lächelte ungewollt. »Das war ziemlich dumm, nicht wahr?«

Keegan setzte sich auf die Kante der Liege und zog einen Stiefel aus. »Ich habe gewiss schon Klügeres getan.«

»Nun, ich wäre froh, dieses Problem für dich lösen zu können.«

Keegan blickte auf. »Könntest du das jetzt?« Sie war wütend. Das sah er an ihrer Haltung, an den verschränkten Armen. Und daran, dass ihre Wangen wie ein reifer, köstlicher Pfirsich gerötet waren. Sie war durchnässt, verschmutzt, und ihr Zopf fiel fast aufgelöst auf ihren schmalen

Rücken, aber sie war eine reizvolle Frau. Die Augen, groß und grau, erinnerten ihn an das Mädchen, das er gewaltsam aus ihrem Haus mitgenommen hatte, aber alles andere hatte sich verändert.

»Das könnte ich«, sagte sie, während sie zur hinteren Wand der Hütte ging, nur ein paar Schritte weit. »Ich finde, wir wären alle besser dran, wenn du mich einfach gehen lassen würdest.«

Der andere Stiefel fiel auf den Boden, der nur aus festgetretener Erde bestand. »Und wie stellst du dir das vor?«

»Wie du sagtest, war die gesamte Entführung verrückt.«

Keegan ließ sich auf die Ellenbogen zurücksinken. »Ich erinnere mich nicht, das gesagt zu haben.«

»Aber du musst zugeben, dass es so war.« Sie wünschte, er würde sich nicht so zurücklehnen. In dieser Haltung wirkte seine Brust noch breiter als sie ohnehin war. Und sie konnte den Umriss seiner Armmuskeln sehen. Zoe holte tief Luft. Dieser beunruhigende Schmerz war wieder da. »Weißt du, wenn du mich gehen lässt, wird alles so sein, wie es sein sollte.« Er äußerte sich nicht dazu – was Zoe als ein gutes Anzeichen wertete. »Ich werde nach London zurückkehren, und du kannst ...«

Er hob eine seiner dunklen Augenbrauen. Zoe seufzte. Er hatte anscheinend keine große Wahl. »... nach Frankreich gehen«, vollendete sie schließlich ihren Satz.

»Und mir von den Kleinbauern eine freiwillige Pacht, die sie zusätzlich zu der an die neuen Besitzer zahlen müssen, schicken lassen, damit ich das Leben eines Nichtsnutzes im Exil führen kann?«

Nein, gestand sich Zoe insgeheim ein, er war wirklich nicht der Typ Mann, der so etwas tat. »Wie wäre es dann mit der Neuen Welt?«

»Was ist damit?«

»Dort könntest du ein neues Leben beginnen.«

»Ich liebe Schottland.«

Zoe verschränkte die Arme. Er war stur. »Mir scheint, du solltest an die Zukunft denken.« Sie zuckte mit den Schultern und hob entschuldigend die Hände. »Aber ich kann nichts für dich tun.«

»Vergisst du deinen Bruder?« Sein Tonfall war milde, doch Zoe bemerkte das Funkeln in seinen Augen. Er stand auf. »Außerdem bin ich mir nicht sicher, ob du tatsächlich von mir frei sein willst.« Er hob mit dem Daumen ihr Kinn an. Sie hatte wirklich die unglaublichsten Augen, groß und ernst in einem Moment, blitzend vor Zorn im nächsten. Jetzt waren sie zweifellos zornblitzend.

»Das ist lächerlich.«

»Warum hast du dann nicht die Soldaten gerufen?«

Wieder diese Frage. Zoe wich einen Schritt zurück. »Ich weiß wirklich zu schätzen, was du getan hast, um mir das Leben zu retten. Vielleicht habe ich mich nur revanchiert.« Ihr Inneres war in Aufruhr, und sie fühlte sich benommen.

Sie spürte seinen Atem warm an ihrer Wange. »Wir sind also jetzt quitt?«

»Ja ... nein ... ich weiß es nicht.« Zoe holte tief Luft. »Ich fühle mich nicht sehr gut.«

»Wieder krank?« Keegan drehte ihr Gesicht nach links und dann nach rechts, blickte prüfend die glänzenden Augen an, bemerkte ihr schnelles Atmen. »Was meinst du, welches Problem haben wir diesmal? Fieber?«

Zoe nickte. Sie fühlte sich zweifellos erhitzt, besonders weil er so nahe bei ihr war.

»Übelkeit? Stimmungsschwankungen?«

Ja, ja, all dies und noch mehr. Zoe stand schwankend vor ihm.

»Und was ist mit deinem Problem mit den verengten Adern?« Er zog sie näher an sich.

»O ja«, pflichtete sie ihm bei. »Ich brauche bestimmt einen Arzt.« Aber die Wahrheit war, dass Zoe glaubte, etwas anderes mehr zu brauchen. Seinen Mund, diese feste Lippen, die nur einen Atemzug von ihren eigenen entfernt waren. Sie war überzeugt, ohnmächtig zu werden, wenn er sie nicht bald küssen würde. Fast hätte sie ihn angefleht, es zu tun, als sie seinen Mund endlich auf ihrem spürte.

Zoes Arme hingen herab und schienen sich dann aus eigenem Antrieb um seinen Nacken zu schlingen. Und sie erwiderte seinen Kuss so fest sie konnte. Sie versuchte, den Schmerz zu ignorieren, der tief in ihr stärker wurde, doch es gelang ihr nicht.

Die einzige Linderung, die sie finden konnte, bestand darin, sich an ihn zu schmiegen, sich gegen seine Oberschenkel zu pressen. Er schien das ebenfalls angenehm zu finden, denn er hob sie höher, umfasste ihren Po.

Seine Zunge streifte über ihre Lippen und glitt dann in ihren Mund. In ihrem Kopf schienen Glocken zu läuten; dieses Gefühl hatte sie jedenfalls. Er hob eine Hand und zeichnete den Umriss ihres Mieders nach.

Es geschah wieder. Sie fühlte sich so leicht, als könnte sie davonschweben. Ihre Beine gaben fast nach, und wenn sie nicht Keegan als Stütze gehabt hätte, wäre sie gefallen. Ihr Herz schlug so schnell, dass sie befürchtete, es könnte zerspringen.

Aber sterben war das Letzte, was sie wollte. Sie wollte, dass dieses Gefühl nie aufhörte. Sie wollte nie wieder von dem Schotten getrennt sein. Wie in einer Eingebung wusste sie, warum sie die englischen Soldaten nicht gerufen hatte. Und die Antwort war zu erschreckend, um sie zu akzeptieren.

»Nein, bitte.« Zoe wand sich, bis sie den Mund von seinem gelöst hatte. »Es kann nicht sein.«

»Zur Hölle, Zoe.« Seine Stimme klang belegt, kaum mehr als ein Aufstöhnen.

»Es tut mir Leid. Es kann einfach nicht sein.«

»Zoe, ich sehe das anders. Wir haben ein warmes Bett, und ich habe mich vergewissert, dass keine Flöhe oder Wanzen darin sind.«

Ihr wurde erschreckend klar, was er im Sinn hatte. Was nicht hieß, dass sie etwas anderes im Sinn hatte. »Ich kann nicht.« Zoe schüttelte den Kopf und wand sich in seiner Umarmung, um sich loszureißen. Mit einem lautlosen Fluch ließ er sie los.

»Bist du jetzt zufrieden?«

»Ich bin krank.« Zoe presste eine Hand auf die Stirn.

»Nein.« Sein Blick war dunkel und intensiv. »Du bist nicht krank. Du bist feige.«

»Nein.« Zoe schüttelte heftig den Kopf.

»Wir beide wissen, was uns erwischt hat. Und wir beide wissen, dass es nicht von selbst verschwinden wird.«

»Du irrst dich.« Zoe schlang die Arme fest um sich. »Ich fühle mich wirklich nicht so gut.«

»Ich auch nicht, Zoe, ich auch nicht.«

Sie bezweifelte, dass sie wirklich krank war, denn dann hätte sie ihn verlassen. Zoe blickte zurück zu seiner hingestreckten Gestalt auf der Bettstatt. Er hatte Recht. Die Laken waren frisch, was nach dem Zustand des Gasthauses und der Hütte eine Überraschung war. Und es gab kein Ungeziefer darin. Das half wenigstens *ihm,* zu schlafen.

Zoe hatte dieses Glück nicht gehabt; sie hatte kein Auge zugetan.

Nach dem Zwischenfall mit dem Kuss hatte er sich bis auf die Hose ausgezogen, sie dabei die ganze Zeit angestarrt und war dann unter die Decke gekrochen. »Es ist Platz für dich hier, wenn du willst«, hatte er gesagt und sich auf die andere Seite von ihr weggedreht.

»Ich komme gut zurecht«, hatte sie erwidert, was natürlich so weit von der Wahrheit entfernt war wie es nur sein konnte. Wenn sie ihn nur ansah und sich vorstellte, neben ihm zu liegen, fühlte sie sich fiebrig.

Aber er hatte ihre Worte anscheinend akzeptiert. Mit einem Zucken der breiten Schultern hatte er fast unhörbar gemurmelt: »Wie du willst.«

Fast sofort hatte er leise zu schnarchen begonnen.

So hatte sie wenigstens gewusst, dass er schlief. So vorsichtig wie möglich legte sie sich auf das Bett, sorgsam darauf bedacht, ihn nicht zu berühren. Sie musste nachdenken, und das hatte sie im Liegen stets am besten gekonnt.

Sie hatte sich in ihn verliebt.

So oft sie auch versuchte, eine logische Erklärung für ihr Verhalten bei den Soldaten zu finden, für ihren Wunsch, bei ihm zu bleiben, sie gelangte stets zu dieser erschreckenden Wahrheit. Wer weiß, was geschehen würde, wenn sie nicht sofort von ihm flüchtete.

Als das erste Grau der Morgendämmerung durch das Rauchabzugsloch im Strohdach fiel, wickelte Zoe die Decke um die Schultern und schlich zur Tür. Kalter Regen empfing sie, nässte ihr Gesicht und schwächte ihre Entschlossenheit. Sie zog ein Stück der Decke unter ihr Kinn und suchte die Umgebung ab. Grauer Nebel stieg in dünnen Schleiern auf und verhüllte den Pfad, auf dem sie am gestrigen Abend hergekommen waren. In der verblassenden Dunkelheit wirkte das Land beklemmend und gespenstisch, wie etwas aus einem Albtraum.

Zog schluckte und setzte sich zögernd in Bewegung. Sie blickte zum Himmel und blinzelte. Gewiss würde der Weg bei Tageslicht klarer zu erkennen sein. Sie brauchte nur zurück zum Hauptpfad zu finden und dann nach Süden wandern. Im Süden lag Fort William. Fox war im Süden. Möglicherweise. Mit einem entschlossenen Zug um den Mund schritt Zoe durch den wallenden Nebel.

»Hölle und Verdammnis!« Keegan stürmte aus der Hütte. Wenn er Zoe schnappte, würde er sie fesseln und knebeln. Er war zu verdammt nachsichtig mit ihr gewesen. Statt sie wie ein richtiger Geiselnehmer zu behandeln, war er wie ein ... Gott, fast hätte er es gedacht! ... wie ein Geliebter mit ihr umgegangen. Und *das* war mit Sicherheit nicht der Fall gewesen.

Er stapfte durch den Schlamm und suchte sie. Der Regen hatte aufgehört, und die Sonne stand hoch, doch über dem Atlantik ballten sich Wolken, die einen weiteren Sturm ankündigten. Wo, zum Teufel, war sie?

Der Besitzer des Gasthauses wusste es nicht. Obwohl er noch schlaftrunken war, grinste er Keegan an, als er ihn erkannte. »Habe Eure Frau seit gestern Abend nicht mehr gesehen, aber ich muss sagen, sie ist ein hübsches Ding«, murmelte er und rieb sich die blutunterlaufenen Augen. »Braucht Ihr ein Frühstück, junger MacLeod?«

»Nein, aber danke.« Keegan warf eine Münze auf den Tisch, obwohl der Gastwirt kein Geld haben wollte. »Kippt heute Abend eine Flasche auf mich«, sagte er, bevor er sich ein Haferplätzchen schnappte und ging.

Sie kann nicht weit gekommen sein, sagte er sich. Doch er hatte keine Ahnung, wann sie die Hütte verlassen hatte. Er hoffte bei Gott, dass sie bis zum Morgen gewartet hatte, denn das Hochland war für die Gefahren bei Dunkelheit bekannt, besonders für jemanden, der es nicht kannte. Was ein sicherer Schritt zu sein schien, konnte im Nebel in einen tödlichen Abgrund führen.

Aber daran wollte er nicht denken. Keegan versuchte stattdessen vernünftig zu denken ... oder jedenfalls so, wie Zoe denken würde. Sie wollte die englischen Soldaten finden. Und ihren Bruder. Und er musste sie aufhalten, bevor ihr das gelang. Mit grimmigem Gesicht machte er sich auf den Weg nach Fort William.

Zoe verharrte und streckte sich, presste die Hände auf ihren Rücken. War sie jemals so lange und weit in ihrem Leben gegangen? Die Antwort darauf war einfach genug. Nein. Bevor sie den Schotten kennen gelernt hatte, hatte sie es kaum geschafft, von ihrem Schlafzimmer in die Halle zu wanken.

Jetzt fühlte sie sich stärker. Das stand fest. Und besser. Trotz der Tatsache, dass ihre Füße und Beine vom Gehen schmerzten. Sie empfand keine Benommenheit, abgesehen natürlich davon, wenn sie zu den hoch aufragenden Bergen emporblickte, deren Gipfel in den Wolken verborgen waren. Zoe atmete tief die klare, kühle Luft ein und wandte ihr Gesicht zur Sonne.

Dann seufzte sie und trat an den Rand des Pfades. Niedergeschlagen setzte sie sich auf einen flachen Felsbrocken. Sie hatte sich verirrt. Oder wenn nicht, dann wusste sie jedenfalls nicht, wo sie sich befand. Gestern bei der Fahrt in dem Karren war ihr nicht aufgefallen, wie oft Pfade vom Weg abzweigten.

Das Gewirr der Pfade und die Gedanken, die ihr durch den Kopf gingen, brachten sie völlig durcheinander. In der vergangenen Nacht, als ihre Entscheidung gefallen war, und heute Morgen, als sie die Hütte verlassen hatte, war sie davon überzeugt gewesen, dass ihr Entschluss richtig und sicher war. Aber jetzt ... Zoe ließ den Kopf in ihre Hände sinken und versuchte, den Anblick von Keegan, als er sie am vergangenen Abend der Feigheit bezichtigt hatte, aus ihrer Erinnerung zu löschen. Seine Augen mit den langen Wimpern und grüner als die See in der Abenddämmerung, schienen sie immer noch anzuschauen, zu verlangen, ehrlich mit ihm zu sein.

Zoe stand auf und betrachtete die beiden Straßen, die sich vor ihr gabelten. Eine schien sich höher in die Berge hinaufzuwinden, die andere verlief niedriger. Sie drehte sich, schaute zum Weg, auf dem sie gekommen war, und wünschte sich, umkehren zu können.

Dann entschied sie sich für die niedriger verlaufende Straße.

Am Nachmittag war die Sonne so heiß, dass Zoe unter der Wolldecke ins Schwitzen geriet, und sie band sie um ihre Hüften. Sie rastete an einem Bach, der über glatte Kiesel plätscherte, verzehrte die letzten ihrer Haferplätzchen vom Vortag und spülte sie mit Bachwasser hinunter. Dabei blieb sie in Sicht der Straße, für den Fall, dass zufällig berittene Soldaten vorbeikommen würden.

Sie stellte sich sogar vor, dass Fox bei den Soldaten sein würde. Wie wundervoll wäre es, ihn wiederzusehen. Von ihm umarmt, auf die Wange geküsst und umsorgt zu werden. Um sie von den geheimen Wünschen des Schotten zu befreien.

Natürlich war das nur Wunschdenken. Kein Fox und keine Soldaten. Stattdessen musste sie weiter durch das Hochland wandern. Zu ihrer Linken hörte sie den Ozean und erhaschte gelegentlich einen Blick auf einen silbrigen Streifen davon, auf den Schatten fielen, denn Wolken zogen heran, dunkel und unheilverkündend.

Als es wieder zu regnen begann, rannte Zoe fast über die zerfurchte Straße. Ringsum erstreckten sich Hügel, mit Heidekraut bewachsen und kaum Schutz bietend.

»Es ist nur Regen«, sagte Zoe laut, doch der Wind strafte sie Lügen, denn er wurde stärker, zerrte an ihrer Kleidung und ihrem Haar.

Dann hörte sie es über dem Heulen des Windes: Jemand rief ihren Namen, laut und ärgerlich. Zoe brauchte sich nicht umzuwenden, um zu wissen, wer sie rief, doch sie tat es trotzdem, bevor sie vom Pfad fort durch Farnkraut rannte.

Er war weit genug entfernt, und sie hatte einen guten

Vorsprung, doch bald konnte sie seine Schritte hören. Sie hatte nicht damit gerechnet, dass er ihr folgen würde. Dumm, dass sie diese Möglichkeit nicht bedacht hatte, aber sie hatte angenommen, er würde den klügeren Weg wählen und fliehen. Was wäre gewesen, wenn sie auf Soldaten gestoßen wäre? Wenn sie ihnen von Keegan MacLeod erzählt hätte?

Diese Gedanken schossen ihr durch den Kopf, während sie keuchend weiterrannte. Er holte auf und war jetzt fast bei ihr. Es kostete Zoe einen wertvollen Moment, zurückzublicken. Sie sah sein nasses und wütendes Gesicht. Er rief wieder ihren Namen, forderte sie auf, stehen zu bleiben, doch sie ignorierte ihn, hetzte weiter und spürte, wie ein Fuß und dann der andere im sumpfigen Boden einsank. Sie war in einen Sumpf geraten! Und sie sank immer tiefer ein.

»Um Himmels willen, bleib still stehen!« Keegans Lippen waren zusammengepresst, als er am Rand des Sumpfloches auf die Knie sank. »Hörst du, Zoe, wenn du dich bewegst, machst du es nur schlimmer.«

»Hilf mir.« Zoe tastete verzweifelt mit den Füßen nach einem Halt und fand keinen. Sie sank noch tiefer ein.

»Zoe!«

Der Ton seiner tiefen Stimme, plötzlich befehlend und beruhigend, nahm ihre Aufmerksamkeit gefangen. Sie schnappte nach Luft und blinzelte gegen Tränen und Regentropfen in ihren Augen an.

»Du bist in einen Bergsumpf geraten.«

»O nein«, rief sie klagend im heulenden Wind, der fast zum Sturm geworden war. Dies würde wohl ihr Ende sein. »Werde ich darin umkommen?« Von all den Todesarten, an denen sie sterben konnte, hatten sie *diese* niemals in Erwägung gezogen.

»Zoe, du wirst nicht umkommen. Hör jetzt zu und tu, was ich sage.«

Zoe sagte sich, dass sie keine große Wahl hatte, und sie fragte sich, ob es dem Schotten in den Sinn kommen würde, sie einfach ihrem Schicksal zu überlassen.

»Gib mir deine Hände. Erst eine Hand, dann die andere. Und versuche, dich so wenig wie möglich zu bewegen.«

Das war schwierig, aber Zoe bemühte sich, seine Mahnung zu befolgen. Sie konnte es kaum erwarten, seine kräftige Hand zu spüren. Doch er griff nicht nach ihren Händen, sondern zog stattdessen die Decke aus dem Sumpf. Bevor sie sich fragen konnte, warum, schlang er die Decke unter ihre Arme.

Seine Hände waren nass und glitschig, doch er schaffte es. »Und jetzt werde ich dich rausziehen.« Er zog sie zuerst an der Decke und dann mit den Händen aus dem Sumpfloch auf festen Boden. Zoe sank in seine Arme, schlang ihre um ihn und schmiegte den Kopf an seine Brust. Er neigte sich über sie, schirmte sie mit dem Körper gegen Sturm und Regen ab. Er streichelte über ihr Haar und wisperte tröstend Worte auf Gälisch, während sie um Luft rang und zu Atem zu kommen versuchte.

Als sie ruhiger wurde, umfasste er ihr Kinn und hob es an. »Ist es jetzt besser?«

»Ja. Ich ... nehme es an.«

»Gut.« Sofort verschwand sein beschützendes Verhalten. »Dann wirst du mir freundlicherweise sagen, was, zum Teufel, du dir dabei gedacht hast. Hast du keinen Verstand, Zoe?«

»Verstand genug, um zu versuchen, dich loszuwerden«, entgegnete Zoe und stemmte sich auf die Füße. Die Röcke klebten an ihren Beinen, schwer und voller Schlamm. Sie begann zu schluchzen und ärgerte sich darüber, dass sie die Tränen nicht zurückhalten konnte. Niedergeschlagen wischte sie die Hände an ihrem ohnehin schmutzigen Rock ab. Als er sie wieder beschimpfte, ein dummes Mädchen zu sein, das sich glücklich preisen konnte, überlebt zu haben, schleuderte sie mit Schlamm nach ihm.

Das Letzte, was sie sah, bevor sie sich herumwarf und flüchtete, war seine schockierte Miene, als ihm der Schlamm ins Gesicht spritzte.

Schon nach drei Schritten holte er sie ein, packte sie und riss sie am Arm herum. »Bist du wahnsinnig?«, schrie er. »Willst du in ein anderes Sumpfloch fallen? Oder vielleicht diesmal über eine Klippe? Das ist es, nicht wahr? Du bist wahnsinnig und machst mich ebenfalls dazu!«

»Das stimmt nicht!« Zoe spuckte eine nasse Haarsträhne von ihrem Mund. »Es ist alles deine Schuld. Wenn du nicht wie ein ... wie ein Wilder in meine Bibliothek hereingeplatzt wärst, wäre ich nicht hier. Ich wäre sicher und warm und ... umsorgt.«

»Von der alten Schachtel, dieser Miss Phelps.«

Zoe schnappte nach Luft. »Wage es nicht, abfällige Bemerkungen über Miss Phelps zu machen. Sie ist freundlich und aufmerksam, loyal und ...«

»Und sie hat einen verdammten Invaliden aus dir gemacht.«

»Wovon redest du?« Zoes Augen wurden groß. »Ich bin kränklich, jeder weiß das..«

Ihre Stimme wurde leiser, und sie verstummte, als ihr die volle Bedeutung ihrer Worte klar wurde. Natürlich wusste jeder, der sie kannte, wie krank und gebrechlich sie war, aber im Augenblick fühlte sie sich nicht krank. Und sie konnte sich vorstellen, dass sie auch nicht so wirkte, wie sie da im Regen stand und lauthals schrie, um das Heulen des Sturms zu übertönen. Vermutlich sah sie wahnsinnig aus.

Sie überraschte ihn, indem sie auf dem Absatz ihres schlammbedeckten Schuhs kehrtmachte. »Ich will nichts mehr von dir hören.«

»Wohin, zum Teufel, willst du jetzt?« Als er sie diesmal

packte, wirbelte er sie so hart herum, dass sie gegen seine harte, nasse Brust prallte.

»Lass mich los!« Zoe schlug gegen seinen Arm, empfand Genugtuung und tat es noch einmal.

»Was machst du da?« Mit seiner freien Hand versuchte Keegan ihren Arm abzufangen und festzuhalten.

Der Wind peitschte ihr das Haar ins Gesicht und fuhr durch ihre Röcke. Die Decke, die unter ihren Armen festgebunden gewesen war, löste sich und flatterte wie ein Banner. Es regnete jetzt in Strömen, der Himmel verdunkelte sich, und Zoe trommelte mit ihrer kleinen Faust weiter auf Keegan ein, bis er sie an seine Brust riss.

»Ich mag dich nicht. Du hast mich entführt.«

»Aye, das ist wahr.«

»Und du hasst meinen Bruder.«

»Auch das stimmt.«

Er verspottete sie. Zoe holte aus, um ihn zu ohrfeigen, doch ihre Entschlossenheit schwand wie Nebel in der Sonne, und sie umfasste stattdessen sein Kinn. Ihre Blicke trafen sich. Alles ringsum war vergessen. Der Kuss war tief und leidenschaftlich, glühend in aufgestautem Verlangen.

Keegans Zunge drang in ihren Mund und erkundete, umschmeichelte ihre Zunge in einem erregenden Spiel, das sein Blut in Wallung brachte.

Zusammen sanken sie auf die Knie – immer noch Mund an Mund, Brust an Brust. Er begehrte sie mehr als er jemals eine andere Frau begehrt hatte. Und er würde sie haben. Hier. Jetzt.

Eine starke Bö peitschte ihm das Plaid ins Gesicht und erinnerte ihn an den Sturm.

13

»Zoe.«

»Hm?« Sie hob das Gesicht zu ihm, die Augen geschlossen, als Keegan sich von ihr zurückzog.

»Liebste, der Sturm.«

»Was? Oh ...« Zoe blinzelte. Wo war sie mit ihren Gedanken gewesen? Sein Haar war nass und klebte am Kopf, doch in den Tiefen seiner grünen Augen brannte immer noch die Glut der Leidenschaft.

Sie fror, war bis auf die Haut durchnässt, aber sie wollte ihn nur weiter küssen. Um irgendwie den Schmerz tief in ihr zu lindern, den sie jetzt als Sehnsucht erkannt hatte.

»Wir müssen irgendwo Schutz finden«, sagte er, gab ihr einen flüchtigen Kuss und ergriff ihre Hand.

»Aber hier gibt es keinen.« Die nasse Landschaft sah so wild und verlassen aus wie immer. Aber der Schotte schien ihr gar nicht zuzuhören, als er sie mitzog. Angesichts des strömenden Regens, der ihr ins Gesicht peitschte und ihr die Sicht nahm, und nach dem Zwischenfall im Sumpfloch, war Zoe argwöhnisch bei jedem Schritt, den sie in dieser Gegend machte. Aber Keegan hatte natürlich Recht, bei diesem Wetter konnten sie nicht einfach im Freien bleiben.

Der Schotte schien sich seiner Sache ziemlich sicher zu sein, als er sie zu einer Felsleiste am Rande einer breiten Schlucht führte. Unterhalb von ihnen, im Nebel, brandete der Atlantik gegen die Felsenküste.

»Wir können nicht da runter!«, schrie sie gegen den

Sturm an und versuchte, die Hand aus einem eisernen Griff loszureißen. Sie glaubte, ihn etwas von einem Pfad sagen zu hören, konnte ihn aber im Tosen des Sturms nicht richtig verstehen. Er begann bereits den Hang zwischen schroffen Felsen hinabzuklettern.

Sie bahnten sich im Zickzack einen Weg durch die Felsspalten und stiegen langsam in die Schlucht hinunter. Sturmböen peitschten ihnen den Regen entgegen, als wollten sie die beiden Menschen davonfegen. Gelegentlich bot ihnen ein überhängender Felsen ein wenig Schutz. Selbst dann war sich Zoe des Donnerns der Brandung bewusst, die nur darauf zu warten schien, sie zu verschlingen, wenn sie einen falschen Schritt machten und abstürzten. Zoe wagte es kaum, einen Fuß vor den anderen zu setzen.

Als sie Keegans Schrei hörte, wusste sie nicht, ob er ausgerutscht war und sie beide nur Momente von der Ewigkeit entfernt waren, oder ob er ihr im gespenstischen Heulen des Sturmes etwas zurufen wollte. Im nächsten Augenblick wurde sie in eine Öffnung in der Seite des Berghangs gezogen.

Zoe schluckte und schaute sich staunend um. »Woher wusstest du davon?« Sie befanden sich in einer Höhle, die Schutz vor dem Regen bot, und obwohl sie noch das Toben des Sturms hören konnte, zerrte er nicht mehr an ihrer Kleidung und den Haaren.

»Ich wusste es nicht genau.« Keegan war offensichtlich zufrieden mit sich. »Aber in diesen Klippen gibt es viele Höhlen. Und wenn wir wirklich Glück haben . . .«

»Was? Was ist, wenn wir wirklich Glück haben?« Er hatte seine Bemerkung unterbrochen, um tiefer in die Höhle zu gehen, und jetzt schlug er Spinnweben beiseite. Zoe folgte ihm und zuckte zurück, als er wieder einen Schrei ausstieß.

»Die Höhle ist schon benutzt worden. Vielleicht von einigen Viehtreibern, die ihre Tiere zum Markt brachten. Oder vielleicht von einem Jakobiter, der sich vor den Engländern versteckte.« Er wandte sich zu Zoe um und grinste sie an. Dann schüttelte er zwei staubige Decken aus, die er auf dem Boden entdeckt hatte. »Und sieh«, sagte er und wies auf einen Haufen angebrannter Äste in der Nähe. »Genügend Holz, um Feuer zu machen.«

»Ich nehme an, etwas Essbares gibt es hier nicht?« Zoe versuchte, über seine Schulter zu spähen. Da sich ihr Appetit gebessert hatte, verspürte sie in letzter Zeit oftmals Hunger.

»Leider nein, aber wir werden ja nicht ewig bleiben. Der Sturm wird sich bald ausgetobt haben. Unterdessen ist es hier besser als dort draußen.«

Da konnte sie nicht widersprechen. Sie blickte zum Zugang der Höhle. Darin war es zwar feucht, doch es war immer noch besser, als den Elementen draußen ausgeliefert zu sein. Als Zoe sich umwandte, um ihm zuzustimmen, stand er zu ihrer Überraschung dicht bei ihr.

»Sagst du mir jetzt, warum du fortgelaufen bist?«

Er starrte sie an wie bei dem Sumpf. Diese Art Blick löste wieder das aus, was sie lange für Schmerzen gehalten hatte, das jedoch Sehnsucht war. Sehnsucht nach seinem Kuss.

Aber er küsste sie nicht. Stattdessen legte er ihr die Hände auf die Schultern. »Du hättest dort draußen umkommen können.«

Zoe schluckte. Es war so schwer, der Anziehungskraft dieser grünen Augen zu widerstehen. »Was erwartest du von mir? Ich bin eine Gefangene. Es ist mein Recht, die Flucht zu versuchen.«

»Und mein Recht ist es, dich wieder gefangen zu nehmen.«

»Warum lässt du mich nicht einfach gehen? Ich werde niemandem erzählen, wo du bist.«

Sie spürte seine Hände fester auf den Schultern. »Erwartest du, dass ich das glaube?«

»Ja!« Zoes Tonfall wurde ruhiger. »Ja, das erwarte ich.« Sie senkte die Wimpern. Als sie wieder aufblickte, sah sie in seine Augen.

»Trotz allem, was du mir angetan hast, wünsche ich nicht, dass man dich aufhängt.«

»Was ist mit deinem Bruder? Wenn man mich an den Galgen bringt, wäre er gerettet.«

»Ich glaube nicht, dass du ihn töten wirst.«

»Ah, du meinst, ich hätte vergessen, was er meinem Vater angetan hat?«

»Ich meine, dir ist klar geworden, dass es nicht Fox, sondern die Umstände gewesen sind, die deinen Vater getötet haben.«

Er ließ sie los, fuhr herum und ging gereizt ein paar Schritte auf und ab. Sie konnte die wilde Schönheit der sturmgepeitschten Landschaft hinter ihm in der Höhlenöffnung sehen, als er sich zu ihr umdrehte. »Da irrst du dich, Zoe. Ich habe meine Suche nach deinem Bruder nicht aufgegeben, und auch wenn du noch einmal von mir fortläufst, wirst du erkennen müssen, dass meine Worte wahr sind.«

Zoe starrte ihn nur an, einen trotzigen Ausdruck in den Augen.

»Du meinst, ich werde ihm nicht die Nachricht schicken, dass ich dich habe?«, fragte er.

»Das wird dir nichts nutzen.«

»Da bin ich anderer Meinung, Zoe. Er wird kommen, dich befreien wollen. Das wissen wir beide.«

»Und du wirst ihn töten?«

»Ich werde ihn töten«, bekräftigte Keegan. Er sagte es mehr, um ihr Angst zu machen als aus Überzeugung. Es war ein Funke Wahrheit in ihren Worten, dass der Krieg am

Tode seines Vaters schuld war. Aber er konnte seinen Zorn nicht überwinden. Noch nicht.

»Du bist eine Bestie!« Zoe verschränkte die Arme.

»Aye, da sagst du was Wahres. Aber ich habe dir schon einmal gesagt, dass verzweifelte Zeiten verzweifelte Menschen machen.« Er legte eine Pause ein und trat absichtlich näher an Zoe heran. »Und verzweifelte Frauen, nehme ich an.«

»Was redest du da?« Er stand wieder dicht vor ihr, so nahe, dass Zoe seine Wildheit körperlich zu spüren glaubte.

»Wir beide wissen, warum du weggerannt bist. Warum du mich im Regen geküsst hast.«

»*Du* hast *mich* geküsst.«

»So weit ich mich erinnere, geschah es in gegenseitigem Einverständnis, und der Regen verdampfte fast in unserer Glut.«

»Du musst nicht so reden.«

»Und du musst nicht so scheinheilig sein, Zoe.« Er streifte mit dem Handrücken über ihren Nacken. »Meinst du, ich sehe nicht, wie das Grau deiner Augen silbern wird, wenn ich dich küsse?« Er trat noch näher. »Oder wenn du denkst, ich würde es tun?«

»Du verwechselst meine Krankheit mit Leidenschaft.« Sie atmete jetzt sehr langsam.

»Willst du mir sagen, du bist wieder krank?«

»Ja.« Sein Mund war dicht vor ihrem. »Es schmerzt.«

Zoe wartete nicht darauf, dass er sie küsste. Mit Hingabe griff sie in sein dichtes, nasses Haar und zog seinen Mund auf den ihren.

Es war kein sanfter Kuss, mit dem er ihren Mund in Besitz nahm, während sie die Finger in sein Haar grub. Und er hatte Recht. In der Glut der Leidenschaft verdampfte fast die Feuchtigkeit an ihrem Körper. Dann glitten seine Lippen an ihrem Hals entlang. Seine Stimme schien in ihr nachzuhallen. »Es ist nicht gut, die nasse Kleidung zu tragen. Du könntest dir eine Erkältung holen.« Was Zoe für unmöglich hielt, so warm war es ihr, aber sie musste zugeben, dass sie das Gefühl mochte, seine Hand zu spüren, die am obersten Knopf ihres Mieders nestelte. Er presste die Lippen auf jeden Zentimeter Haut, den er entblößte, bis er die Jacke von ihren Armen riss.

Dieses bittersüße, schmerzliche Gefühl in ihr verstärkte sich. Zoe hielt den Atem an und wartete auf den Moment, an dem ihr Herz zerspringen würde ... und sie sagte sich, wenn dies die Ursache ihres Todes sein würde, hatte sie endlich eine passende gefunden.

Er entkleidete sie so schnell er das angesichts ihrer feuchten Kleidung tun konnte. Die Verschlüsse der Unterröcke und die Haken des Korsetts klemmten. Und die Strümpfe waren mit Schlamm bedeckt. Aber all dies schien ihnen beiden nichts auszumachen.

Keegan streichelte ihren Rücken hinab, über den Po und die Innenseite ihrer Schenkel. Sie zuckte zusammen, als sie seine federleichte Berührung an ihrer empfindsamsten Stelle spürte.

»Ich ... ich kann es nicht mehr aushalten«, flüsterte sie und zog ihn herab. Sie legte sich auf ihn und presste die Brüste auf ihn. Sie hatte es nicht geschafft, ihm das Hemd auszuziehen, doch es klaffte auf, und ein Teil ihrer Haut berührte die kühle, nasse Baumwolle, ein anderer die glühende Haut. Sie zog es vor, die heiße Haut zu spüren.

Sie war zwar nackt, wie Gott sie erschaffen hatte, doch er trug immer noch seine nassen Hosen. Er schien sich nicht entscheiden zu können, was er zuerst tun wollte. Er streichelte ihre Pobacken und den Rücken, und dann versuchte er unter ihr, seine Hosen abzustreifen. Beide Aktionen führten bei Zoe zu einem Schwindelgefühl. Sie hatte sich nie so benommen und sehnsüchtig gefühlt, so fiebrig und entflammt.

»Bitte, oh, bitte«, sagte sie, obwohl sie nicht genau wusste, worum sie bat. Es stimmte, dass sie Erlösung von ihrer süßen Qual finden wollte, aber zugleich wünschte, dass er nicht aufhörte. Nicht, wenn das Streicheln seiner Hände so herrlich war.

Und dann verlagerte er sein Gewicht, hob sie hoch, streifte seine Hosen hinunter und ließ Zoe auf seinen nackten Körper zurücksinken. Er umfasste ihr Gesäß, und sie spürte den harten, heißen Beweis seiner Erregung zwischen den Schenkeln, und sie war bereit für ihn, hoffte, dass er sie von der süßen Qual erlösen würde.

Doch er umfasste ihre Hüften und stoppte ihre Bewegungen. Seine Stimme klang belegt, und er atmete heftig. »Es wird ein bisschen wehtun, Zoe. Es tut mir Leid, aber es lässt sich nicht vermeiden.«

Wehtun? Wie konnte etwas mehr wehtun als der Druck, der in ihr war? Mit einem Instinkt, der so alt wie die Zeit war, wölbte sie sich ihm entgegen, glitt hinab, bis sie die Spitze seiner harten Männlichkeit in sich spürte.

»Oh.« Erleichterung schien nahe bevorzustehen. Erleichterung in Form seiner starken, pulsierenden Männlichkeit. Mit einer plötzlichen Bewegung nahm sie ihn in sich auf. Wenn es einen Schmerz gab, empfand sie ihn nicht. Ihr ganzer Körper erzitterte. In ihrem Kopf war ein Rauschen, das selbst den Sturm übertönte.

Sie war überzeugt zu sterben. Denn niemand konnte solch eine Ekstase überleben. Sie war sich nicht sicher, was als Nächstes geschehen würde. Es war ihr unmöglich, sich zu konzentrieren. Zoe spürte überall seine Hände. Sie fanden geheime Stellen, bei deren Berührung ihr der Atem stockte und ihre Knie weich wurden.

Und dann hatte sein Mund eine ihrer Brüste gefunden,

saugte an der Spitze, umschmeichelte sie mit der Zunge. Der Druck in ihr schien sich noch zu verstärken und sie in solche Höhen zu tragen, dass sie beim Erreichen des Gipfels glaubte, abzustürzen und in die Tiefe zu schweben.

»Lebe ich noch?«

Unter ihrer Wange hörte sie ein tiefes Lachen und öffnete die Augen. Dunkles, gekräuseltes Haar kitzelte ihre Nase. Sie fühlte sich erfüllt und befriedigt, und dieser bittersüße Schmerz der Sehnsucht war verschwunden. Langsam, denn sie war nicht in der Lage, sich anders zu bewegen, hob Zoe den Kopf. Jenseits seiner breiten Brust sah sie den Umriss von Keegans kräftigem Kinn. Er senkte den Kopf und blickte mit seinen grünen Augen zu ihr hinab.

»Was war denn *das?«*, fragte sie erstaunt.

»Nun, es gibt vielerlei Bezeichnungen dafür.« Keegan drehte sich ein wenig, sodass sie halb auf ihm, halb auf der Seite lag. »Aber ich ziehe es vor, es als ein Stück vom Himmel zu betrachten.«

»Hm«, murmelte Zoe, denn mehr brachte sie nicht heraus.

Als sie wieder erwachte, war es in der Höhle dunkel, und der Schmerz der Sehnsucht war zurückgekehrt. Zoe stöhnte auf und stieß mit dem Kinn leicht gegen die Finger, die an ihrem Hals und dann am Ohrläppchen spielten. Keegans andere Hand ruhte besitzergreifend zwischen ihren Beinen.

»Noch mehr Himmel bitte«, murmelte sie noch, bevor sie seinen Mund auf ihren Lippen spürte.

Als der Morgen kam und ein fahler Lichtstrahl in die Höhle fiel, gähnte Zoe und streckte sich wie eine Katze. Ihr Körper war steif, ihre Haut klebrig und an einigen Stellen mit

Schlamm aus dem Sumpf verkrustet. Aber sie hatte sich in ihrem Leben nie besser gefühlt.

»Guten Morgen.«

Beim Klang seiner tiefen Stimme spielte ein Lächeln um ihre Lippen. Zoe seufzte und stemmte sich auf die Ellenbogen. Die Decke, die er in der vergangenen Nacht über ihr ausgebreitet hatte, rutschte zu ihren Hüften hinab. Keegan stand vor dem Eingang der Höhle und zeichnete sich vor dem hellen Himmel ab, über den immer noch Sturmwolken zogen. Zoes Blick glitt über sein vom Wind zerzaustes Haar, über die kräftigen, muskulösen Schultern, die breite Brust, die schmalen Hüften und langen Beine. Sein Körper wirkte wie der eines Wilden, und für einen solchen hatte sie ihn gehalten, als sie ihn zum ersten Mal gesehen hatte. Seine Gesichtszüge waren im Schatten verborgen, was in ihr den Wunsch weckte, aufzustehen und ihn genauer zu betrachten.

Sie hüllte sich in die Decke, erhob sich und ging aus der Höhle durch den weichen Sand zu ihm. Brandungsschaum und Nieselregen vernebelten den Höhlenzugang. Keegan kam ihr entgegen.

»Du bist nass.« Sie hob die Hand, um Feuchtigkeit von seiner Schulter zu streichen. Er war nackt. Schön, auf raue, ungezähmte Weise, und Zoe hätte am liebsten die Decke, die sie vor ihren Körper hielt, fallen lassen. Doch sie zögerte.

»Ich habe die Wäscherin gespielt.« Keegan wies auf ihre Kleidung, die auf einem Felszacken in der Höhle hing. Unterröcke, Strümpfe, Höschen – alles war gewaschen und zum Trocknen aufgehängt worden.

»Und ich habe bei alledem geschlafen.« Zoe gähnte wieder.

»Aye, und du hast die Ruhe verdient.«

Der Klang seiner Stimme und die grünen Augen wirkten

wie ein Zauber auf die Sehnsucht, die bereits wieder begann. Zoe spielte von neuem mit dem Gedanken, die Decke fallen zu lassen. Aber bevor sie das tun konnte, legte er seine Hand auf ihre und streifte die Decke von ihr ab. Sie rutschte langsam von ihrem Körper und entblößte sie vollständig. »Ich glaube, ich weiß, was du brauchst.«

Ja. Dank der vergangenen Nacht wusste Zoe genau, was sie brauchte. Sie trat näher an ihn heran, und Keegan neigte sich vor und küsste sie, behielt jedoch ein wenig Distanz zwischen ihnen.

»Ich habe nie Dienstmädchen einer Lady gespielt, bevor ich dich kennen gelernt habe«, sagte er mit einem Grinsen. »Aber ich erkenne allmählich die Vorteile.«

Keegan schritt zum Höhlenzugang und kehrte mit einem großen Stein zurück, der in Äonen ausgewaschen worden und jetzt mit Regenwasser gefüllt war. »Es ist ein bisschen kühl, und wir haben keine Seife, aber damit solltest du den gröbsten Dreck abwaschen können.« Mit diesen Worten riss Keegan von einem ohnehin eingerissenen Unterrock ein Stück ab, tauchte es in das Wasser und fing langsam an, sie zu waschen.

Er begann bei ihrem Gesicht, strich Haarsträhnen zurück, in denen das Licht der Morgensonne funkelte, und wischte dann über ihre Wangen und die Stirn. Mit dem Daumen zeichnete er die Konturen ihrer Lippen nach und verharrte, als sie den Mund öffnete und ihre Zungenspitze befeuchtete. Er wusch ihr Kinn, den Hals und drückte anschließend seine Lippen darauf.

Zoe bog den Kopf zurück, zeigte mehr von ihrer Haut, und er weidete sich an dem Anblick und schien sein ursprüngliches Ziel zu vergessen.

»Du hast unglaublich zarte Haut«, sagte er an ihrem Schlüsselbein. »Glatt und duftend wie Rosen.«

»Rosen?«, murmelte Zoe.

»Aye, Rosen.« Er tupfte federleichte Küsse darauf. »Süß duftend und rosig. Du bist wie eine Rosenknospe, die sich zu voller Blüte zu entfalten beginnt.«

Keegan umfasste ihre Brüste. Wie sehr hatte sich Zoe verändert, seit sie sich kennen gelernt hatten! Sie war immer noch zart, fast schmächtig, doch jetzt sah sie gesünder aus, ein wenig rundlicher. Mit einem Lächeln spülte er den Stoffstreifen im klaren, kühlen Wasser aus.

Ihre Brustspitzen waren bereits hart, doch die Berührung des feuchten Tuches ließ Zoe erzittern. Keegan konnte nicht widerstehen, daran zu kosten, kurz nur, doch seine Willenskraft – nie eine seiner Stärken – verschwand schnell, und als er sich endlich von ihr losreißen konnte, waren ihre Brustspitzen feucht von seinen Küssen.

Sanft wusch er ihren Rücken, dann die Kurve ihrer Hüfte. Hier und dort waren Streifen von Schlamm aus dem Sumpf, und er spülte sie fort, wobei er daran dachte, was hätte geschehen können, wenn er sie nicht gefunden hätte. Das schottische Hochland war wie ein Teil von ihm, und er liebte es mit jedem Tag mehr. Aber er wusste, dass es ein gnadenloser Feind für jemanden sein konnte, der – wie Zoe – nicht wusste, wie gefährlich es war.

»Was ist?«, fragte Zoe. Er hatte innegehalten und stand mit den Händen auf ihren Hüften da. Seine Augen waren dunkel wie der bewölkte Himmel hinter ihm.

Keegan schüttelte den Kopf. »Ich habe nur gerade daran gedacht, was das Hochland einer köstlichen Rose antun kann.« Bevor sie etwas erwidern konnte, sank Keegan vor ihr auf die Knie. Ihr stockte der Atem, als er den Stofffetzen in Wasser tunkte und dann auf das Haardreieck zwischen ihren Beinen drückte.

»Tut mir Leid, dass das Wasser kalt ist«, sagte er, doch Zoe nahm ihn durch ihr heftiges Herzklopfen, das in ihren Ohren widerzuhallen schien, kaum wahr. Außerdem bemerkte sie gar nicht, wie kalt das nasse Tuch war, zu sehr erregte sie, als er sie zärtlich wusch und sich dabei mehr Zeit als nötig ließ. Dann griff er hinter sich und breitete die Decke aus. Und die ganze Zeit berührte er diese Stelle von ihr, die sich nach ihm sehnte.

Benommen blickte Zoe auf ihn herab. Sie konnte nur seinen geneigten Kopf und seine breiten Schultern sehen. In seinem zerzausten Haar glänzten Strähnen wie Kupfer im fahlen Licht. Sie berührte seine Schultern, massierte die starken Muskeln, stützte sich daran.

Als Keegan mit der zärtlichen Wäsche fertig war, neigte er sich vor und blies die weichen Härchen trocken. Ihr Verlangen stieg ins Unerträgliche. Sie versuchte, sich unter Kontrolle zu halten, doch als sie seinen Mund dort spürte, bäumte sie sich ihm entgegen und stöhnte auf, ein Laut, der nicht von ihr zu stammen schien.

Er trieb diesen bittersüßen Schmerz auf neue Höhen, doch diesmal wusste Zoe, dass es die wunderbarste Art von Schmerz und die Erlösung davon pure Ekstase war. Ihre Hände verkrampften und entspannten sich, klammerten sich an seine Schultern, während sie das Gefühl hatte, von Wogen erfasst und auf einen Gipfel getragen zu werden.

Als sie ihn erreichte und die Erlösung kam, war sie atemlos. Benommen öffnete sie die Augen und stellte fest, dass sie auf dem Rücken lag und Keegan zwischen ihren Knien kniete.

Dann drang er in sie ein, und er liebte sie, wie sie ihn ganz in sich aufnahm, liebte die leisen, sinnlichen Laute, die sie bei seinen Bewegungen ausstieß. Liebte, wie sie sich an ihn klammerte und ihn wieder zu sich drängte, wenn er sich auch nur für einen Moment zurückzog.

Liebte sie.

Erst viel später gab er die Rolle des Dienstmädchens der Lady auf, nachdem er ihre Waden und Knöchel gewaschen und festgestellt hatte, wie kitzlig sie an den Füßen war. Sie setzten sich, in die Decke gehüllt, lehnten sich an die Felswand der Höhle und beobachteten das Abklingen des Sturms.

»Die Sonne wirkt noch strahlender bei dem Bemühen, gegen die Wolken anzukämpfen«, sagte Zoe, während sie ihren Kopf unter Keegans Kinn schmiegte.

»Aye, nichts ist schöner als ein guter Tag im Hochland.«

»Nennst du dies einen guten Tag?« Zoe betrachtete ihn unter halb gesenkten Wimpern.

»Ich nenne dies einen *sehr* guten Tag«, erwiderte er und stahl ihr einen Kuss, bevor er wieder seine entspannte Haltung einnahm. »Obwohl ich nichts gegen einen Happen Essen einzuwenden hätte.«

»Ich auch nicht.« Zoe seufzte. »Etwas Schlagsahne und Erdbeeren wären fein.«

»Schlagsahne? Erdbeeren? Was ist mit deinem schwachen Magen? Was ist mit dünner Fleischbrühe und Tee?«

Er beobachtete, wie Zoes Gesicht sich entzückend mit einem rosafarbenen Ton überzog. »Ich glaube, ich esse besser weniger dünne Brühe und mehr Schlagsahne.«

»So soll es sein.« Keegan hob sie zur Seite und stemmte sich auf die Füße. Er wickelte eine der Decken um seine Hüften.

»Was hast du vor?«

»Ich suche etwas zu essen für Eure Ladyschaft.«

»Aber ich habe nicht gemeint ...«

»Aber ich.« Er überprüfte das Pulver seiner Pistole, blickte finster drein, als er feststellte, dass es feucht war, und wählte stattdessen sein Breitschwert. Dann berührte er ihre Nasenspitze. »Wir müssen beide etwas essen, um unsere Energie zu behalten.« Sein Grinsen war gespielt verrucht.

»Aber wo . . .«

»Mach dir keine Sorgen.« Keegan ging zum Höhlenausgang und wandte sich dort noch einmal um. »Und lauf nicht weg. Ich bin gleich zurück.«

Als er durch die Öffnung verschwand, brach gerade eine Lichtlanze durch die dunkle Wolkendecke. Zoe stand auf und lief zum Höhlenausgang, doch sie sah nichts mehr von Keegan. Angesichts der vielen Abbiegungen, die sie in dem Gewirr der Pfade hatten nehmen müssen, um die Höhle zu finden, war das auch eigentlich keine Überraschung. Mit einem Seufzen blickte sie zu den noch feuchten, zum Trocknen aufgehängten Kleidungsstücken, und unwillkürlich kam ihr der Gedanke an Flucht in den Sinn. Doch er wurde schnell ersetzt von der Erinnerung an seine Küsse, an das Verschmelzen ihrer Körper und an die Art, wie er ihre Sehnsucht stillen und diesen Schmerz in Lust verwandeln konnte.

Nur jetzt hatte sie ein neues Problem zu all den anderen. Dies war ein neuer Schmerz. Obwohl er auf die Region um ihr Herz begrenzt war, wusste Zoe, dass er nichts mit irgendeiner Herzschwäche oder anderen Krankheit zu tun hatte. Es war Liebe die sie für ihn empfand. Schlicht und einfach Liebe.

Doch das war nicht so einfach.

14

Vier weitere Tage vergingen, bis Zoe Castle MacLeod zum ersten Mal zu Gesicht bekam. Das Wetter hatte aufgeklart, der Himmel war blau, und die Wolken wirkten wie Tupfer dünnen Schnees. In den Ebenen und um die Berggipfel hing noch Nebel. Aber die Luft war klar und frisch und die Sonne eine wunderbar goldene Kugel.

Als sie die Höhle verlassen hatten, war ihre Kleidung trocken und ihr Magen voll gewesen. Keegan hatte es geschafft, ein Moorhuhn zu fangen, das sie dann brieten und verzehrten. Als sie nach Norden gewandert waren, hatten sie nichts von der Nacht erwähnt, die sie in der Höhle, geschützt vor dem Sturm, Arm in Arm verbracht hatten. Ebenso wenig hatte der Schotte ihren Fluchtversuch oder seine Drohung erwähnt, Kontakt mit ihrem Bruder aufzunehmen.

Aber Zoe spürte, dass Keegan nicht auf Rache aus war, als sie tiefer in das Hochland vorstießen. Je näher sie ihrem Ziel kamen, desto stärker wurde dessen Anziehungskraft. Zoe konnte es nicht erklären, aber sie hatte das sonderbare Gefühl, als sei Castle MacLeod ein Magnet und sie das Eisen, das davon angezogen wurde.

Warum sollte ein Schloss im schottischen Hochland sie förmlich rufen?

Zoe hatte viel Zeit, über diese Frage nachzudenken, während sie auf dem stämmigen Hochlandpferd ritt. Ihr Pferd und das, auf dem Keegan ritt, hatten sie nach der zweiten Nacht im Hochland geliehen, als sie gerastet und eine Unterkunft gesucht hatten.

»Hier lebt ein Freund meines Vaters«, hatte Keegan gesagt, als sie sich dem Haus genähert hatten, das abseits der Straße stand. Im Gegensatz zu vielen Anwesen, die sie passiert hatten, wirkte Ramsey House wohlhabend, mit goldenen, fruchtbaren Feldern, die zur Ernte bereit waren, und gut erhaltenen Gebäuden.

Keegan bemerkte erfreut, dass John Ramsey von den Engländern verschont geblieben war. Erst als sie in die dunkel getäfelte Bibliothek geführt wurden, verdüsterten Zweifel seine Miene.

Obwohl sie sich sofort wiedererkannten, war Sir John nicht erfreut, Keegan oder seine englische Begleiterin zu sehen.

»Ich hatte gedacht, du würdest so vernünftig sein, dich hier nicht blicken zu lassen, MacLeod.«

»Ich habe keine große Wahl gehabt und gedacht, willkommener zu sein. So willkommen wie du es immer in Castle MacLeod gewesen bist.«

»Aye, und die Zeiten haben sich geändert.«

»Heißt das, Freundschaften sind gestorben?«

Der ältere Mann mit dem schmalem Gesicht und den hängenden Schultern blickte von Keegan zu Zoe und wieder zurück. »Es ist das Vertrauen, das im Culloden Moor gestorben ist.«

»Hast du Grund, mir zu misstrauen?«, fragte Keegan ungläubig.

»Nein, nicht dir, aber anderen, die dich vielleicht sehen. Dich hier bei mir sehen.« Er lehnte sich in seinem Ledersessel zurück. »Ich habe meine Loyalität gegenüber dem König behalten ... nach außen hin. Das hat mir mein Land gerettet.«

»Aber was ist mit Niall?« Keegan hatte zusammen mit Sir Johns Sohn Niall gekämpft und ihn bei Culloden fallen sehen.

»Wir haben verschiedene Seiten der Rebellion gewählt. Jedenfalls dem Anschein nach. Mit dem Herzen waren wir beide bei der Sache der Stuarts, doch es gab auch praktische Dinge zu bedenken.« Der Blick seiner kleinen, wässrigblauen Augen verweilte auf dem Porträt eines gut aussehenden jungen Mannes über dem Kamin.

»Ich war bei ihm, stand fast Schulter an Schulter mit ihm, als er starb«, sagte Keegan.

Der ältere Mann blickte gedankenverloren vor sich hin. »Man hat mir erzählt, dass er tapfer gestorben ist, eine Ehre für seinen Clan und Namen.«

»Aye.« Keegan nickte. »Du wärst stolz gewesen.«

»Aye, stolz.« Sir John atmete tief ein. »Und jetzt habe ich dieses Haus und die Felder und Pächter. Nialls Opfer für den Clan.« Er legte die Handflächen auf die polierte Schreibtischplatte. »Und ich will das nicht aufs Spiel setzen, indem ich Jakobiter aufnehme. Besonders keine, auf die ein Kopfgeld ausgesetzt ist.«

»Heißt das, du wirst mir nicht helfen? Du vergisst all die Jahre, in denen du mit meinem Vater befreundet gewesen bist? Die Zeiten, als dir die MacLeods geholfen haben?« Keegan trat einen Schritt näher auf ihn zu, dann noch einen.

»Du brauchst mich nicht an die Vergangenheit zu erinnern ... oder an meine Schuld dir gegenüber.« John Ramsey seufzte schwer und stemmte sich dann hinter dem Schreibtisch auf.

»Ich werde dir dieses eine Mal helfen, das Hochland zu verlassen.«

»Aber ich will zum Castle MacLeod.«

»Ach. Und ich frage mich, warum. Dort gibt es nichts mehr für dich, Junge. Es ist konfisziert worden. Es ist ein Verwalter ernannt worden, der die Pacht von denjenigen Kleinbauern eintreibt, die nicht getötet worden sind oder sich in den Hügeln verstecken.«

Beide Männer schienen vergessen zu haben, dass Zoe dort in der Bibliothek abseits im Schatten stand, und sie war dankbar dafür. Denn sie wusste nicht, was sie hätte sagen sollen, um das Unbehagen beider Männer zu mildern. Keegans Miene war verschlossen, seine Augen zusammengekniffen, sein Kinn vorgereckt.

»Bist du dir deiner Sache sicher?« fragte er.

»Aye, und du wirst in Castle MacLeod nicht von freundlichen Gesichtern begrüßt werden, Junge. Um deines Vater und deiner Brüder willen, rate ich dir, meide diesen Ort, solange du es noch kannst. Nimm deine feine englische Frau und reise nach Frankreich oder in die Neue Welt. Hier ist für dich kein Platz.«

So hart seine Worte auch waren, Sir John wünschte Keegan nichts Böses, und das zeigte er, indem er zwei seiner besten Pferde satteln und Satteltaschen mit Hafer und Tee füllen ließ. Er schenkte Keegan sogar zwei Pistolen, die seinem Sohn gehört hatten. Aber aus Furcht vor Repressalien der Engländer verweigerte er Keegan und Zoe, in seinem Haus zu übernachten.

Als sie Ramsey House verlassen hatten und im Mondschein durch die neblige Nacht geritten waren, hatte Zoe gedacht, Keegan hätte sich Sir Johns Ratschlag, das Hochland zu verlassen, zu Herzen genommen. Doch jetzt, zwei Tage später, waren sie am Ziel und blickten von der Straße hinab auf ein üppiges grünes Tal, das auf zwei Seiten von Hügeln und an der dritten von einem Meeresarm umgeben war. An einem Ende verengte sich das Tal zu einer Schlucht. Ein Bach plätscherte über Felsen herab, bildete Wasserfälle und suchte sich seinen Weg zu der tiefen, blauen See.

An deren Ufer, mit der Rückseite zum Wasser, stand Castle MacLeod.

Der Anblick des Schlosses, umgeben von der ungezähmten Schönheit des Landes und des Wassers, verschlug Zoe fast den Atem. Und sie brauchte nur zu Keegan zu blicken, der stolz auf seinem Pferd saß, um zu wissen, wie tief bewegt er war. Die Mauern waren dick, anscheinend aus Gestein der gleichen Felsen errichtet, auf denen sie standen. Türme und Schornsteine ragten in den Himmel, Fenster glänzten im Sonnenschein. Das Schloss stand in einsamer Pracht da.

Irgendwie trotzig.

»Das können sie dir nicht wegnehmen«, sagte Zoe, und es wurde ihr erst bewusst, dass sie laut gesprochen hatte, als Keegan sein Pferd näher zu ihr lenkte.

»Ich befürchte, das haben sie bereits getan.« Keegan gab dem Tier einen beruhigenden Klaps, bevor er es den einzigen Pfad herabtrieb, der in das Tal führte. »Aber vielleicht kann ich zurückfordern, was mir gehört. Was den MacLeods seit Jahrhunderten gehört hat.«

Je näher sie an das Schloss gelangten, desto einsamer fühlte sich Zoe. Der Wind heulte durch die Berge. Sie kamen an den verkohlten Ruinen verlassener Torfhütten vorbei, deren Anblick beklemmend war.

Doch selbst das bereitete Zoe nicht auf das Gefühl vor, das sie empfand, als sie vor dem alten Schloss absaßen und die steinerne Eingangstreppe emporstiegen. Das Portal knarrte, als Keegan es öffnete. Drinnen war das Halbdunkel der hohen Eingangshalle von düsteren Schatten und Spinnweben erfüllt.

Am Fuß der Treppe, die nach oben führte, lag ein Haufen verkohltes Holz. Die nicht verbrannten Stuhlbeine und die Reste einer getäfelten Tür zeigten, dass es sich um die Überbleibsel von Einrichtungsstücken handelte.

»Was ist hier geschehen?«, wisperte Zoe. Sie ging durch die Halle, langsam und zögernd, als wage sie keine schnelle Bewegung, und schaute sich um.

»Die Engländer waren hier. Oder die Königlichen Schotten. Praktisch das Gleiche.« Seine Stimme klang voller Verachtung. »Als Strafe für alle MacLeods hat man ihr ererbtes Zuhause zerstört.«

»Wo sind all die Leute, die hier gelebt haben?« Zoe schlang fröstelnd die Arme um ihren Körper.

»In die Hügel geflüchtet. Ich hoffe es jedenfalls und bete dafür.« Keegan trat nach dem verkohlten Ende eines Klavierhockers, und eine Aschewolke stieg in die Luft. »Denn wenn sie nicht dorthin entkommen konnten, sind sie tot.«

»So etwas haben die Engländer doch nicht getan ...« Zoes Blick war fast flehend auf Keegan gerichtet. »Oder?«

Keegan starrte sie nur an, die Lippen zusammengepresst. Dann wandte er sich ab und schritt durch die offene Tür in einen der Salons. Zoe folgte ihm zögernd.

Der Ausblick durch die Fenster auf die aufgewühlte See jenseits davon war ein grausamer Kontrast zu der Zerstörung des Raumes. Der riesige Salon war geplündert und aller Wertgegenstände beraubt worden, und der Wind raunte durch den Luftabzug des Kamins. Wie in der Halle roch es nach verbranntem Holz.

Als Zoe sich vom Fenster abwandte, bemerkte sie, dass Keegan auf eine Stelle über dem Kamin starrte, die etwas heller war.

»Dort hing das Porträt meiner Mutter. Mein Vater ließ sie malen, als wir in Frankreich waren. Kurz vor ihrem Tod.« Er blickte zu dem Haufen Schutt in der Mitte des Salons und schaute dann wieder zu der Stelle über dem Kamin, wo einst das Bild seiner Mutter auf Familientreffen herabgeblickt hatte. Dann wandte er sich abrupt ab. »Wir brauchen nicht zu suchen, ob etwas von Wert zurückgeblieben ist.«

Den Rest des Tages verbrachten sie damit, das Schloss zu durchsuchen. In den oberen Räumen fanden sie Mäuse und Fledermäuse, jedoch keine Menschenseele. Die meisten der Schlafzimmer sahen genauso zerstört und geplündert aus wie die Salons und der Speiseraum unten. Aber in einigen der kleineren Zimmer und den Quartieren der Dienerschaft wurde offenkundig, dass die Soldaten ihr Zerstörungswerk leid geworden waren.

Zoe fand Kleidung. Nichts so Großartiges wie ihre geborgte Reitkleidung, aber diese Sachen waren ja beim Schiffsbruch und im Sumpf ramponiert worden und mussten dringend ersetzt werden. Zoe sammelte Unterwäsche, Röcke und Blusen und machte sich auf die Suche nach Keegan.

»Oben gibt es Bettzeug«, sagte sie, als sie ihn im einstigen Schlafzimmer seiner Eltern fand. Als er nur nickte, trat sie auf ihn zu und ergriff seinen Arm. »Du darfst dich jetzt nicht geschlagen geben.«

Er wandte sich ihr zu, und sein Gesichtsausdruck war so wild, wie er ausgesehen hatte, als er durch das Fenster in ihr Haus eingedrungen war. In seinen Augen funkelte es so intensiv, dass sie fast zurückgewichen wäre. Doch sie kannte ihn jetzt und war nicht so leicht einzuschüchtern. »Meinst du etwa, du könntest mich fortjagen, Keegan? Du vergisst, dass ich nicht die Wahl habe, mir eine andere Unterkunft zu suchen.«

Sein Gesicht verdüsterte sich, und er schloss die Augen. Als er die dichten Wimpern wieder hob, spiegelten die grünen Tiefen seiner Augen so viel Schmerz und Kummer wider, dass Zoe den Anblick nicht ertragen konnte. »Ich bin nicht hier gewesen«, sagte er schließlich. »Sie hatten es nicht auf mich abgesehen, als sie hier wüteten. Aber hier habe ich lange gelebt.« Er schritt zum Fenster. Wie unten boten diese Fenster Ausblick auf den Atlantik. »Es war mir hier zu einsam.« Er hob die Schultern. »Und es gab zu viele Verantwortlichkeiten.«

»Du hast keine Schuld an diesem ... diesem ...« Zoe verstummte und seufzte. Wie sollte sie bezeichnen, was hier geschehen war? So etwas hatte sie noch niemals gesehen.

»Wem soll ich dann die Schuld geben, deinem heiligen Bruder?«

Diesmal hielt Zoe seinem starren Blick stand. »Fox würde so etwas nicht tun.«

»Nicht?« Er runzelte die Stirn. »Und ich nehme an, er würde mir auch nicht versprechen, dass mein Vater nicht angerührt wird, und dann zuschauen, wie er gefoltert wird?«

Zoes Augen weiteten sich. »Das hat er nicht getan.« Sie straffte die Schultern. »Ich kenne Fox besser, er würde das niemals akzeptieren.«

»Das Sonderbare ist, dass ich das ebenfalls gedacht habe.« Keegan schüttelte den Kopf. »Es klingt noch lächerlicher, wenn ich sage, dass ich den Eindruck hatte, es wäre irgendetwas zwischen uns ... ich weiß nicht, wie ich es beschreiben soll. Eine Art Verbundenheit. Als ob ich ihn schon gekannt hätte.« Seine Miene nahm einen härteren Zug an. »Aber in einem Punkt hast du Recht. Er hat nicht zugeschaut. Er hat sich einfach abgewandt.« Keegan tat jetzt das Gleiche, durchquerte den Raum und ging zur Tür hinaus.

Zoe schaute ihm nach und kämpfte in Gedanken gegen seine Anschuldigungen. »Er ist verletzt«, murmelte sie. »Und er versucht, mich ebenfalls zu kränken.« Und das schaffte er. Nicht, dass sie etwas davon glaubte. Fox würde sein Wort einfach nicht brechen, dafür war er zu ehrbar.

Aber eine innere Stimme sagte ihr, dass der Krieg Männer zu Wilden machte, sie Dinge tun ließ, die sie normalerweise nicht tun würden. »Nein.« Sie weigerte sich zu glauben, dass Fox anders handeln konnte als der Bruder, den sie kannte und liebte.

Aber eines war sicher. Keegan MacLeod glaubte, was er ihr erzählt hatte.

Der Küchengarten war von der Zerstörung durch Pferdehufe verschont geblieben. Nun, jedenfalls einiges davon. Zoe kniete sich in den Schmutz und grub mit einer Schaufel, die sie gefunden hatte, Kartoffeln aus. Obwohl der Wind kühl vom Meer wehte, schien die Sonne strahlend und trieb ihr Schweiß auf die Stirn.

Zoe setzte sich auf die Fersen zurück und streckte ihr Kreuz. Ihre Muskeln schmerzten, und sie verspürte den Wunsch, es jemandem mitzuteilen. Vielleicht war es mehr als nur körperliches Unbehagen wegen zu harter Arbeit. Was war, wenn wirklich etwas mit ihr nicht stimmte?

Seufzend neigte sich Zoe wieder über das Loch im Boden. Vielleicht war sie tatsächlich krank. Aber selbst dann konnte nichts dagegen unternommen werden. Hier konnte sie keine Hilfe von einem Arzt erwarten. Sie schaute sich suchend um. Und auch keine Hilfe von irgendjemandem sonst.

Keegan war fortgegangen, um zu jagen oder zu fischen, genau wusste sie es nicht. Er hatte sich ziemlich vage geäußert. Aber er hatte ja auch nicht viel geredet seit ihrer Meinungsverschiedenheit über ihren Bruder. Er hatte gemurmelt, dass er etwas zu essen suchen werde, was Zoe auf die gleiche Idee gebracht hatte.

Sie blickte auf den kleinen Haufen verschrumpelter Kartoffeln, froh darüber, sie gefunden zu haben. Wenn Keegan ein Moorhuhn mitbrachte oder ...

Zoe setzte sich auf, beschattete ihre Augen gegen die Sonne und blickte zu der Baumgruppe zu ihrer Rechten. War das der Schrei eines Kindes gewesen? Sie neigte lauschend den Kopf, hörte jedoch nur den Rhythmus der Brandung, das Raunen des Windes und gelegentliches Kreischen der Möwen, die über die Felsen segelten.

Kopfschüttelnd raffte Zoe ihre Röcke und stand auf. In dieser Einsamkeit bildete sie sich schon Geräusche ein. Sie ließ die Schaufel fallen und eilte zu dem kleinen Waldstück. Da war jemand. Ein Kind. Davon war sie überzeugt.

Zoe hatte die Baumgruppe fast erreicht, als ein Mann, der so wild und ungepflegt aussah wie Keegan einst ausgesehen hatte, aus dem dichten Unterholz hervorsprang.

Der Mann schrie.

Zoe schrie.

Und irgendwo in dem Wäldchen schrie ein Baby.

»Du lieber Gott!« Zoe presste eine erdverkrustete Hand auf den Busen. »Ihr habt mich erschreckt.« Eigentlich fragte sich Zoe, ob sie immer noch starr vor Angst sein sollte, doch es war schwer, sich vor einem so alten Mann zu fürchten. Er musste mindestens siebzig sein, mit grauem Haar und mehr Zahnlücken als Zähnen. Er musterte sie so besorgt wie sie ihn.

»Wer seid Ihr?«, brachte Zoe schließlich heraus. »Und sollte sich nicht jemand um das Baby kümmern?«

»Das tut jemand, wenn Euch das überhaupt zu interessieren hat. Und ich will wissen, wer in den Garten des Lairds kommt, um Kartoffeln zu stehlen.«

»Ich habe nicht gestohlen.« Zoe war empört. »Ich bin Lady Zoe Morgan, und ich bin hergekommen …«

»Mit mir.«

Zoe fuhr herum, als sie Keegans scharfe Stimme hörte. Sie hatte ihn nicht zurückkehren gehört. Und es war ebenso offenkundig, dass auch der Mann sein Kommen nicht bemerkt hatte. Als sie den Kopf wandte, sah sie, dass der Alte Keegan mit großen Augen überrascht anstarrte.

»Keegan MacLeod, bist du das, oder sehe ich in meinem Alter Gespenster?«

»Ich bin keine Erscheinung, Donuld MacLeod, denk niemals so etwas.«

Zoe beobachtete, wie ein zahnloses Grinsen das runzlige Gesicht des alten Mannes aufhellte. Dann rief er etwas mit hoher, nasal klingender Stimme. Wie aus dem Nichts tauchten drei Frauen auf, eine mit einem Baby auf den Armen, und traten auf die Lichtung. Alle drei reagierten gleichermaßen, als sie Keegan erblickten. Zuerst mit Überraschung, dann mit Jubel.

Zoe ignorierten sie.

»Erzähl mir alles, Junge. Wir hörten, du solltest weiteres Futter für die Galgen der Engländer sein.«

Sie setzten sich auf die Grasfläche zwischen Waldstück und Garten. Keegan lehnte sich gegen den Stumpf einer Esche und streckte die langen Beine vor sich aus. Eine der Frauen brachte ein Torffeuer in Gang, die andere wusch die Kartoffeln in einem nahen Bach. Da die dritte der Frauen ein Baby an der Brust hielt und säugte, war es Zoe vorbehalten, das Moorhuhn zu rupfen, das von Keegan erlegt worden war.

Keegan erzählte eine gekürzte Version seines Entkommens und der Flucht aus England ... eine, die nicht die Entführung einschloss, und beide Männer lachten und scherzten über die Unfähigkeit der Engländer, die nicht mal in der Lage waren, auf ihre Gefangenen aufzupassen.

Doch als die Kartoffeln und das Moorhuhn rösteten, wurde ihre Unterhaltung ernster. Der alte Mann war der Vater des Stammesfürsten, er hatte eine angesehene Stellung im Clan. Natürlich war der Sohn ein Opfer von Culloden Moor geworden.

»Aye, wir Überlebenden haben um all unsere Gefallenen getrauert. Um den Laird und deine Brüder, die tapfer und ehrenvoll starben.«

»Das stimmt. Sie alle sind Helden, die für eine Sache ihr Leben ließen, an die sie geglaubt haben.« Keegan aß einen

Bissen des gerösteten Moorhuhns. »Sind noch andere von euch übrig geblieben, oder ist dies alles?« Er umfasste die Gruppe mit einer Handbewegung.

»Nein, Junge, es gibt mehr. Die Überlebenden vom MacLeod-Clan sind größtenteils verstreut. Als die englischen Soldaten kamen, zogen wir uns in die Hügel zurück. Die Mädchen und ich wandern dann und wann her, um zu sehen, ob wir etwas zu essen auftreiben können.« Er nagte mit seinen wenigen verbliebenen Zähnen an seinem Fleisch.

»Meinst du, du kannst sie finden?«

»Wen finden?« Fett tropfte vom bartstoppeligen Gesicht des alten Mannes, und er wischte mit seinem Ärmel darüber.

»Die anderen.« Keegan zog die Knie an und neigte sich vor. »Ich möchte sehen, was ich tun kann, um den Clan wieder zu vereinigen.«

»Vereinigen?« Donuld schluckte. »Wo? Wie?«

»Hier.«

Keegan stemmte sich auf die Füße. »Hier auf Castle MacLeod, wo wir seit Hunderten von Jahren gewesen sind. Wir werden Vieh züchten, Hafer anbauen und fischen wie ...«

»Weißt du es nicht? Es gehört dir nicht mehr.« Donuld fuchtelte mit der Hand durch die Luft. »Das Schloss. Das Land.« Er schüttelte den Kopf und stieß einen wütenden Laut aus. »Nichts mehr davon gehört dir noch.«

»Ich werde es mir nicht wegnehmen lassen.«

»Aber das ist bereits geschehen, Junge. Wir können nichts tun.«

»Wir geben einfach auf, was uns seit Jahrhunderten gehört hat?«

»Aber, Keegan ...«

»Was besitzt du jetzt? Einen Platz, auf dem du zur Nacht

den Kopf legen kannst? Genug zu essen? Meinst du, ich hätte nicht gemerkt, wie dir das Wasser im Munde zusammenlief, als das schäbige Moorhuhn auf dem Spieß röstete? Dieses Tal kann uns und all die anderen ernähren, wie es immer der Fall war.«

»Die Engländer haben das Vieh weggetrieben.«

»Dann werden wir neues beschaffen ... wie es unsere Vorfahren taten, wenn es nötig war. Es gibt mehr als einen Clan der Loyalisten, dem es nichts ausmachen wird, ein paar Dutzend Tiere von seinem besten Vieh abzugeben.« Keegan blickte von einem zum anderen. Donuld schüttelte immer noch seinen grauhaarigen Kopf, doch Keegan sah ihm an, dass er über den Vorschlag nachdachte. Die Frauen, von denen er nur eine namentlich kannte, starrten sich an und zogen sich dann zurück, um miteinander zu flüstern. Nur Zoes Blick war stets auf Keegan gerichtet. Ihre Augen waren groß und so grau wie der Nebel, der die Berggipfel jenseits des Tals verhüllte. Keegan wünschte, er könnte Zoes Gedanken erraten.

»Du weißt, dass sie kommen werden«, sagte Donuld schließlich. »Der Verwalter ...«

»Den werden wir wegjagen ...«

»Die englischen Soldaten.«

Was konnte er darauf erwidern? Er wusste so gut wie jeder andere, was gut ausgebildete Soldaten bewirken konnten. Aber die MacLeods der alten Zeiten hatten ihre Festung errichtet, um sich gegen Gewalt von Menschen ebenso zu behaupten wie gegen die Naturgewalten. Es gab nur einen Weg in das Tal. Der Pfad war so schmal und die Talseiten waren so steil, dass es von ein paar gut postierten Männern leicht verteidigt werden konnte.

Die Seeseite war ebenso gut geschützt, mit Felsen vor der Küste und Strömungen, die jede groß angelegte Invasion verhinderten. Glaubte er, mit ein paar Dutzend Pächtern und Kleinbauern der Macht und Stärke der britischen Armee standhalten zu können? Nein. Aber wie er zuvor gesagt hatte, welche Wahl hatten sie schon?

Keegan atmete tief durch und stand auf. »Wir werden uns um die Soldaten kümmern, wenn es so weit ist. Es gibt mehr als eine Möglichkeit zu kämpfen.«

»Was, zum Teufel, wünscht Ihr mir zu sagen?« Lord Foxworth blickte unwillig von der Landkarte des schottischen Hochlands auf, die er studierte. Seine Augen verengten sich, als er den kleinen anrüchig wirkenden Mann vor seinem Schreibtisch stehen sah. Nach der Kleidung zu urteilen, war er ein Seefahrer. Sie war zerrissen und musste dringend gewaschen werden. Wie der Mann selbst. Sein Haar hing strähnig und fettig unter einem Tuch herunter, das er um den Kopf gebunden hatte. Aber es war der Stumpf, wo einst sein linker Arm gewesen war, dem Fox' Aufmerksamkeit galt. Er blickte schnell zum Gesicht des Mannes auf. »Ich habe seit gestern darauf gewartet, mit Euch sprechen zu können, Sir.«

Und Lord Foxworth hätte ihm keine Audienz gewährt, wenn er nicht den Namen genannt hätte, mit dem er sie erreichen konnte: Keegan MacLeod.

»Nun, ich entschuldige mich für die Verzögerung.« Fox lehnte sich in seinem Sessel zurück. Als ihm sein Adjutant gemeldet hatte, dass ein Zivilist etwas Privates mit ihm zu besprechen wünsche, hatte Fox die Bitte rundweg abgelehnt. Das Hochland war voller Schotten, die dies und das von der Regierung wollten. Aber es war nicht seine Pflicht, ihnen Privilegien zu gewähren. Er war nur aus einem einzigen Grund hier.

»Ich hörte, Ihr sucht diesen Rebellenbastard Keegan MacLeod.«

»So ist es.« Seine Absicht war kaum ein Geheimnis, und

dies war nicht die erste Person, die mit wilden Geschichten über eine angebliche Entdeckung des Flüchtigen zu ihm kam. Für gewöhnlich wurde Keegan MacLeod als über zwei Meter großes Ungeheuer beschrieben, dem Flammen aus dem Mund schossen und dessen Augen wie ein Torffeuer brannten. Dieser verdammte MacLeod wurde ein Volksheld für diese Leute.

Aber Fox kannte den wahren MacLeod. Und das war keine Sagengestalt, kein Übermensch, trotz der Tatsache, dass er aus dem Gefängnis in London entkommen war. Er war nur ein Mann. Ein verabscheuungswürdiger obendrein. Ein Mann, der eine arme kranke Frau von ihrem Totenbett entführt hatte und ... Fox wagte nicht daran zu denken, was mit seiner geliebten Schwester sonst noch geschehen sein mochte.

»Nun, ich habe ihn mit meinem Schoner, der *Sea Maiden,* nach Schottland gebracht.«

Das offene Eingeständnis des Mannes weckte Fox' Aufmerksamkeit.

»Wann habt Ihr das getan?«

»Vor vierzehn Tagen, vielleicht etwas weniger. Es ging mir eine Zeit lang nicht gut. Die Zeit vergeht schnell, wenn man im Fieber daniederliegt.«

»Könnt Ihr mir sagen, warum Ihr Euch entschieden habt, den Renegaten zu transportieren, jemanden, der zum Tod durch den Galgen verurteilt wurde? Oder wollt Ihr mir erzählen, dass Ihr es nicht gewusst habt?« Fox verlor das geringe Interesse, das er an einer Befragung dieses Mannes hatte, und widmete sich wieder seiner Landkarte. Wie viele waren zu ihm gekommen, seit er das MacDonald House in Moirer zu seinem Hauptquartier gemacht hatte, und hatten wilde Geschichten erzählt, wie sie angeblich MacLeod nach Schottland geschmuggelt hatten?

»Oh, ich wusste, wer er war. Sie hat es mir erzählt.«

»Wer?«

»Eure Schwester.«

»Meine Schwester?« Unwillkürlich blickte Fox auf.

»Das behauptete sie. Lady Zoe sowieso. Zuerst habe ich ihr nicht geglaubt. Sie sah nicht so sehr nach einer Lady aus.«

»Und sie kam einfach zu Euch, erzählte, wer der Mann war, und bat Euch, ihn nach Schottland zu bringen?« Fox hob ungläubig die Augenbrauen.

»Sie wollte ihm entkommen. Bat mich, Sie zu Euch nach Schottland zu bringen. Dieser MacLeod folgte ihr an Bord. Meine Männer fanden ihn und sperrten ihn in den Laderaum.«

Fox stemmte die Ellenbogen auf die Schreibtischplatte und hielt die Finger pyramidenförmig aneinander. »Beschreibt mir Lady Zoe.«

Der Seefahrer zuckte mit den Schultern. »Ein tolles Weibsbild, wenn Ihr mir meine Worte verzeiht. Recht klein.« Er hob die verbliebene Hand fast bis an sein Ohr, um Zoes Größe anzuzeigen. »Ein bisschen dünn für meinen Geschmack, aber genug dran, um einen Mann des Nachts aufzuwärmen, wenn Ihr versteht, was ich meine.

»Und ob ich das verstehe.« Fox klatschte mit den Händen auf die Platte des Mahagonischreibtisches und erhob sich. »Ich würde um den Schreibtisch herumkommen und Euch die Nase breit schlagen, weil Ihr mit solchen Worten meine Schwester beschrieben habt ... wenn Ihr sie tatsächlich beschrieben hättet. Was Ihr jedoch nicht getan habt.« Die arme, gebrechliche Zoe hatte sicherlich eine gewisse Schönheit. Aber Fox war überzeugt, der Einzige zu sein, der sie sehen konnte. So tief war sie unter der blassen Haut und dem kranken Körper verborgen.

»Sie bezeichnete sich als Eure Schwester.« Holt wich einige Schritte zurück, trotz seines Bemühens, überzeugend zu klingen.

»Das hat sie sicherlich getan. Und wenn Ihr jetzt freundlicherweise gehen werdet . . .«

»Aber ich dachte, Ihr wollt Informationen über Keegan MacLeod. Ich hörte, Ihr bezahlt viel Geld dafür.«

»Das stimmt, aber ehrlich gesagt, ich kann Eurer Geschichte keinerlei brauchbare Informationen entnehmen.«

»Aber ich habe sie nach Schottland gebracht, sage ich Euch.«

»Wache!«, rief Fox den Soldaten, der draußen postiert war. Die Tür wurde aufgerissen, und ein stämmiger Soldat trat ein.

»Ihr macht einen großen Fehler«, schrie Holt, als der Soldat ihn am unversehrten Arm packte. »Ich habe beobachtet, wer sie nach dem Schiffbruch aufgenommen hat. Ich könnte Euch dorthin bringen.«

Mit einer Handbewegung befahl Fox der Wache, den Seefahrer fortzuschaffen.

»Ich habe in einem Wäldchen gewartet, obwohl ich schwer verletzt war, und ich habe sie aufbrechen sehen.« Verzweiflung und Enttäuschung erfassten Holt. Nach allem, was er durchgemacht hatte, bekam er kein Lösegeld und keine Belohnung, und dieser hochnäsige Lord glaubte ihm nicht einmal! Er wurde herumgerissen und behandelt wie ein dreckiger Lügner. Seine empörte Gegenwehr führte nur dazu, dass der Soldat seinen Griff verstärkte.

»Freut mich, wenn Ihr diesen Bastard nicht schnappen könnt«, stieß er wütend hervor. »Und auch nicht dieses blöde Weibsstück mit ihrer schlechten Verdauung, das zu fein war zu essen, wie jeder normale . . .«

»Was habt Ihr da gesagt?« Fox eilte um den Schreibtisch, winkte den Soldaten beiseite und umklammerte an dessen Stelle Holts Arm. »Wiederholt, was Ihr soeben gesagt habt.«

»Es interessiert mich nicht, wenn Ihr die beiden nicht schnappt und ...«

»Nicht das.« Fox packte den Arm des Mannes fester. »Was sagtet Ihr über meine ... über die Frau?«

»Sie hat sich stets beklagt ... andauernd gejammert«, begann Holt. »Über das Essen ... wer weiß war. Über ihr schwaches Herz ...« Holt versuchte, sich loszureißen, doch der Major hielt ihn eisern fest. »Ich kann mich nicht erinnern.«

»Ihr solltet Euch aber erinnern.« Fox stieß Holt auf einen Stuhl. »Ich kann Euch nur raten, Euch an alles genau zu erinnern.«

15

Der leise klagende Ton des Schafhorns durchdrang die Stille des Nachmittags. Zoe verharrte und neigte wie die anderen Frauen lauschend den Kopf, den Blick auf die schmale Spalte in den Hügeln – der Zugang ins Tal – gerichtet.

»Das ist das Signal«, flüsterte Mary. Sie hielt dem Baby die Hand auf den Mund, als es zu weinen begann.

»Ich weiß.« Zoe beschattete die Augen und beobachtete, wartete wie die anderen, etwas zu sehen.

»Sollten wir nicht in die Hügel flüchten?« Annes Miene war besorgt.

»Keegan hat gesagt, wir sollen erst nach dem zweiten Signal flüchten.« Zoe verließ den Halbkreis der Frauen, die sich noch vor Sekunden über die mühsame Arbeit des Waschens schmutziger Wäsche beklagt hatten. Sie strengte sich an, um etwas zu sehen ... und zu hören.

»Wo ist er? Vielleicht ist er tot. Vielleicht haben die Soldaten ihn getötet, und jetzt kommen sie, um uns umzubringen. Aber zuerst werden sie uns vergewaltigen ...«

»Pst.« Zoe wandte sich an Catriona. Sie war jung und hatte zu viel unter den Soldaten erleiden müssen, sodass Zoe ihr die Hysterie nicht verdenken konnte. Aber Panik war das Letzte, was sie gebrauchen konnten. »Keegan ist mit den Männern auf der Jagd. Sie sind nicht tot.« Zoe schluckte und hoffte, dass sie die Wahrheit sagte. »Und sie würden uns nicht so ungeschützt zurücklassen.«

»Nun, einige von uns sind überhaupt nicht besorgt, nicht wahr?« Diese Bemerkung kam von Seonaid, einem vollbusigen Mädchen, dessen Augen so grün wie die von Keegan waren und die dauernd anzügliche Bemerkungen über Zoe gemacht hatte, seit sie aus den Hügeln heruntergekommen war.

Zoe versuchte, diese Äußerung wie Seonaids andere Seitenhiebe zu ignorieren. Keine Erklärung ihrerseits schien die spitzzüngige Frau stoppen zu können. Außerdem war an ihren Bemerkungen ein Körnchen Wahrheit. Keegan hatte keinem erzählt, wer ihr Bruder war, und er hatte sie, Zoe, ermahnt, es für sich zu behalten. Dennoch wurde Zoe nicht von ihnen akzeptiert. Und obwohl es Zeiten gab, in denen sie ihre Fluchtgedanken vergaß, war sie eine Gefangene – selbst wenn sie nicht gefesselt oder eingesperrt war.

Was würde ihr widerfahren, wenn das Signal bedeutet hatte, dass britische Soldaten über den Pfad ins Tal kamen? Würden die Soldaten ins Tal feuern und jeden töten, den sie erblickten? Oder würde sie gefangen genommen werden, um ihnen erzählen zu können, wer sie war?

Mit diesem letzten Gedanken kam ein Hoffnungsschimmer, doch er verschwand schnell bei einer anderen Vorstellung, die sie erschauern ließ. Wenn der Alarm tatsächlich wegen britischer Soldaten ausgelöst worden war, wo war Keegan?

Zoe setzte sich in Bewegung, bevor ihr klar wurde, was sie vorhatte. Es war Seonaids Stimme, die sie verharren ließ, aber nur für einen Moment.

»Wohin willst du? Der Plan sieht vor, dass wir uns in den Hügeln verstecken.« Seonaid wies mit dem Daumen zu dem Wäldchen und dem Schutz der Felsen jenseits davon.

»Ich gehe hin, um zu sehen, was passiert ist.«

»Um die Briten zu warnen, meinst du.« Die Schottin packte sie am Arm und riss sie zurück. »Ich verstehe nicht, was Keegan in dir sieht, aber ich weiß, er will nicht, dass du davonläufst.«

»Lass mich los!« Zoe wirbelte zu ihr herum.

»Aber Ladys, dies ist nicht der richtige Zeitpunkt, euch zu zanken.« Mary versuchte, sich zwischen Zoe und das vollbusige Mädchen zu schieben.

»Sie ist eine Spionin. Vermutlich hat sie die Soldaten irgendwie informiert und will uns alle töten lassen.«

»Das ist nicht wahr!« Zoe schaute Seonaid aus zusammengekniffenen Augen an.

»Ha. Du magst Keegan mit deinem unschuldigen Getue und deinen lächelnden Lippen täuschen, aber ich durchschaue dich. Du bist eine gemeine Schlange, eine verlogene Engländerin, eine ...«

»Das reicht, Seonaid!« Marys Stimme klang scharf. »Es ist kein Geheimnis, was du für Keegan empfindest, und so entschuldigen wir alle deine Grobheit Zoe gegenüber. Auch wenn sie keine von uns ist, so ...«

»Danke, aber ich kann für mich selbst sprechen, Mary.« Zoe riss ihren Arm aus Seonaids Umklammerung los. »Es stimmt, ich bin nicht freiwillig hier, aber ich würde niemals etwas tun, um irgendeinem von euch zu schaden ... einschließlich Keegan. Jetzt gehe ich zum Hügel am Taleingang, um zu sehen, was los ist. Wenn ich meine Arme schwenke, versteckt euch.«

»Damit du sie zu uns führen kannst?«

»Denk, was du willst, Seonaid MacLeod. Tu, was du willst.« Damit eilte Zoe davon.

Als sie den Pfad erreichte, der sich bergauf wand, war sie atemlos. Ihr Herz hämmerte, und sie rang um Luft. Wenn die Sorge sie nicht getrieben hätte, dann wäre sie sicherlich umgekehrt oder hätte sich zumindest einen Felsbrocken gesucht, um sich zu setzen und eine Weile auszuruhen. So konnte sie nicht sicher sein, dass sie den Aufstieg zum Berg schaffen würde. Was war, wenn ihr Herz versagte? Es war schwach.

Das hatte sie jedenfalls stets angenommen. Doch als sie ihre Schritte beschleunigte, erkannte sie, dass ihr Herz durchhielt. Und als die Sorge um Keegan die Oberhand gewann, vergaß sie sogar, sich zu fragen, ob ihre Gesundheit den Strapazen des Kletterns gewachsen war. Atemlos erreichte sie die Bergkuppe, zögerte nicht, über Felsbrocken zu der kleinen Gruppe von Männern zu klettern, die sich dort versammelt hatte.

Da waren Donuld und sein Enkel, der eine zu alt und der andere zu jung, um bei der Jagd nützlich zu sein, und zwei andere, die offenbar das Hornsignal gehört hatten und zurückgekehrt waren. Sie drängten sich um jemanden oder etwas, das Zoe nicht sehen konnte. Keine Spur von Keegan. Keine englischen Soldaten.

Zoe raffte ihre Röcke und marschierte auf die Männer zu. »Was ist? Warum habt ihr Alarm gegeben?«

Donuld trat ein wenig zur Seite, und Zoe sah, dass er seinen Dolch bereithielt. Sie erhaschte auch einen Blick auf die Person, die sich am Boden duckte, die Arme um die Storchbeine geschlungen.

»François?« Zoe schob den alten Schotten beiseite, als Keegans Diener gerade den Kopf hob. Er starrte sie mit großen Augen an, und Zoe sah das Wiedererkennen in seinem Blick.

»Mademoiselle Zoe?« Er wollte aufstehen, doch eine kräftige Hand legte sich auf seine Schulter und drückte ihn zurück. »Mademoiselle Zoe«, wiederholte er. »Ich bin so froh, Euch zu sehen.«

»Du kennst diesen Franzosen?«

»Natürlich kennt sie mich. Sagt diesen Barbaren, wer ich bin.«

Zoe zuckte zusammen. Obwohl sie die Bezeichnung

»Barbar« mehrmals im Zusammenhang mit Keegan benutzt hatte, konnte sie sehen, dass die Männer, die um François herumstanden, sie nicht freundlich aufnahmen. Und sie konnte es ihnen nicht verdenken. Je schneller sie die Lage entschärfte, desto besser.

»Gentlemen, erlaubt mir, euch Monsieur François DeBerry, Keegans Diener, vorzustellen.«

»Willst du damit sagen, dieser kleine Jüngling gehört zu Keegan?«

»So ist es. Nicht nur das. François hat arrangiert, dass er der Henkersschlinge entkommen konnte.« Zoe streckte dem Franzosen die Hand hin. Er ergriff sie und erhob sich übertrieben würdevoll, rieb über seine Seidenhose und richtete seine Samtjacke, die schon bessere Tage erlebt hatte. Dann verneigte er sich mit einem Seufzen, ergriff Zoes Hand und küsste sie.

»Welch ein Vergnügen, Mademoiselle Zoe, Euch wiederzusehen, und auch noch in solch ausgezeichnetem Gesundheitszustand. Diese schottische Luft, so dünn sie auch ist, scheint Euch zu bekommen.«

»Das nehme ich an«, Zoe tätschelte seinen Arm, »denn ich habe mich niemals besser gefühlt.« Noch während Zoe es sagte, erkannte sie, dass es der Wahrheit entsprach. Sie hielt sich die meiste Zeit im Freien auf, aß, was die Männer auf der Jagd und die Frauen beim Absuchen der Gärten und Felder beschaffen konnten, und schlief auf einer Matratze in einem großen, zugigen Raum. Seit über vierzehn Tagen war sie nicht mehr geschröpft worden und hatte nur des Nachts geruht, doch sie lächelte und lachte François an und fühlte sich, als könne sie locker den Gipfel des nächsten Berges ersteigen, wenn es sein musste.

Es war wie ein Wunder.

»... Monsieur Keegan?«

Zoe zwang ihre Gedanken zurück in die Gegenwart, als

ihr klar wurde, dass Françqis nach dem Schotten gefragt hatte. »Er ist wohlauf und mit einigen der anderen Männer auf der Jagd, glaube ich.« Zoe ergriff seinen Arm und ging mit ihm den Pfad hinab. »Ich wette, er wird überrascht sein, Euch zu sehen.«

Nach einem letzten arroganten Blick zu den Männern, die ihn gefangen genommen und verspottet hatten, konzentrierte sich François auf das Gehen, was mit seinen modischen Lederschuhen, die besohlt werden mussten, im Hochland gar nicht so einfach war. »Nun, es ist ein Wunder, dass ich Euch hier gefunden habe. Habt Ihr eine Vorstellung davon, wie abgelegen es hier ist?«

Zoe lachte. »Ehrlich gesagt, ja. Aber wartet einen Moment.« Sie blieb stehen, packte den kleinen Franzosen an den gepolsterten Schultern der Samtjacke und drehte ihn zu sich, um ihm in die Augen zu blicken. »Ihr habt den englischen Soldaten doch nicht erzählt, dass Ihr hierhin wollt, oder?«

»Bitte, traut mir ein wenig Intelligenz zu.« Er rieb einen Fussel von seinem Ärmel. »Ich halte mich von englischen Dragonern fern, wann immer das möglich ist.«

»Gut.« Zoe atmete auf.

»Doch Eure Frage überrascht mich. Ich hätte gedacht, Ihr wärt erfreut bei der Aussicht, dass eine Brigade oder zwei in dieses Tal einfällt.«

»Ich bin mir nicht sicher, was ich will.« Zoes Lächeln war befangen. Sie zuckte mit den Schultern und ging weiter.

»Es ist wirklich erstaunlich«, meinte François nach einer Weile.

»Was?«

»Eure Veränderung. Habt Ihr immer noch Probleme mit dem Magen, meine Liebe?«

»Nein.« Zoe schüttelte den Kopf. »Es geht mir jetzt viel besser. Aber erzählt mir von Euch. Wie habt Ihr von hier erfahren?«

»Monsieur wollte unbedingt hierhin, als er aus dem Gefängnis entkommen war, und so sagte ich mir, dass er trotz des kleinen Zwischenfalls . . .«

»Sie meinen in dem Gasthaus?«

»Oui. Das war eine sehr heikle Situation.«

»Es war meine Schuld.«

Zoes Eingeständnis brachte ihr ein Achselzucken von François ein.

»Jedenfalls planten die Gäste des Gasthauses so eifrig, was sie tun sollten . . . ohne es in die Tat umzusetzen, wohlgemerkt . . . dass ich einfach die Pferde vor den Kutschwagen gespannt habe und Euch nach Süden gefolgt bin. Leider traf ich erst in Harmouth ein, als Ihr bereits davongesegelt wart.«

Zoe biss sich auf die Unterlippe. »Das war ebenfalls mein Fehler.«

»Ah.« Er hob die Hände. »Das macht jetzt nichts mehr. Es überraschte mich, Monsieur Padraic Rafferty noch in der Stadt zu finden.«

»Ihr habt Captain Rafferty gesehen?«

»Oui.«

»Aber man sagte uns, er sei tot.«

»Non, er war sehr lebendig, aber ich glaube, er erwähnte, er sei zu spät im Hafen eingetroffen. Er traf an dem Tag in Harmouth ein, an dem ich ankam. Jedenfalls, als ich meine Lage erklärte . . . und Mademoiselle Kates Namen erwähnte, brachte er mich nach Schottland.«

»Du meine Güte!«

»Oui. Wir legten in einer kleinen Bucht bei Fort William an. Und so kam ich her.«

Natürlich war es nicht so einfach gewesen, wie es klang. François' Tortur war fast so schlimm gewesen wie die von Zoe und Keegan. Er war gezwungen gewesen, reißende Flüsse zu durchfurten und hohe Berge zu erklettern, und er hatte sich von abscheulichem Fraß ernähren müssen, wie er erzählte.

Aber er war erfreut, wieder bei Keegan zu sein, und über das Wiedersehen mit Zoe freute er sich gleichermaßen.

An diesem Abend entzückte er die Schotten, indem er den Lachs, den sie gefischt hatten, mit einer köstlichen Cremesauce anrichtete. Wer davon gekostet hatte, vergaß alle Vorbehalte gegen den kleinen Franzosen.

Später suchte Françis Keegan und Zoe auf.

Er fand sie in dem Zimmer, das sie als ihr Schlafzimmer ausgewählt hatten. Mit einer Entschuldigung, weil er sie in so vielen Taschen und Säumen seiner Kleidung versteckt hatte, holte Françis Goldstücke hervor. »Das ist das Geld, das Mademoiselle Kate Euch in London geliehen hat. Ich muss leider sagen, dass ich etwas davon ausgeben musste. Ich fand es in dem Zimmer, das Ihr in Harmouth verlassen hattet. Der Besitzer des Gasthauses hatte nicht mal saubergemacht, als ich dort eintraf«, sagte er mit verächtlichem Schnauben. »Monsieur Rafferty weigerte sich freundlicherweise, das Geld für meine Reise zu nehmen. Er meinte, es würde Euch von besserem Nutzen sein.«

Keegan beobachtete, wie der Stapel der Goldstücke, die Françis hervorkramte, immer mehr anwuchs. Gewiss, vor einem Jahr hätte er dies als bescheidene Summe betrachtet. Doch jetzt war es ein Vermögen. Bewegt schloss Keegan seinen treuen Diener in die Arme und hob ihn in die Luft, sodass der kleine Mann vor Verlegenheit rot wurde.

»Das ist das Mindeste, was ich für Euch tun kann, Monsieur Keegan«, sagte er, als Keegan ihm zum zweiten Mal dankte, »nachdem Ihr mich vor diesen Männern gerettet und aufgenommen habt.«

»Was meint er damit?«, fragte Zoe, als Françis gegangen war, um sich ein Strohlager in der Halle zu machen.

Keegan zuckte die Achseln. »Als ich nach London kam, war ich bei den Docks und sah, wie der kleine Kerl von einigen Schlägern verprügelt wurde.«

»Da hast du eingegriffen und ihn gerettet?«

»Ich war immer selbst zu verrückt auf einen guten Kampf«, war alles, was Keegan preisgab. Er war mehr an dem Geld interessiert, das François gebracht hatte. »Damit können wir Vieh kaufen. Wieder eine Herde züchten. Vielleicht . . .«

»Die Wachtposten haben heute Alarm geschlagen, als François auftauchte«, unterbrach Zoe.

Keegan lachte. »Es ist schwer, sich vorzustellen, dass er eine große Bedrohung ist.«

»Ich war bei den Frauen. Wir wussten nicht, dass es um François ging. Wir nahmen an, es seien englische Soldaten.«

Keegans Miene wurde ernst. »Und du erzählst mir das nicht ohne besonderen Grund.«

»Sie werden kommen.« Zoe hasste sich selbst, weil sie seine Hochstimmung mit der Erinnerung an die Realität zerstörte. »Wenn nicht heute, dann an einem anderen Tag. Du kannst sie mit den wenigen Männern, die du hier hast, nicht aufhalten.«

»Vielleicht schließen sich andere Clans mit uns zusammen. Niemand will die Engländer hier haben.« Einen Moment glühten seine Augen leidenschaftlich auf. »Ich wollte dich nicht beleidigen.«

Seine Entschuldigung erwärmte ihr Herz und machte es ihr doppelt schwer, auszusprechen, was sie sonst noch zu sagen hatte. »Du weißt, dass ich Recht habe.«

Keegan schritt zum Fenster. Der Vollmond warf schimmerndes Licht auf die dunkle See und ließ in seinem Widerschein die markanten Linien seines Gesichts deutlich erkennen. »Was soll ich deiner Meinung nach tun, Zoe?«, fragte er schließlich.

Sein Tonfall war so scharf, dass Zoe für einen Moment nur die Augen schließen konnte. Dann ging sie langsam zu ihm, schlang die Arme um seine Hüften und schmiegte die Wange gegen seinen Rücken. Sie liebte seinen männlichen Geruch, das Gefühl, ihn zu berühren. »Wie wäre es mit der Neuen Welt? Ich habe darüber gelesen. Über Carolina. Es wäre ein Neubeginn.«

»Ich habe dir gesagt, dass ich Schottland nicht verlassen will.«

»Ich verstehe.« Zoe atmete tief durch. Sie hasste die Antwort, die sie ihm darauf geben musste. »Dann weiß ich es nicht«, flüsterte sie. »Ich weiß nicht, was wir beide tun können.«

Er hatte keine andere Antwort erwartet. Hölle, es gab keine andere. Aber sie zu hören, das Stocken ihrer Stimme, führte ihm jäh und brutal die Realität vor Augen. Was würde er tun? Keegan holte tief Luft und fragte sich, ob sein Vater eine Antwort gewusst hätte, ob er, Keegan, ein besserer Anführer sein würde, wenn er in Schottland geblieben wäre, auf seinen Vater gehört und an den Aktivitäten des Clans teilgenommen hätte. Aber er hatte ihnen keine Beachtung geschenkt, hatte nur an sich selbst gedacht.

An sein eigenes Vergnügen.

Wenn sein Leben vor diesem nebligen Morgen im Culloden Moor irgendein Ziel gehabt hatte, dann war es die zügellose Erfüllung seiner Sehnsucht nach Vergnügungen und Ausschweifungen. Wie viel besser wäre es für den Clan, wenn Angus noch leben würde, oder Duncan oder sogar William, so jung er auch gewesen war. Jeder seiner Brüder hätte besser gewusst, was zu tun war, als er.

Nicht in der Lage, sich auf seine bedrückenden Gedanken zu konzentrieren, wandte sich Keegan um, nahm Zoe in die Arme und presste sie an sich. Sie schmiegte sich bereitwillig an ihn und hielt ihn genauso fest wie er sie. Keegan schloss die Augen und genoss es, an nichts anderes als an Zoe zu denken. An ihre weiche Haut und ihre sanften Lippen. An die Hitze ihres Körpers und an die Art, wie sie gleich nach leidenschaftlicher Erfüllung für einen Moment bewusstlos zu werden schien. Wie sie bei ihm das Gleiche bewirkte.

Er brauchte jetzt dieses süße Vergessen, brauchte es, nur für einen Moment nicht an all die Leute zu denken, die von ihm abhängig waren. Während seine Zunge in ihren Mund eindrang, presste er ihren Körper mit den Hüften gegen die Wand.

Seine tastenden Finger fanden die Schnürbänder ihres Mieders und lösten sie mit einem Ruck. Er küsste ihre Lippen, das Kinn und die zarte Haut ihres Halses und verharrte kurz, um ihren Puls an der Zunge zu spüren.

Ihre Brüste waren klein und fest und so empfänglich für seine Berührung, dass Keegan aufstöhnte. Er liebkoste sie, neigte sich dann hinab, schob die Hände unter ihre Röcke und streifte sie langsam bis zu ihren Schenkeln hoch. Als ihre Knie nachgaben, hob er sie an. »Schlinge die Beine um mich«, sagte er mit belegter Stimme.

Zoe tat es, doch ihre Glieder schienen ihr nicht gehorchen zu wollen.

»Aye, so ist es gut, Zoe.« Hastig nestelte Keegan an seiner Hose und zog sie herunter, um seine Männlichkeit zu befreien. Zoe öffnete sich für ihn, konnte es kaum erwarten, ihn in sich zu spüren.

Als er in sie eindrang, seufzten sie beide auf, und dann stockte ihnen der Atem, als der wiegende Rhythmus begann. Sie bäumte sich ihm bei jeder Bewegung entgegen, klammerte sich an seinen Schultern fest, gefangen in fieberhaftem Crescendo. Sie glaubte wieder, emporzuschweben, hinauf zu diesem magischen Ort, wo das Leben zu enden und der Himmel zu beginnen schien.

Keegan brachte sie wieder einmal auf den Gipfel, konnte es kaum erwarten, den Ausdruck in diesen rauchgrauen Augen zu sehen, wenn die Lider flatterten und Zoe sie öffnete. Sie wirkte dann stets benommen wie eine Märchenprinzessin, die aus langem Schlaf mit leidenschaftlichen Träumen erwacht. Er fand den Gedanken wild und erotisch.

Er konnte sich nicht mehr zurückhalten, umfasste ihren Po und folgte ihr zu diesem besonderen Ort, an dem ihre Seelen eins zu werden schienen.

Als er die Augen öffnete, lächelte sie das befriedigte Lächeln einer Katze, die den Napf mit der Creme leer genascht hat. Keegan erwiderte dieses Lächeln. Sie bewegte sich leicht hin und her. Er stöhnte auf. Und dann lachten beide.

Es erstaunte Keegan, wie sie bewirken konnte, dass er sich viel besser fühlte. Wenn sie sich liebten, konnte er fast sofort alles vergessen. Dann dachte er sogar nicht mehr daran, dass sie seine Gefangene war.

»Francois sagte, er hätte dich kaum wiedererkannt.«

»So?« Zoe kuschelte sich in Keegans Arme, nicht weit davon entfernt, einzuschlummern. »Das ist albern.«

»Meinst du?« Keegan streichelte zärtlich durch ihr lockiges Haar. »Du hast dich verändert, weißt du.«

»Hm.«

»Die Sonne hat goldene Strähnen in dein Haar gezaubert und deine Wangen gefärbt.«

»Vielleicht sollte ich einen Hut tragen«, sagte Zoe, und Keegan lachte.

Er drückte die Lippen auf ihr Haar. Es gab noch mehr Veränderungen an ihr. Einige fielen auf den ersten Blick auf. Die weichere, rundlichere Figur, ihre Haltung und die glänzenderen Augen. Andere Veränderungen waren subtiler, zum Beispiel der Mangel jeden Klagens über das Essen oder fehlende Ruhe. Alle Veränderungen waren entzückend. Keegan kuschelte sich an sie, ihren Rücken an seiner Brust. Er wollte sie nicht verlieren. Allein bei der Vorstellung wurde ihm das Herz schwer. Dies war eine andere Sorge, die er anscheinend nicht abschütteln konnte.

Keegan verkündete einen Festtag – eine Zeit, an der sich alle versammeln konnten, um zu singen, zu tanzen und zu essen. Wie in den Tagen, als Prinz Charlie den Fuß auf schottisches Land gesetzt hatte. Es würde die erste Ruhepause seit Keegans und Zoes Eintreffen sein, seit die Clanmitglieder ins MacLeod-Tal zurückgekehrt waren.

Gewiss, alle bemühten sich nach besten Kräften, um die Speisekammer zu füllen und das Schloss vor dem Beginn des Winters bewohnbar zu machen, doch das war eine ständige Aufgabe. Und der Druck forderte seinen Tribut unter den Clanmitgliedern. Aus nichtigem Anlass brach Streit aus, die Stimmung war gereizt. Daraus resultierte Keegans Idee für den Festtag. Zoes Begeisterung war alles, was er brauchte, und die war ihm gewiss.

Die Arbeit sollte am Nachmittag eingestellt werden, abgesehen natürlich von der Vorbereitung des Essens, und bei Einbruch der Dunkelheit würde alles für eine Nacht voller Spaß und Fröhlichkeit bereit sein.

Zoe durchsuchte mit den anderen Frauen die unzerstörte Kleiderkammer nach jedem Stückchen Spitze und Borte, um ihre Kleider zu verschönern. Sie frisierten einander und nähten Kleidungsstücke. Diese Kameradschaft war etwas für Zoe, das sie niemals erfahren hatte, und sie liebte sie. Natürlich stichelte Seonaid gelegentlich und machte abfällige Bemerkungen, doch Mary stoppte sie mit scharfen Worten und zog dann Zoe beiseite.

»Sie hat immer von Keegan geschwärmt, obwohl ich

mich nicht erinnern kann, dass er ihr jemals viel Beachtung geschenkt hat. Aber wegen dieser Eifersucht ist sie so scharfzüngig, und du musst sie einfach nicht beachten.«

»Ich hatte nicht vor, Keegans Zuneigung zu gewinnen …« Zoe war sich nicht einmal sicher, ob sie die hatte. Er hatte Verlangen nach ihr, gewiss. Doch sie hatte seit langem erkannt, dass es Liebe war, was sie für ihn empfand, und er hatte das noch nicht angedeutet.

Zoe warf einen Blick zu Seonaid, die sich mit erhobenen Armen im Kreis drehte, um den zusätzlichen Unterrock vorzuführen, den sie gefunden hatte. Sie war ein hübsches Ding, mit feuerrotem Haar und dem entsprechenden Temperament. Zoe fühlte sich im Vergleich zu ihr blass und langweilig.

»Ach, und was wirst du tun?«

Zoe schaute wieder zu Mary, die jetzt mit den Händen auf den Hüften dastand. »Du bist die Auserwählte des jungen MacLeod. Mach dir keine Sorgen wegen Seonaid.«

Zoe lächelte, dankte Mary und bemühte sich, eine rote Schleife in ihr Haar zu stecken. Aber sie fragte sich, was die ältere Frau denken würde, wenn sie erführe, *wie* Keegan sie ausgewählt hatte.

Simon hatte es geschafft, seine Flöten zu retten, als die Soldaten durch das Tal gekommen waren. Es gab auch eine Fiedel und ein Horn, kaum ein erstklassiges Orchester, aber ausreichend, um die Feiernden am Tanzen zu halten. Die Sonne war untergegangen, der Mond stand hoch und die Flammen des Freudenfeuers züngelten in die Luft.

Ein schottischer Volkstanz nach dem anderen wurde gespielt, bloße Füße und schwingende Röcke wirbelten durcheinander. Für Zoe war das Ereignis so großartig wie ein Krönungsball. Sie tanzte und tanzte, wurde von Donuld und Andrew herumgewirbelt, von Cawley, Adair und sogar Françis … und natürlich von Keegan.

Er sah wild und herrlich aus in einem schneeweißen Hemd mit einem schottischen Plaid um die schmalen Hüften und dann über seiner Schulter drapiert. Das Plaid war mit einer silbernen Nadel festgesteckt, die seinem Vater gehört hatte und in einer Ecke vom Schlafzimmer des alten Gutsherrn gefunden worden war. Sein Haar, vor dem Beginn der Feier ordentlich gekämmt, fiel jetzt auf seine Schultern und glänzte wie Kupfer im Feuerschein. Er sah unglaublich gut aus, und Zoes Herz schlug schneller, wann immer sie ihn betrachtete.

Obwohl er mit anderen Frauen tanzte und sie ermunterte, ebenfalls andere Tanzpartner zu wählen, war es Zoe, die beim Essen bei ihm saß, Zoe, deren Schultern er zärtlich drückte, Zoe, die bei ihm stand, als der Mond verblasste und die letzten klagenden Töne von »Will He No' Come Back Again« durch das Tal hallten.

Wird er niemals wiederkommen?
Wird er niemals wiederkommen?
Keiner war geliebt wie er,
Und er wird niemals wiederkommen?

Das Lied trieb ihr Tränen in die Augen, Tränen, die sie nicht ganz verbergen konnte, als Keegan auf sie niederblickte.

»Was ist, Zoe?«

Zoe schüttelte nur den Kopf und lächelte. Sie konnte ihm nicht ihre Gefühle erklären, wenn sie ihr selbst noch rätselhaft waren. War die Liebe zu ihm so stark, dass sie alles um ihn herum einschloss, sein Land ... sogar den Kampf für seine Sache? Dumme Gedanken, aber Zoe wusste, dass sie keine Bedrohung dieses Tals oder des Glücks wünschte, das sie empfand.

Als der Nachthimmel zu verblassen begann, lagen die

meisten der Schotten in tiefem Schlaf, einige in ihrem Schottenrock im Heidekraut ausgestreckt. Zoe schlummerte ein und benutzte Keegans Schulter als warmes Ruhekissen für ihren Kopf. Beim ersten schrillen Ton des Schafhorns kuschelte sie sich fester an seinen Körper. Beim zweiten Alarmsignal setzten sich beide ruckartig auf.

Keegan schnappte sich seine Hose, den Kilt und das Breitschwert. Zoe rappelte sich auf. »Was ist los?« Das Horn ertönte immer wieder.

»In die Hügel, Zoe«, rief er, bevor er aus dem Zimmer rannte. »Lauft alle in die Hügel!«

16

Immer noch schlaftrunken nahm Zoe ihr Kleid und schaute Keegan nach, wollte etwas rufen, sagte dann jedoch nichts. Sicherlich war es ein falscher Alarm, wie es der andere gewesen war. Aber bei dem anderen, als Françis ins Tal gekommen war, hatte das Signal kurz geklungen, nicht wie das lang gezogene Klagen, das jetzt durch die Luft hallte.

Einen Augenblick war sie vor Panik wie gelähmt. Was sollte sie tun? Was? Dann streifte sie, von neuer Energie erfüllt, das Kleid über ihren Kopf. Sie schnappte sich ein Schottentuch, band es über ihre Schulter, zog ihre Schuhe an und lief aus dem Zimmer.

Sie verharrte jäh, als sie den ersten Schuss hörte. Verzweifelt taumelte sie die Treppe hinab, hielt sich am Geländer fest, um nicht auf der breiten Wendeltreppe zu stürzen.

Unten in der Halle herrschte ein großes Durcheinander. Leute liefen hin und her, Mütter riefen nach ihren Kindern, Babys schrien. Zoe entdeckte Françis, als er gerade durch die offene Tür hinausrannte. Der kleine Franzose blickte nach links und rechts. Seine Jacke war geöffnet und flatterte hin und her, der Kopf, für gewöhnlich mit einer Perücke bedeckt, war kahl. Er sah sich um, erblickte Zoe und stürzte zurück zur Treppe.

»Mademoiselle Zoe, Gott sei Dank. Monsieur Keegan schickt mich, damit ich mich um Euch kümmere.« Er packte sie am Arm und riss sie mit.

»Wisst Ihr, was los ist?«

»Non, aber ich kann nur vermuten, dass es die Soldaten sind«, antwortete er mit einem Schauder. »Aber macht Euch keine Sorgen. Monsieur Keegan wird nicht zulassen, dass sie ins Tal gelangen. Kommt jetzt.«

Sie eilten aus dem Haus. Nebel verschleierte den Pfad ins Tal. Zoe verrenkte sich fast den Hals, versuchte etwas zu erkennen, doch nur einmal teilten sich die Nebelschwaden, und sie sah nur einen Teil des Hochlands.

»Mein Gott, schnell, kommt mit!« Ein Strom von Frauen und Kindern bahnte sich einen Weg zwischen den Felsen nach Norden, kletterte in die Hügel und verschwand im Nebel. Francçis war begierig darauf, sich mit Zoe den Flüchtenden anzuschließen.

»Ich sollte zu ihm gehen. Vielleicht kann ich helfen«, rief Zoe verzweifelt.

Gott behüte mich vor sentimentalen Frauen, dachte Francçis. Er bemühte sich, die Ruhe zu bewahren, doch das war beim Kampflärm und dem Schreien der Kinder schwierig. »So könnt Ihr nichts Gutes für ihn tun. Er will, dass Ihr in Sicherheit seid. Er wird entkommen und zu Euch kommen. Aber Ihr müsst dann dort sein.«

Zoe blickte zum Schloss zurück. Der größte Teil der Nahrungsmittel, die sie von den Feldern geerntet und das Bettzeug, das sie gefunden hatten, befanden sich dort hinter den grauen Steinwänden, und was im Schloss zurückgelassen wurde, würde ihnen nichts nutzen. Aber es ließ sich nicht ändern. Traurig wandte Zoe wieder den Kopf und folgte den Frauen und Kindern.

Francçis war bereits ein paar Schritte voraus auf dem Pfad. »Kommt, kommt, Mademoiselle Zoe«, drängte er.

Vor ihm stapfte mühsam Mary dahin, ihr Sohn Justin hing an ihren Röcken. Zoe beschleunigte ihre Schritte. Als sie auf gleicher Höhe mit der rothaarige Mary war, sagte sie:

»Lass mich helfen.« Sie hob den Knirps auf einen Arm und hielt ihn an der Hüfte.

Ihrer Last entledigt, konnte Mary besser mit den anderen Schritt halten. Sie stiegen höher und bahnten sich einen Weg um Felsen, die im Grau des Morgens schroff und abweisend wirkten. Achtzehn Frauen und Kinder waren auf dem Weg in die Hügel, um sich zu verstecken, und jeder davon war auf irgendeine Weise mit den Männern verbunden, die zurückgeblieben waren, um das Tal zu verteidigen. Es war eine traurige Gruppe, aber sie kannten ihre Pflicht.

Ihr Geist schien auch Zoe zu durchdringen. Sie wünschte zwar nichts mehr, als zurückzukehren, doch sie stapfte weiter hügelan und hielt nur einmal, um über einen Schwindel erregenden Abgrund zu spähen. Tief unten sah sie das Wasser im Tal. Es schimmerte in der Morgendämmerung. Sie konnte den dunklen Umriss des Schlosses erkennen, sonst jedoch nichts.

Fast eine Dreiviertelstunde später erkannte Zoe, dass sie keine Schüsse mehr hörte.

Sie versuchte, nicht daran zu denken, was dort unten geschehen sein mochte, aber sie konnte die Gedanken nicht verbannen. War Keegan tot? Befand sich ihr Bruder bei diesen britischen Soldaten? Im Gegensatz zu den anderen Wanderern auf dem Berghang war sie gegenüber den Männern auf beiden Seiten des Schwertes loyal.

Der Kleine auf ihren Armen begann zu quengeln, sah mit Augen, die blau wie ein Sommerhimmel waren, zu ihr auf.

»Ich bin nicht deine Mama, ich weiß«, sagte sie beruhigend. »Aber sie ist bei uns, und alles wird gut werden.«

Sie hoffte nur, diese Worte glauben zu können.

»Sie haben sich in diesem verdammten Nebel und Regen zurückziehen können«, sagte der Sergeant und erinnerte sich daran, schnell »Sir« seiner Meldung hinzuzufügen. Fox grüßte schneidig und ließ den Mann wegtreten. Dann schritt er zu dem erkalteten Kamin, in den die Bilder mythischer Tiere gemeißelt waren. Fox schlug mit der Handfläche auf einen Schlangenkopf und fluchte.

»Wo ist dieser Bastard MacLeod?« Noch wichtiger, fügte er in Gedanken hinzu, hat er immer noch Zoe bei sich? Er hatte den Übergriff im Morgengrauen mit der Hoffnung geplant, beide zu finden ... zu ihr zu gelangen, bevor die verdammten Schotten ihr etwas antun konnten. Das hieß, sofern sie nicht bereits tot war.

Aber er hatte nicht mit den Beobachtungsposten gerechnet. Hölle, er hatte nicht einmal mit Sicherheit gewusst, ob überhaupt jemand da sein würde. Aus irgendeinem Grund hatte er fast das Gefühl gehabt, die Gedanken des Schotten lesen zu können. Keegan MacLeod war ein stolzer Mann, arrogant obendrein. Er würde die Konfiszierung seines Besitzes nicht einfach hinnehmen. Das nahm Fox jedenfalls an. Und er hatte Miss Phelps eine Nachricht hinterlassen, dass er hier sein würde. So hatte er sich auf die Suche gemacht. Und er hatte sie gefunden ... MacLeod und was von seinem Clan übrig geblieben war.

Nur hatte er ihn nicht gefangen nehmen können – er hatte überhaupt keinen Gefangenen gemacht.

Abermals schlug er gegen den kalten Kamin.

Es war noch nicht vorüber.

Die Höhlen lagen hoch in den Hügeln, verborgen selbst vor dem ausdauerndsten Kletterer ... und vor dem verzweifeltsten. Zoe und die anderen trafen dort am frühen Nachmittag ein. An die Sonne konnten sie sich nur vage erinnern an diesem Tag, als der Nebel sich verdichtete und Nieselregen einsetzte, als weinten die Berge.

Die Höhlen boten Schutz vor dem Regen, auch wenn es

drinnen ein wenig feucht war. Als Zoe eine davon betrat, erinnerte sie sich, wie sie und Keegan dem Sturm entkommen waren und in der Höhle Unterschlupf gefunden hatten, dieses Mal war es der triste Nieselregen des schottischen Hochlands, vor dem sie flüchteten.

Glücklicherweise gab es wenigstens einige Vorräte. Keegan und die Männer hatten sich nicht von dem Wunsch, im Tal ihrer Ahnen zu bleiben, blenden lassen. Von Anfang an hatten sie Proviant in den Höhlen gelagert.

Einige der Frauen, die hier schon gehaust hatten, nachdem Castle MacLeod zum ersten Mal von englischen Soldaten eingenommen und geplündert worden war, gewöhnten sich schnell ein. Sie brachten Torffeuer in Gang, um die Kälte zu vertreiben und einen großen Topf Hafergrütze zu kochen.

Zoe aß mit den anderen, kümmerte sich mit ihnen um die Kinder, obwohl fast alle in ihrer Umgebung zurechtkamen und sich mit der Lage abfanden wie ihre Mütter. Keiner erwähnte die Männer. Es wurden keine sinnlosen Fragen gestellt, es gab kein Weinen oder Klagen. Aber Zoe wusste, dass sich die Gedanken und Gebete aller um die Abwesenheit der Männer drehten.

Was war mit ihnen geschehen? Inzwischen war es Abend, und die Temperatur war gefallen. Alle hatten sich in ihr Schottenplaid gehüllt. Doch die Männer waren noch nicht gekommen. Nur Francois war anwesend. Zoe konnte die unausgesprochene Frage in seinen Augen lesen. Doch im schottischen Hochland wurden keine Fragen gestellt.

So taten die Frauen, was sie tun mussten. Als sich die Dunkelheit wie eine Decke über ihnen ausbreitete, suchten sie Trost im Schlaf. Vielleicht half das einigen, Zoe drehte und wälzte sich jedoch, döste nur dann und wann ein, um aus einem Albtraum aufzuschrecken, der zu real zu sein schien.

Als sie erwachte, stellte sie fest, dass der Nebel dichter war, als sie ihn jemals gesehen hatte, und es nicht das geringste Anzeichen auf Sonne gab. Am späten Morgen schien sie jedoch schwach. Gegen Mittag tauchten die ersten der Männer auf der Lichtung vor den Höhlen auf.

Einige waren verwundet, alle waren erschöpft und hungrig, und Zoe arbeitete mit den anderen Frauen, um sie zu versorgen. Sie verband Wunden, fütterte Verwundete mit Haferschleim, und die ganze Zeit irrte ihr Blick zu dem V-förmigen Spalt in den Felsen, der zu dem Pfad führte.

»Aye, MacLeod war bei uns. Er gab uns den Befehl zum Rückzug, als die verdammten Bastarde angriffen.« Donuld hockte sich an das Feuer, die knorrigen Hände zu Fäusten geballt. Zoe kauerte sich neben ihn, einen Napf mit Haferschleim in den Händen, doch er stieß die dargebotene Nahrung von sich, zu aufgewühlt, um zu essen, wie er sagte.

»Hat er sich mit euch zurückgezogen?«

Er sah ihr in die Augen, und seine Stimme klang mitfühlend, als er sagte: »Ich wünschte, ich wüsste das.«

So wartete Zoe und gab vor, so stoisch zu sein wie die anderen. Es wurde über die englischen Soldaten gesprochen, über ihre Waffen und ihre Entschlossenheit.

»Wir sahen den Rauch ebenfalls aus dem Tal aufsteigen.«

»Sie haben Castle MacLeod ein zweites Mal niedergebrannt.«

»Aye, aber wir werden zurückkehren. Wir sind MacLeods und haben ein Geburtsrecht auf dieses Land.«

Aber zu welchem Preis, dachte Zoe. Zwei Männer waren noch nicht zurückgekehrt. Zwei von elf Männern, die geblieben waren, um das Land zu verteidigen.

Der Wind wehte vom Ozean und war kalt. Zoe saß in ein Schottenplaid gehüllt am niedergebrannten Feuer und starrte in die weiße Asche. Die anderen Frauen waren in den Höhlen, hatten sich für eine weitere Nacht hingelegt wie alle Männer außer zweien. Donuld und Cawley hockten auf einem Felsbrocken, von dem aus sie einen Blick hinab über den Berghang hatten. Sie hielten Wache. Selbst hier, einen Schritt vom Himmel entfernt, waren sie nicht sicher.

Mit einem Seufzen stand Zoe auf und reckte sich. Ihre Rückenmuskulatur schmerzte. Als sie sich aufrichtete, blickte sie noch einmal dorthin, wo sie die verschwommenen Umrisse der beiden Männer auf Wache gesehen hatte. Sie waren verschwunden!

Ohne zu denken ging Zoe über die Lichtung, und ihre Schritte wurden immer schneller. Als sie die Felsen erreichte, lief sie bereits. Wenn die Engländer aufgetaucht wären, hätten die Wächter Alarm geschlagen. Sie mussten etwas oder jemanden gesehen haben, was sie veranlasst hatte, ihren Posten zu verlassen.

Zoe stieß einen Schrei aus, als sie die Männer entdeckte, die den Pfad hinaufstiegen, Keegan in ihrer Mitte. Beide stützten ihn, halfen ihm über Felsbrocken, aber das war Zoe gleichgültig. Er lebte, und die Erleichterung, die in ihr aufstieg, war in ihrer Stärke fast schmerzhaft.

Er hob den Kopf, als er sie hörte. Ihre Blicke trafen sich, und dann war sie bei ihm, schlang die Arme um seine Hüften, schluchzte an seiner Brust. Und Keegan hatte das Gefühl, heimgekommen zu sein.

Zoe löste sich von ihm, als sie etwas Warmes und Feuchtes an ihrem Arm spürte. »Du bist verwundet.« Das hätte sie erkennen müssen, als sie bemerkt hatte, dass die Männer ihm halfen, doch der Gedanke kam ihr erst jetzt. »Wir müssen ihn zu den Höhlen bringen.«

»Es ist alles in Ordnung. Ist nur ein Kratzer«, behauptete Keegan. Aber er lehnte es nicht ab, sich auf eine Schulter zu stützen, als er über die Felsbrocken kletterte.

Zoe eilte voraus, lief in die Höhle und breitete eine Decke aus, auf die er sich legen konnte. Sie zündete ein paar Äste an, um Licht zu haben, und füllte eine Schüssel mit Wasser.

»Hierher«, drängte sie, als Keegan, gestützt von Cawley, auf die Lichtung trat. Doch Keegan schüttelte den Kopf.

»Zuerst muss ich mit Mary MacLeod sprechen«, sagte er, und seine Haltung straffte sich.

»Kann es nicht warten?« Zoe sah, dass seine Züge Schmerz widerspiegelten, als er sich weiterhin bemühte, aus eigener Kraft zu stehen. »Du musst dich ausruhen.«

»Ich muss mit Mary sprechen«, wiederholte er und presste die Lippen zusammen. »Es ist meine Pflicht.« Seine Stimme wurde weicher. »Aber vielleicht solltest du mit mir kommen.« Er ergriff Zoes Hand. »Ich befürchte, sie wird den Trost einer Frau nötig haben.«

»Adair?« Zoe glaubte nicht mehr atmen zu können.

»Aye. Es hatte ihn schlimm erwischt. Schusswunde. Ich lief zu ihm zurück und schleppte ihn mit. Aber er konnte kaum gehen.« Keegan wischte sich mit dem Handrücken über die schmutzige Stirn. »Aber wir schafften es bis gestern Nacht. Wir rasteten, weil wir zu erschöpft waren und uns kaum noch auf den Beinen halten konnten.« Keegan schüttelte den Kopf in der Erinnerung. »Und da starb er.«

»Du hast getan, was du tun konntest.« Zoe trat näher zu ihm hin.

»Aye.« Keegan nickte langsam. »Leider ist es anscheinend nie genug.«

Er überbrachte Mary die schreckliche Nachricht, auf die sie sich bereits seelisch vorbereitet hatte.

»Ich wusste, dass er nicht zu mir zurückkommt, aber er starb, indem er tat, was er wünschte . . . indem er seine Kinder und mich verteidigte ... und die MacLeods.« Die Frau starrte Keegan mit trockenen Augen an. »Du hast ebenfalls alles für den Clan getan wie dein Cousin, und du brauchst den Kopf nicht hängen zu lassen.« Mary ließ sich auf einen moosbedeckten Felsbrocken sinken und blickte zu den Sternen empor. »Du musst behandelt werden. Ich könnte dich verbinden, aber ich glaube, Zoe wird ihr Bestes tun.«

»Soll ich eine der anderen Frauen zu dir schicken?« Zoe kniete sich vor Mary und ergriff ihre kalten Hände. »Du solltest nicht allein sein.«

»Nein, ich bin gern eine Weile allein. Und jetzt geht, bevor dein Mann verblutet.« Zu Keegan sagte sie: »Danke für das, was du für meinen Adair getan hast. Ich bin dir wirklich dankbar. Adair mochte dich wie einen Bruder.«

»Meinst du, es ist richtig, sie allein zu lassen?«, flüsterte Zoe, als sie eine der Höhlen betraten. »Sie wirkte so traurig und einsam.«

»Trauer ist eine einsame Sache«, erwiderte Keegan und ließ sich mit einem Seufzen auf den Boden sinken. »Ich werde nach einer Weile wieder nach ihr sehen.«

Dazu kam es jedoch nicht, denn Keegan hatte kaum ausgesprochen, als er das Bewusstsein verlor.

»Françis«, rief Zoe den Franzosen, der ein paar Meter entfernt schlief. Er regte sich, öffnete die Augen und rappelte sich eilig auf.

»Mein Gott, was ist mit ihm geschehen?«

»Ich bin mir nicht sicher, aber ich brauche Hilfe, um ihn herumzudrehen.«

Zusammen wälzten sie Keegan auf die Seite und zogen ihm das blutgetränkte Hemd aus. Als von neuem Blut aus der Wunde quoll, wandte sich Françis ab und hielt die Hände vors Gesicht.

»Bitte gebt mir dieses Tuch.« Den Blick auf Keegan

gerichtet, gestikulierte Zoe mit ausgestrecktem Arm. Sie erhielt keine Reaktion, drehte den Kopf und sah die abgewandte, verkrampfte Haltung des Dieners und sein blasses Gesicht, als er die Hände davon wegnahm und aufblickte. »Was ist los?«

»Das Blut«, Francois hielt eine Hand auf den Mund. »Ich konnte es nie sehen, selbst wenn ich Monsieur Keegan beim Rasieren auch nur einen winzigen Schnitt zugefügt hatte.« Er biss sich auf die Unterlippe. »Er sagte mir, es sei nicht schlimm. Und dann versuchte ich mein Bestes, um ihn nicht noch einmal zu schneiden.«

Vor dem Anblick von Blut hatte sich Zoe niemals gefürchtet. Im Laufe der Jahre war sie so oft geschröpft worden, dass es ihr nichts ausmachte, Blut zu sehen. Sie griff nach den Utensilien, die sie auf dem Felsenboden bereitgelegt hatte.

»Es tut mir Leid.« Francois holte tief Luft. »Vielleicht kann ich ...«

»Nein, ich komme jetzt gut zurecht.« Zoe tunkte ein Stück Stoff in Wasser und drückte es auf Keegans Seite. Als sie das Tuch ausspülte, nahm das Wasser einen kupferfarbenen Schimmer an. Sie hörte Francois würgen. »Aber ich möchte, dass Ihr Euch um Mary kümmert, wenn es Euch nichts ausmacht. Sie ist draußen ganz allein. Und Keegan musste ihr mitteilen, dass Adair tot ist.«

»Mehr braucht Ihr nicht zu sagen.« Die Haltung des Franzosen straffte sich. »Ich werde sie trösten.« Er zögerte. »Aber wenn Ihr meine Hilfe braucht ...«

»... dann werde ich Euch rufen«, vollendete Zoe. Als Francois fort war, konzentrierte sie sich darauf, das Blut abzuwaschen. Es war eine Stichwunde, zugefügt von einem Säbel oder Messer, und vermutlich wäre sie nicht so ernsthaft gewesen, wenn sie früher behandelt worden wäre. Jetzt konnte Zoe sie nur säubern und fest verbinden. Danach deckte sie Keegan mit einer Decke zu, schüttete das schmutzige Wasser fort und setzte sich hin, um bei ihm zu wachen.

Sie war fast eingenickt, die Hand auf seiner heißen Stirn, als seine Albträume begannen. Zoe schreckte auf, nahm ein sauberes Tuch und tunkte es in kühles Wasser. Sie drückte das feuchte Tuch auf seine Stirn, doch Keegan schlug weiterhin um sich und fantasierte.

Er kämpfte wieder.

Zuerst dachte Zoe, er erlebe den Kampf um das Tal vor drei Tagen noch einmal, doch dann wurde ihr klar, dass seine Gedanken im Drummossie Moor bei Culloden waren. Er sah, wie sein Bruder William starb. Dann Angus. Und Duncan. Tränen rannen über Zoes Wangen, als er das Schicksal verfluchte und sie den Zorn in seiner Stimme hörte.

»Pst, mein Liebster.« Zoe versuchte ihn zu beruhigen, doch er bäumte sich so heftig auf, dass sie befürchtete, seine Wunde könnte aufbrechen. »Keegan, du musst dich beruhigen.«

»Dad! Nein! Ich werde dich retten, Vater!«

»Keegan, bitte, sei ruhig.«

»Es tut mir so Leid, Vater. Ich habe ihm vertraut.«

»Keegan, du blutest wieder.«

»Ich habe ihm vertraut, Dad. Ich weiß nicht, warum, und er hat mich belogen. Der verdammte englische Lord hat mich belogen.«

»Keegan, bitte!« Zoe schluchzte jetzt. Sie hielt die Hände auf seinen Schultern, und ihre Tränen tropften auf seine Brust. »Bitte, beruhige dich.«

Keegan öffnete die Augen, aber Zoe bezweifelte, dass er sie wahrnahm. Er wurde jedoch ruhiger, glitt in einen gnädigen Schlaf, und Zoe hatte Zeit, um über seine Worte nachzudenken.

Zwei Tage und Nächte lang sank Keegan von einem Schlaf in den anderen; Zoe wischte ihm immer wieder den Schweiß mit kühlem Wasser ab. Sie versuchte ihn mit Haferschleim zu füttern, träufelte Wasser in seinen Mund und lehnte jedes Hilfsangebot von anderen ab. Sie schlief nur ein paar Stunden und sackte erschöpft zusammen, wenn François versprach, über seinen Herrn zu wachen.

Aber es war Zoe, die Keegan sah, als er die Augen öffnete und sie zum ersten Mal seit Tagen klar waren. Er versuchte zu lächeln, doch es schien ihn zu sehr anzustrengen, und so lächelte Zoe für ihn.

»Du bist wach. Und ich glaube …« Sie berührte seine Wange über den dunklen Bartstoppeln. »Ja, das Fieber ist fort.«

»Wie lange …?« Seine Stimme klang krächzend.

»Du bist seit zwei Tagen zurück. Erinnerst du dich, dass du zu den Höhlen gekommen bist?«

»Kaum.«

»Es ist nicht wichtig.« Zoe ergriff seine Hand und war überrascht, als sie seinen festen Händedruck spürte. »Nichts zählt jetzt, da du wieder gesund bist.«

Das war natürlich kaum der Fall. Das Leben ging weiter für die kleine Gruppe der Renegaten, während Keegans Wunde heilte und er kräftiger wurde. Da waren Mahlzeiten zuzubereiten, Waffen zu reinigen, aber wenig mehr zu tun, außer herumzusitzen und sich Sorgen zu machen. Die Männer waren führerlos und wussten nicht, was sie mit sich anfangen sollten.

Zoe erwähnte das eines Nachmittags, als Keegan im Sonnenschein bei einem Wasserfall saß, der über die Felsen plätscherte.

»Was würdest du sie an meiner Stelle tun lassen?« Keegan nahm einen Stein und warf ihn ins Wasser.

»Ich würde sie jagen lassen. Hütten bauen lassen. Torf

stechen lassen. Wir können nicht ewig von Haferschleim leben.«

»Hölle, Zoe, wir können nicht ewig *überleben*.« Ein weiterer Stein schnellte über das Wasser.

»Dann war's das also? Du gibst auf? Gibst einfach auf?«

»Nein.« Keegan schnitt eine Grimasse, hielt sich die Seite und lehnte sich dann vorsichtig zurück gegen den moosbedeckten Felsbrocken. Er hasste es, zur Untätigkeit verdammt zu sein, unfähig, sich zu bewegen, wie er das wünschte. »Aber ich weiß nicht, was ich tun soll. Die Engländer haben Castle MacLeod von neuem niedergebrannt.«

»Ich weiß.«

»Diesmal bezweifle ich, dass genügend Nahrung übrig geblieben ist, um eine Meise zu füttern.«

»Wir müssen nicht ins Tal zurückkehren.«

»Und wo sollen wir leben? Hier?« Mit einer umfassenden Handbewegung wies Keegan in die Runde.

»Ich weiß es nicht. Aber diese Leute brauchen dich, suchen deine Führerschaft . . .«

»Dann sollten sie woanders suchen. Was ich bis jetzt getan habe, ist kaum als meisterhaftes Führen zu bezeichnen.«

»Meinst du, jemand hätte seine Sache im Tal besser machen können? Du hast uns mit deiner Planung alle gerettet, Keegan.«

»Sag das Adair.«

»Ja, Adair ist gestorben. Das ist schrecklich, aber sieh dir all diejenigen an, die deinetwegen entkommen konnten.« Zoe rückte näher an ihn heran. »Niemand hätte es besser machen können.« Sie sah bei ihm die Andeutung eines Lächelns und berührte seine Wange. Er legte seine Hand auf ihre.

»Das ist nicht das, was ich von einer zerbrechlichen Rose wie dir zu hören erwartet hätte, Lady Zoe.«

»Vielleicht bin ich nicht so zerbrechlich wie du denkst.« Sie neigte sich vor und presste die Lippen auf seinen Mund.

17

»Ich meine, du solltest hier bleiben.«

»Darf ich aus deinen Worten schließen, dass du meine Gesellschaft vermissen wirst, wenn ich fort bin?« Keegan sagte es leichthin. Nur der Ausdruck in den Tiefen seiner grünen Augen, als er Zoes Schultern umfasste und sie zu sich drehte, verriet seine Gefühle.

Zoe kannte die Macht, die dieser Ausdruck seiner Augen über sie hatte. Sie wusste, welche Macht *er* über sie hatte. Mit einem Schulterzucken löste sie sich aus seiner lockeren Umarmung. »Du hast dich noch nicht erholt.«

»Spricht da Miss Phelps oder ihre Patientin?« Keegan schritt zum Rand des Plateaus. Die Sonne strahlte, doch die Luft war durch eine starke Brise von der See abgekühlt.

»Du brauchst Miss Phelps nicht ins Spiel zu bringen. *Jeder* halbwegs vernünftige Mensch würde mir zustimmen, dass deine Wunde nicht genügend verheilt ist, um … um …«

»Damit auf einen Raubzug zu gehen?«, fragte Keegan über die Schulter und grinste, als er sah, dass sich ihre Augen verengten. Sie hatte zwar darauf gedrängt, dass die Männer etwas tun sollten, um für den Clan Nahrung und Vorräte zu beschaffen, doch sein Plan missfiel ihr.

Aber im Moment war er anscheinend nicht bereit, mit ihr über diesen Punkt zu streiten. Sie holte tief Luft, straffte die Schultern und trat neben ihn.

»Vor ein paar Nächten hast du noch im Fieber fantasiert.«

»Aye, und ich habe dir zu verdanken, dass es mir wieder gut geht.«

»Es geht dir noch *nicht* gut.« Zoe wischte eine Haarlocke weg, die ihr der Wind ins Gesicht blies. »Du hast dich noch nicht genügend erholt. Wie könnte es dir in der kurzen Zeit auch wieder gut gehen?«

»Zoe.«

»Nein.« Sie stieß den Arm fort, den er nach ihrer Schulter ausstreckte. »Versuch nicht, das leichthin abzutun.« Sie trat aus seiner Reichweite. »Deine Wunde ist kaum verheilt. Was ist, wenn sie aufbricht?«

»Nachdem du sie so gut versorgt hast? Ich wette, dass die Naht hervorragend hält.«

»Spotte nicht.« Sie hatte nie mehr als die Grundbegriffe des Nähens gelernt, denn Miss Phelps hatte befürchtet, dass solche Feinarbeit schlecht für ihre Augen sein würde. Aber als seine Wunde nicht verheilte, war ihr klar geworden, dass sie genäht werden musste.

»Es ist unfair, Zoe, mich zu beschuldigen, ich würde dich verspotten.« Er zog sein Hemd aus dem Kilt und entblößte die Narbe an seiner Seite. Zoe blickte schnell von dem Zickzack der großen Naht weg.

»Du bist noch schwach«, sagte sie ärgerlich, wandte ihm den Rücken zu und verschränkte die Arme vor den Brüsten. Sie schloss die Augen, als sie seine warmen Lippen an der Seite ihres Halses spürte. Ein Gefühl der Hilflosigkeit stieg in ihr auf, als er die Arme um sie legte und sie an sich zog.

»Du kränkst mich, Zoe.« Seine Stimme klang wie ein tiefer, prickelnder Hauch an ihrem Ohr. »Ich dachte, ich hätte dieses Argument gestern Nacht ein für alle Mal widerlegt.«

Zoe schloss die Augen. Die Erinnerungen an ihr Liebesspiel in der vergangenen Nacht war noch stark genug, um köstliche Schauer in ihr auszulösen. Sie hatten einen Spaziergang im Mondschein unternommen, wie Keegan es bezeichnet hatte. Und er hatte ihr gezeigt, dass es ihm nicht an Kraft mangelte. Kein kranker Mann konnte so ausdauernd sein, wie er es gewesen war.

Und danach, unter seinem Schottentuch und Arm in Arm, hatte er ihr von seinem Plan erzählt, die Festung der königstreuen Campbells in Lochgreggan zu überfallen.

»Ihr seid zu wenige«, wiederholte Zoe eines ihrer Argumente der vergangenen Nacht.

»Wir haben die Überraschung und das heimliche Vorgehen auf unserer Seite.« Seine Verteidigung des Plans hatte sich nicht verändert.

»Es ist nicht nötig, dass ihr es tut.«

»Zoe.« Trotz ihres Widerstands, drehte Keegan sie in seine Arme. Sein Kinn ruhte auf ihrem Kopf, und er starrte auf das Meer hinaus, während er sprach. »Ohne Proviant werden wir hier oben verhungern.«

»Es muss einen anderen Weg geben.« Die Worte klangen gedämpft an seiner Schulter.

»Es gibt keinen.« Keegan holte tief Luft. »Zum Überleben brauchen wir Pferde und Vieh, Lebensmittel und Munition.« Er zog sie näher an sich und schloss deprimiert die Augen, denn er befürchtete, dass selbst mit diesen Dingen der Clan kaum einen Winter im Hochland überstehen konnte.

Sie öffnete bereits den Mund, um ein anderes Argument zu äußern, doch dann schloss sie ihn langsam wieder. Sie zog sich auf Armlänge von ihm zurück und sagte stattdessen: »Ich will nicht, dass du mich verlässt.«

Bei ihren Worten und den Tränen, die plötzlich in ihren Augen schimmerten, wurde es Keegan warm ums Herz. Er umfasste ihr Gesicht mit beiden Händen, wischte die Tränen mit den Daumen fort und schaute in ihre Augen. »Ich werde zu dir zurückkommen, meine englische Rose. Das verspreche ich dir.«

Als er sie küsste, bäumte sie sich ihm entgegen, sagte sich, dass sie dieses Versprechen gebraucht hatte. Sie hoffte, dass sich seine Wort als prophetisch erweisen würden, klammerte sich an ihn und wünschte, ihn nie wieder loslassen zu müssen. Natürlich erfüllte sich dieser Wunsch nicht.

Vier Tage später war sie wieder in seinen Armen.

Keegan glitt von einem zottigen Hochland-Pferd, warf die Zügel François zu, bevor er sich zu ihr neigte und sie vor allen küsste. Sie lachte und weinte zugleich, und Keegan fand, dass sie nie schöner ausgesehen hatte. Die Sonne hatte ihr Haar gebleicht, bis die goldenen Strähnen fast das Braun übertrafen. Ihr Teint war gesund, und die Augen glänzten. Ihr Anblick nahm ihm den Atem.

Er fühlte sich wie ein siegreicher Held, wie ein Kreuzritter, der zu seiner Geliebten heimkehrte und dessen Satteltaschen mit Schätzen gefüllt waren.

Die Frauen und Kinder und die Männer, die zu jung oder zu alt waren, um an dem Beutezug teilzunehmen, umringten ihn und die anderen. Widerstrebend gab Keegan Zoe mit einem letzten zärtlichen Kuss frei.

»Was habt ihr mitgebracht?«

»Seid ihr auf die verdammten Engländer gestoßen?«

»Was war mit den Campbells? Leben noch einige von ihnen?«

Keegan lachte, als diese Fragen auf ihn einprasselten. Er zog Zoe mit und bahnte sich einen Weg durch die Versammelten. »Macht uns Platz, und wir zeigen euch allen, was wir mitgebracht haben, nicht wahr, Cawley?«

»Aye, so ist es.« Cawley und die anderen Männer luden eifrig die Lasten von den erbeuteten Pferden. Die Tiere waren fortgetrieben und aneinander gebunden worden wie das wenige Vieh, das sie den Berg hinaufgetrieben hatten.

Während der Clan zuschaute, packten die Männer Beutel mit Getreide, Stoffen und Käselaiben aus.

»Wie seid ihr an diese Dinge gekommen?«, fragte Zoe, als Keegan sich zurücklehnte und die Gesichter der Frauen beobachtete, während Cawley einen Karton mit Nadeln, Garn und Haarnadeln öffnete.

»Wenn du fragst, ob wir sämtliche Besitzer erschlagen haben, lautet die Antwort ›Nein‹, liebe Zoe.« Er grinste, als sie ihm versicherte, dass sie ihn nie zu einer solch blutrünstigen Tat fähig gehalten hätte.

»Ich habe Campbell House einfach durch die Vordertür betreten, so selbstverständlich wie du dir denken kannst. Sie waren mehr als bereit, ihren Besitz mit mir zu teilen.«

»Du sagst nicht die Wahrheit, Keegan MacLeod. Ich glaube kein Wort davon.«

»Aber Zoe, Liebste, es kränkt mich, wenn du mein Wort anzweifelst.« Er schlug die Augen mit den dichten, dunklen Wimpern nieder. »Aber um ehrlich zu sein, muss ich zugeben, dass mehr die Pistole, die auf ihre schwarzen Royalisten-Herzen zielte, als meine gewinnende Art es war, die uns die meisten Dinge verschaffte.«

Sie konnte nicht anders, sie musste lachen. Er war zurück und wohlauf. Und all die anderen ebenfalls. Sie hatten erbeutet, was sie dringend benötigten, das reichte, um zu vergessen. Zu vergessen wie sie, Zoe, hierher gekommen war, dass sie eigentlich nicht hierhin gehörte . . . alles.

Nur Seonaid war stets in der Nähe, um sie daran zu erinnern.

»Ich weiß nicht, warum sie die Sachen verteilen darf.« Seonaids Flüstern war laut genug, dass alle Frauen es hören konnten, einschließlich Zoe. »Sie ist nur eine Engländerin … und Keegans Hure.«

Zoes Hand verharrte auf dem Stapel Leinentücher, die sie aushändigte. Stille senkte sich über die Gruppe der Frauen, die noch vor einem Moment fröhlich über die von Keegan und den Männern erbeuteten Waren geplappert hatten.

Unvermittelt warf Mary ein, wie gut der Käse nach der Zeit schmeckte, in der sie sich nur von Hafer ernährt hatten, doch ihre Stimme klang unnatürlich schrill. Zoe blickte zu ihr hin und dankte ihr stumm, weil sie die Aufmerksamkeit von Seonaids Worten abgelenkt hatte, doch sie sagte sich, dass es am besten war, der gehässigen Frau die Stirn zu bieten. Sie straffte die Schultern.

»Keegan hat mich gebeten, dies zu tun, Seonaid. Genauso wie er Cawley gebeten hat, sich um das Vieh zu kümmern, und Francçis, die Lebensmittel zu lagern. Ich mag Engländerin sein, doch ich bin im Augenblick in der gleichen Lage wie du … verstecke mich in diesen Bergen.«

Seonaids Blick glitt von einer Frau zur anderen, um Verbündete gegen diese Außenseiterin zu finden. Als niemand ihrem Blick standhielt, versteifte sie sich. »Nun, es ist nicht genau die gleiche Lage wie unsere, nicht wahr? Ich bezweifle, dass die Soldaten dich töten werden, wenn sie uns finden.«

Das war ein Punkt, der kaum zu bestreiten war.

»Und außerdem sind wir entweder gottesfürchtige verheiratete Frauen oder wir haben keinen Mann. Wir schlafen nicht mit jemandem in der Hoffnung, ihm den Kopf zu verdrehen.«

»Das reicht, Seonaid«, rief Mary. »Ich könnte mir denken, dass du selbst dem jungen Laird schöne Augen machen würdest, wenn er dich eines Blickes würdigte. Du kannst Zoe nicht die Schuld daran geben, dass er sich nicht für dich interessiert.«

»Danke, Mary, für deine Unterstützung, aber ich finde, das ist eine Sache zwischen Seonaid und mir.« Zoe holte tief Luft. »Ich habe nicht darum gebeten, hier zu sein. Oder England zu verlassen, was das anbetrifft. Aber ich bin jetzt hier. Und ich ... ich liebe Keegan MacLeod.«

»Aye, aber liebt er dich oder die verbotene Frucht, die du ihm gegeben hast?«

Es gab einen Laut wie ein scharfes Einatmen von allen anwesenden Frauen, und Zoe bemerkte, dass alle sie anblickten, sogar Mary. Außerdem war es eine Frage, auf die sie mehr als auf alles andere selbst die Antwort wissen wollte. Aber sie wusste sie nicht.

Seonaid spürte offenbar Zoes Widerstreben, etwas auf ihre Frage zu erwidern, denn ein hämisches Grinsen breitete sich auf ihrem Gesicht aus, und sie setzte nach. »Natürlich würde er das beantworten, wenn er um deine Hand anhalten oder auch nur andeutete, dass er dich heiraten will. Hat er das getan, Lady Zoe?« Ihre Stimme klang verschlagen.

Zoe konnte ihr nicht die Wahrheit sagen, doch das Lügen war anscheinend zu schwer. Außerdem war dem Mädchen und ebenfalls den anderen anzusehen, dass sie die Antwort bereits kannten.

»Der MacLeod hat in diesen Tagen anderes im Sinn, als seine Hochzeit zu planen«, sagte Mary. Aber es war offenkundig, dass sie das Wort nur ergriff, weil sie Zoe besonders nahe stand.

»Du wirkst ein bisschen nachdenklich.«

Vier Tage waren vergangen, und es war Abend. Zoe saß mit Keegan am Feuer, das ständig vor den Höhlen brannte.

»So?« Zoe zog die Beine an und stützte sich mit dem Kinn auf die Knie.

»Hm.« Keegan strich eine Locke, die sich gelöst hatte, hinter ihr Ohr zurück. »Es ist ungewöhnlich, dass du so wenig redest.«

Zoe wandte sich ihm zu und lächelte. »Rede ich sonst zu viel?«

»Nein.« Er grinste, und seine Zähne schimmerten weiß in seinem gebräunten Gesicht.

»Ich hätte dir eine andere Antwort zugetraut.« Zoe streckte die Beine aus und blickte zum ersten Stern auf, der heute am dunklen Himmel zu sehen war.

»Du meinst das Geschwätz über Miss Phelps?« Als sie nickte, zuckte Keegan die Achseln. »Ich kann nicht sagen, dass du den Namen in jüngster Zeit erwähnt oder sie zitiert hast.« Keegan schwieg kurz, als Zoe nicht darauf reagierte. Er neigte sich vor und versuchte, im Halbdunkel ihr Gesicht zu sehen. »Ich wollte die Alte nicht beleidigen.«

Zoes Lachen war spontan. »Das werde ich ihr bestimmt sagen.« Als die Worte heraus waren, wurde ihre Miene wieder ernst, und sie blickte fort. Wie konnte sie der Frau irgendetwas sagen, wenn sie Miss Phelps höchstwahrscheinlich nie mehr wiedersehen würde? Es schien unwahrscheinlich, dass sich Keegan so bald entscheiden würde, sie nach London zurückzuschicken.

»Zoe?« Keegan hielt einen Finger unter ihr Kinn und drehte ihren Kopf, bis er den silbergrauen Schimmer ihrer Augen sehen konnte. »Was ist, Kleines?«

»Ich habe mich gefragt, was du vorhast.«

»Womit?«

Ihre Blicke trafen sich. »Mit mir.«

Er konnte ihrem Blick nicht standhalten, nahm ein Stück Holz und warf es geistesabwesend ins Feuer. Was hatte er mit ihr vor? Einst war es scheinbar eine gute Idee gewesen, sie gefangen zu halten, um ihren Bruder ins Hochland zu locken.

Jetzt nicht mehr.

Er konnte seinem Verlangen nach Rache nicht nachgeben, ohne den Clan zu gefährden. Und er war sich nicht mehr sicher, ob er Fox Morgan noch töten wollte. Er hasste ihn zwar immer noch wegen dem, was mit seinem Vater geschehen war. Aber Zoe liebte den Mann. Und nach dem, was er gehört hatte, war der Bastard der Einzige in ihrer Familie, der sich um sie gekümmert hatte. Keegan wollte Zoe nicht noch mehr wehtun, als er es bereits getan hatte.

Was bedeutete das also für sie?

Und wozu führte es bei ihm?

Keegan neigte sich vor, um seine Hände am Feuer zu wärmen. Heute Abend war es kalt, und es würde noch kälter werden.

»Ich habe ihn gesehen.«

»Wen?« Zoe wickelte die Decke fester um sich und blickte zu Keegan. Der flackernde Feuerschein spiegelte sich in seinem Gesicht wider.

»Deinen Bruder. Fox.« Keegan sah die Überraschung in ihren Augen. Erst sagte sie nichts, und dann sprach sie so leise, dass er sich näher zu ihr neigen musste, um sie verstehen zu können.

»Hast du ihn umgebracht?«

»Nein!« Keegan ergriff ihre Hände. Sie waren so kalt wie der Winterwind. »Nein, Zoe.« Seine Hände schlossen sich um ihre und drückten sie. »Es war an den Tag, an dem wir Castle MacLeod verließen. Er war dort.«

»Davon hast du mir nichts erzählt.«

»Ich weiß.« Keegan neigte sich vor, bis seine Stirn ihrer beider Hände berührte. »Ich wollte nicht, dass du davonrennst, um ihn zu warnen, weil du denkst, er ist in der

Nähe.« Keegan schloss die Augen bei dieser Lüge. Er holte tief Luft. »Es stimmt nicht. Ich habe an mich gedacht.« Langsam hob er den Kopf, bis er in ihre Augen sah, sich darin verlor. »Ich wollte dich nicht verlieren, ich egoistischer Bastard.«

Er war so nahe, dass Zoe seinen warmen Atem auf der Wange spürte. Ihr Mund war trocken. Es war ein schmerzliches Sehnen in ihr, ein Gefühl, das sie vor Monaten noch für stark genug gehalten hatte, um sie umzubringen. Jetzt wünschte sie nur, dass es nie enden würde.

Als sie die Hände aus den seinen zog, bemerkte sie eine Spur von Zweifel auf seinem markanten Gesicht. Aber die Zweifel verschwanden, als sie sein Gesicht umfasste, es näher zog und bei der Berührung ihrer Lippen die Augen schloss.

Der Kuss war im Vergleich zu den meisten anderen, die sie geteilt hatten, sehr keusch. Doch die Gefühle, die von einem auf den anderen überströmten, überwältigten sie. Die Nacht schien sich zu verflüchtigen, die Sterne und die Kälte, die Höhlen und der Clan. Es gab nur sie beide, und ihre Seelen vereinigten sich. Keiner wollte den anderen jemals verlassen.

Erst später, als Keegan wach lag und Zoe sich an seine Seite kuschelte, erkannte er, wie wahr der zweite Teil seines Eingeständnisses war. Er war ein egoistischer Bastard.

Er hatte Zoe aus ihrem Zuhause entführt und in die Wildnis des schottischen Hochlands gebracht. Bald kam der Winter, und trotz seiner besten Bemühungen würde die Nahrung knapp und die Kälte unerträglich sein. Der Clan hatte keine Wahl und musste es ertragen.

Zoe hatte eine Wahl.

Eine, die er ihr geben musste. Zu der er sie notfalls zwingen musste.

Er legte den Arm fester um sie und versuchte, sich mit

dem abzufinden, was er tun musste. Aber selbst der Gedanke daran reichte aus, um ihm das Herz zu brechen.

»Seid Ihr sicher, dass er es war?«

»Ach, meint Ihr, ich erkenne keinen MacLeod, wenn ich einen sehe? Allein der Geruch kann ihre Anwesenheit meilenweit ankündigen.«

Fox hörte auf, unruhig auf und ab zu gehen. »Zu schade, dass es nicht reichte, Euch vorzuwarnen. Vielleicht wäre er dann nicht in Euer Esszimmer marschiert wie der kühne Anführer, der er ist, und hätte nicht seine Forderungen stellen können.« Thomas Campbells Gesicht wurde rot wie sein Haar, und die Adern an seinem Hals traten hervor. Er mochte nicht daran erinnert werden, wie seine Erzfeinde, die MacLeods, ihn überfallen und ausgeraubt hatten.

Wenn Fox wüsste, was gut für ihn war, dann hätte er ihn nicht daran erinnert. Er wünschte die Kooperation der Campbells ... brauchte sie. Aber er konnte ihren Anführer nicht leiden. Er mochte dessen wichtigtuerisches Gehabe nicht und konnte nicht ausstehen, wie er sich bei der Armee anbiederte, um Vergünstigungen herauszuschlagen.

Aber ob er ihn mochte oder nicht, so liefen nun mal die Dinge in Schottland. Da waren die Jakobiter, die entweder deportiert, getötet oder in die Flucht geschlagen worden waren. Und die Royalisten, schottische Landsleute, die ihr Bestes taten, damit es den Rebellen ebenso erging wie den Jakobitern.

Thomas Campbell zählte zur letzten Kategorie, obwohl sich Fox vorstellen konnte, dass er mehr aus einem starken Selbsterhaltungstrieb als aus Loyalität gegenüber dem König handelte.

»Was plant Ihr, bezüglich der MacLeods zu unternehmen, Major? Hier ist es für unsere Leute nicht mehr sicher.« Campbell hatte seine Fassung wiedergewonnen.

Er klingelte nach einem Diener und bot Fox ein Glas Rotwein an.

»Ich plane, ihn gefangen zu nehmen.« Fox lehnte den angebotenen Rotwein ab. Er setzte sich in einen der Sessel vor dem Kamin und forderte seinen Gastgeber auf, es ihm gleichzutun. »Wie viele waren es?«

»So weit ich das sagen kann, ungefähr fünfundzwanzig.« Thomas Campbell nannte aus Verlegenheit eine mehr als doppelt so große Zahl. »Aber das habe ich Euch ja alles schon erzählt.«

»Erzählt es mir noch einmal.«

Thomas Campbell blies seinen fassartigen Oberkörper auf. »Es war spät. Plötzlich flog die Tür auf, und da war er, bekleidet mit seinem Kilt, arrogant wie immer, sein Breitschwert glänzte im Licht, und seine Pistole war genau auf mich gerichtet.«

»Und es war zweifellos Keegan MacLeod?«

»Zweifellos.« Thomas Campbell trank schnell einen Schluck Wein. Er erinnerte sich noch gut an die Panik, die ihn erfasst hatte, als er MacLeod erkannte.

»Was hat er dann getan?«

»Er hat gedroht, mich und meine Frau zu töten. Geschworen, uns umzubringen, wenn wir seine Forderungen nicht erfüllen.«

»Und was waren seine Forderungen?«, fragte Fox und hob die Augenbrauen.

»Lebensmittel. Er wollte Käse und Haferplätzchen. Rüben. Er hat uns fast alles geraubt, was wir brauchen, um nicht zu verhungern.«

Fox konnte kein bisschen Mitgefühl für Campbell aufbringen, der aussah, als hätte er nie auch nur eine Mahlzeit ausgelassen. »Der Clan muss also hungrig sein«, sagte Fox mehr zu sich selbst als zu seinem Gegenüber.

»Sie brauchen auch Kleidung, da bin ich mir sicher. Er nahm Nadeln und Stoff mit.«

»Es sind also Frauen bei ihm.« Obwohl Fox nur eine geringe Hoffnung hatte, dass seine Schwester noch lebte, besserte sich seine Stimmung bei diesem Gedanken.

»Er hat vermutlich alle, die von seinem Clan übrig geblieben sind, um sich geschart.«

»Und wo würde er sich Eurer Meinung nach mit ihnen verstecken?«

»Das könnte überall sein. Ihr werdet es schwer haben, diese Berge zu durchkämmen, besonders, weil der Winter kommt.«

Fox lehnte sich zurück und hielt die Fingerspitzen aneinander. »Deshalb habe ich nicht vor, ihn in den Bergen zu jagen.«

»Aber Ihr sagtet doch, Ihr wollt ihn gefangen nehmen.«

»Das werde ich tun.« Fox' Blick war unerbittlich. »Euer Haus ist nicht das Einzige, das überfallen wurde. Ich habe von zwei anderen Überfällen auf Royalisten erfahren. Er hat Jamie McNabb in Glenrubin und Dugald Chisholm in Skinettle beraubt. Ihre Beschreibung des Tatverlaufs ähnelt Eurer. Allerdings hat Keegan MacLeod die meisten seiner Männer verloren. Oder die beiden anderen Zeugen können besser zählen als Ihr.«

»Ich habe nie behauptet, mir sicher zu sein, wie viele es waren.«

»Stimmt.« Fox stand auf. »Aber er wird wieder aus den Bergen kommen. Er hat Frauen bei sich, höchstwahrscheinlich auch Kinder. Er wird mehr Nahrung brauchen. Wie Ihr saget, steht der Winter vor der Tür. Wenn MacLeod wieder aus den Bergen runterkommt, um zu rauben, werde ich ihn kriegen. Ihn und seine Bande von Renegaten.«

18

»Sie kommen zurück!«

Zoe blickte von ihrer Näharbeit auf. Der Ruf des Beobachtungspostens, der die Rückkehr der Männer ankündigte, veranlasste sie jedes Mal zum Lächeln. Dies war der vierte Beutezug, von dem Keegan und die anderen Männer heimkehrten. Vorratsbeschaffung für den Winter, hatte er es genannt, als Zoe gefragt hatte, warum sie so oft fortreiten mussten. Aber jetzt waren sie wieder da, und vielleicht hatten sie für einige Zeit genügend Vorräte. Das hoffte sie jedenfalls.

»Klingt, als hätten sie ihre Ponys hart geritten«, bemerkte Mary, nachdem sie ein Stück Nähgarn abgebissen hatte. »Hoffentlich ist nichts schief gegangen.«

»Sie sind sicherlich begierig darauf, heimzukommen«, meinte Zoe, doch bei Marys Worten rann ihr ein eisiger Schauer, der nichts mit dem beißenden Wind zu tun hatte, über den Rücken. Sie erhob sich, strich Ihren Rock glatt und faltete den Stoff, aus dem sie ein Hemd nähte.

Sie sagte sich, dass Mary übertrieben besorgt war, Gespenster sah, wo es keine gab, und aus dem Klappern von Pferdehufen über Felsboden Probleme herauszuhören glaubte. Marys Mann war tot, und zu einem solchen Zeitpunkt, wenn die Männer zurückkehrten, dachte sie an Adairs Schicksal.

Das bedeutete nicht, dass es diesmal ein Problem gab. Dennoch beschleunigte Zoe ihre Schritte, als sie sich einen Weg zwischen den Felsen zum Taleingang bahnte.

In dem Moment, in dem Cawley auf der letzten Bodenwelle auftauchte und sie sein Gesicht sah, wusste sie, dass etwas nicht stimmte. Und es war nicht nur der Anblick des blutigen Kopfverbandes, der sie erschauern ließ. Sein Blick war wild, sein Gesichtsausdruck entsetzt. Als die Reiter auf die Lichtung donnerten, erwartete Zoe fast, dass sie von einem Regiment englischer Soldaten verfolgt wurden.

Aber da war keine Kavallerie. Auch kein Keegan.

Als Cawley sein Pferd parierte und anhielt, packte Zoe die Zügel. »Wo ist er?«

»Wir konnten nichts tun.« Cawley glitt vom Pferderücken und schwankte. Zoe wollte ihn stützen, doch ihre eigenen Knie drohten nachzugeben. Ringsum eilten Freunde und Geliebte herbei und halfen anderen, die verwundet oder einfach nur erschöpft vom harten Ritt waren.

»Keegan? Wo ist er?«

»Sie haben ihn geschnappt, Zoe.« Cawley wankte ein paar Schritte fort, und Zoe übergab hastig die Zügel an François, der hinter ihr aufgetaucht war. Sie verspürte Mitleid mit Cawley. Er war am Ende seiner Kräfte und hatte offensichtlich viel durchgemacht, aber sie konnte ihm jetzt keine Ruhe gönnen. Sie musste Gewissheit haben.

Sie packte ihn an der Schulter und schüttelte ihn. »Sag mir, was geschehen ist.«

»Mademoiselle Zoe.« François legte eine Hand auf ihre Schulter. Mit der anderen hielt er einen Bierkrug. Er reichte ihn Cawley. »Wir sollten ihn einen Moment zu Atem kommen lassen, oui?«

Zoe schluckte, neigte den Kopf zur Seite, damit er nicht sehen konnte, dass sich ihre Augen mit Tränen füllten, und nickte. »Entschuldige, Cawley.« Als er sich zu Boden sinken ließ, kniete sie sich neben ihn. »Ich sehe mir deine Kopfverletzung an.«

»Nein.« Er wehrte ihre Hand ab. »Erst wenn ich dir

gesagt habe, was du wissen willst.« Er nahm einen großen Schluck Bier und wischte sich dann mit dem Handrücken über den Mund. »Es war eine Falle. Es muss eine gewesen sein.« Er schloss die Augen und atmete tief durch. »Es ist ein Wunder, dass überhaupt jemand von uns lebend entkommen ist.«

Zoe wandte sich um und schaute in die Runde. Es war offenkundig, dass nicht alle überlebt hatten. Sie war nicht die Einzige, die um Informationen von den Überlebenden bettelte. Wehklagen hallte zwischen den Felsen.

»Sie haben auf uns aufgelauert, versteckt in der Scheune.« Cawley holte tief Luft. »Als wir die Tür öffneten, stürmten sie heraus und griffen uns an. »Ich sah Donuld fallen, dann Andrew. Und ich konnte nichts tun.« Jetzt blickte er sie an. »Keegan schrie uns an, zu flüchten. Er zog sein Pferd herum, stellte sich der Übermacht und schoss.«

»Ist er getötet worden?« Zoe machte sich auf die schlimme Antwort gefasst.

»Ich weiß es nicht. Ich habe es nicht gesehen. Aber er blieb zurück, zog sein Schwert und griff sie an.« Cawley ließ seinen Kopf in die Armbeuge sinken. »Ihm habe ich zu verdanken, dass ich entkommen konnte.«

»Er lebte, als ich ihn zum letzten Mal sah«, ertönte eine Stimme hinter Zoe.

Sie wandte sich um und sah Will. Er wirkte unverletzt, doch seine Augen spiegelten wie die Cawleys Entsetzen wider.

»Aber sie haben ihn geschnappt«, fügte Will hinzu.

»Er ist ein Gefangener?«, fragte Zoe.

Will zuckte mit den Schultern. »Das weiß ich nicht genau. Aber ich hielt auf der Anhöhe an, um zu sehen, ob sie mich verfolgen. Ich sah Keegan in der Ebene stehen, umringt von Soldaten.«

Zoe richtete sich auf. »Wenn er noch lebt, gibt es Hoffnung.« Sie blickte sich um. »Wurden irgendwelche anderen gefangen genommen?«

»Das habe ich nicht gesehen. Die meisten wurden erschossen oder entkamen.«

»Ich verstehe.« Zoe ging ein paar Schritte auf und ab. »Dann ist klar, was wir tun müssen.«

Seine Nackenhärchen richteten sich auf.

Keegan MacLeod verharrte auf der Stelle. Er drehte sich nicht um, doch er wusste, wer soeben das kleine Nebengebäude betreten hatte, in dem er eingesperrt war. Seine Finger zuckten, und der Wunsch, ein Schwert in der Hand zu haben, war fast schmerzhaft.

»Sag mir, was du mit ihr gemacht hast.« Keegan hörte ein Schaben, als Stahl aus einer Lederscheide gezogen wurde. »Sag es mir, oder bei Gott, ich werde dich abstechen wie den Hund, der du bist.«

Langsam drehte sich Keegan um. Sein Blick war hart. »Schlitzt du mir jetzt den Bauch auf, oder hebst du dir das für hilflose alte Männer auf?«

Fox kniff die Augen zu Schlitzen zusammen und hob sein Schwert an. »Wir sprechen über meine Schwester, und ich gebe dir zwei Minuten, um mir zu erzählen, wo sie ist.«

»Wie kommst du auf die Idee, dass sie noch lebt?« Keegan hatte kaum ausgesprochen, als der englische Major bei ihm war, ihn mit einer Hand an der Hemdbrust packte und ihm mit der anderen die Schwertspitze in die Seite drückte.

»Du bist ein toter Mann, Keegan MacLeod.«

Ihre Gesichter waren dicht beieinander, und in ihren Augen funkelte Hass. Doch so angespannt der Moment auch war, so erfüllt mit Feindseligkeit, keiner der beiden Männer konnte das sonderbare Gefühl leugnen, von dem sie erfasst wurden. Es war kaum Seelenverwandtschaft, doch es schien die gleichen Wurzeln zu haben.

Fox löste seinen Griff. »Sie ist nicht tot, oder?«

Keegan war versucht, dem englischen Bastard auf jede nur mögliche Weise wehzutun, doch er brachte es einfach nicht fertig. Vor seinem geistigen Auge sah er Zoe, ihre leuchtenden grauen Augen, ihr Lächeln ... »Sie lebt«, sagte er schließlich und riss sich aus dem Griff des Majors los.

Fox war von unsagbarer Erleichterung erfüllt. Nach dem, was er über Zoes Gesundheit wusste, hatte er angenommen, dass seine Schwester längst gestorben war. Aber jetzt, zum ersten Mal seit Monaten, glaubte er, dass sie am Leben war. Und so merkwürdig es auch sein mochte, er glaubte es, weil Keegan MacLeod es gesagt hatte.

Er stieß sein Schwert in die Scheide. »Wo ist sie?«

»Geh zur Hölle, Engländer.«

Ein Muskel zuckte an Fox' Kinn, als er den Mann anstarrte, den er seit über vierzehn Tagen verfolgte. MacLeod war so, wie er ihn in Erinnerung hatte, groß, von Wind und Wetter gebräunt und mit diesen grünen Augen, deren Blick er seit Culloden niemals vergessen hatte.

»Warum hast du es getan? Warum Zoe? Sie hat dir niemals etwas zuleide getan.«

Keegans Kopf ruckte herum, und er spießte den Engländer mit seinem Blick förmlich auf. »Tu nicht so heuchlerisch, als wüsstest du das nicht.«

»Ich tue überhaupt nicht heuchlerisch. Ich weiß nur, dass sich unsere Wege schon gekreuzt haben.«

»Aye, das haben sie.«

»Im Drummossie Moor.«

»Auch das stimmt. Dort bist du mir und meinem Vater begegnet.«

Es gab Weniges von der Schlacht und ihren Nachwirkungen, was Fox nicht Hunderte Male von neuem durchlebt hatte, einschließlich seiner Begegnung mit diesem Schotten. »Das erklärt immer noch nicht, warum du Zoe dies angetan hast.«

»Du warst es, den ich damit treffen wollte, du Bastard, nicht Zoe.«

Fox hielt seinem Blick stand. »Ich habe bei Culloden für dich getan, was ich konnte.«

»Ha! Ich glaube dir keine weiteren Lügen. Als ich damals auf dich gehört und dir mein Schwert ausgehändigt habe, musste ich anschließend zusehen, wie mein Vater damit misshandelt wurde.«

»Ich habe den Befehl gegeben, deinen Vater gefangen zu nehmen.«

»Aber er wurde nicht gefangen genommen. Und es waren deine Männer, die ihn getötet haben.« Keegans Miene verhärtete sich noch mehr, als er das Grauen dieses Tages vor seinem geistigen Auge sah. »Und er wurde nicht nur getötet. Er wurde gefoltert und musste langsam verbluten.«

Die heftigen Worte des Schotten und sein Zorn erschütterten Fox. »Was hast du ihr angetan?«, fragte er mit leiser Stimme. Als Keegan schwieg, fuhr Fox fort: »Wenn du sie verletzt hast, bei Gott, dann werde ich ...«

»Ich habe sie nicht verletzt!« Keegan fragte sich, ob seine heftige Reaktion zum Teil auf die quälende Frage zurückzuführen war, ob er ihr etwas angetan hatte. Gewiss, er hatte sie nicht gefoltert oder sie körperlich verletzt. Noch nicht. Sie war sogar bei viel besserer Gesundheit als an dem Tag, an dem er sie entführt hatte.

Aber da waren andere Wunden, Verletzungen, die keiner sehen konnte.

»Es geht ihr gut«, fügte Keegan hinzu, bevor er sich abwandte. Das Klicken einer Pistole, die gespannt wurde, ließ ihn zurückblicken.

Er war nicht überrascht, in die Mündung der Waffe des Majors zu blicken.

»Du bist ein verlogener Hurensohn. Zoe geht es nicht gut, und wir beide wissen das. Ihr Herz...«

»... ist stärker, als du denkst. Sie überlebte einen Ritt quer durchs Land, einen Schiffbruch und einen Überfall deiner Soldaten.«

»Sag mir, wo sie ist!«

Ein Teil von ihm wollte es sagen. Keegan starrte Fox an und empfand das gleiche sonderbare Gefühl, das Gegenwärtige schon einmal erlebt zu haben, das er bei der ersten Begegnung gehabt hatte. Er glaubte, ihn zu kennen, obwohl das nicht der Fall war. Auch diesmal spielte sein Verstand verrückt.

Keegan wollte sich an seinen Hass klammern, spürte jedoch, wie ihm das Gefühl entglitt. Er hatte keinen Grund, diesem Mann zu glauben, dass er unschuldig am Tode seines Vaters war, er hatte nur sein Wort. Das Wort eines Feindes.

Keegan atmete tief durch. Er hatte Zoe entführt, um ihren Bruder zu treffen. Sie war das einzige Druckmittel, das er hatte. Und diesen Trumpf würde er aufgeben. Aufgeben um Zoes Willen.

So sehr er sie auch bei sich haben wollte ... so sehr er sie auch liebte ... sie war viel besser dran, wenn sie zu ihrem Bruder zurückkehrte. Sie gehörte nach London, nicht ins wilde schottische Hochland. Mit ihm hatte sie keine Zukunft. *Er* hatte keine Zukunft.

Aber wenn er Lord Foxworth sagte, wo Zoe war, würde er das Versteck des Clans preisgeben. Er hatte von zu vielen Gräueltaten gegen die Jakobiter gehört und einige erlebt, um dieses Risiko einzugehen.

So schwieg er, starrte den Major stumm an. Er sah, wie dessen Finger am Abzug der Pistole spielte, und er zuckte nicht zusammen. Aber seine Gedanken waren bei Zoe, und als er den Atemzug tat, der sein letzter würde sein können, betete er, dass sie ihm verzeihen würde, was er ihr angetan hatte.

»Es wird niemals klappen.«

Zoe hob wütend die Hände. »Ich sage euch, es *wird* klappen.«

»Es sind zu viele«, meinte Cawley und stimmte wie Will mit Nein.

Zoe bemühte sich, ruhig zu bleiben. Es stand zu viel auf dem Spiel, und sie hatte bereits erfahren, wie empfänglich die Mitglieder des Clans für Hysterie waren. »Natürlich stimme ich euch zu, dass in Moirer mehr Soldaten sind, als wir Männer haben.« Das war gewiss eine Untertreibung. Seit die Männer in den Hinterhalt geraten waren, war kaum noch ein halbes Dutzend in der Lage zu reiten, und das schloss François mit ein.

»Wir werden jedoch nicht auf Stärke zählen, sondern auf eine heimliche Aktion setzen.« Sie ignorierte das leichte Kopfschütteln einiger Männer und fuhr fort. »Wir werden des Nachts hinreiten, Keegan befreien und fort sein, bevor die Engländer es bemerken.«

»Sonderbare Worte von einer Frau, die selbst Engländerin ist«, sagte Seonaid spitz.

Zoe schloss kurz die Augen. Das Letzte, was sie jetzt gebrauchen konnte, war ein Streit mit Seonaid, doch die Frau war offenbar entschlossen, die angespannte Stimmung für sich auszunutzen. Zoe fuhr zu ihr herum. »Ich hätte gedacht, du wärst begierig darauf, jeden Plan zur Rettung Keegans gutzuheißen.«

In Seonaids grünen Augen blitzte kurz Ärger auf, dann schüttelte sie den Kopf, dass ihre roten Locken flogen. »Ich wünsche, dass MacLeod befreit wird, aber ich traue dir nicht.« Sie blickte in die Runde, schloss jeden, der ums Feuer saß, ein. »Ich traue ihr nicht.«

Allgemeines Gemurmel der Zustimmung setzte ein, doch es war keineswegs einstimmig. Mary hob die Stimme, um Zoe zu verteidigen, und Francois stand ihr ebenfalls bei. Aber die anderen wirkten unentschlossen. Vertrauen oder nicht, sie musste Keegan retten, denn sie hatte keinen Zweifel daran, was ihn in der Gewalt der Engländer erwartete ... sofern sie ihn nicht bereits aufgehängt hatten.

Aber sie wollte nicht so pessimistisch denken. Sie stand auf, zog das Schottentuch, Keegans Tuch, fester um sich und trat den Männern gegenüber, die vom Clan übrig geblieben waren.

»Ob ihr mir traut oder nicht, ich bin die Einzige, die helfen kann, euren Anführer zu retten.«

»Was kann sie denn schon tun?«, sagte einer der älteren Männer und übertönte damit das Knacken des Feuers.

»Es geht nicht darum, was ich tun kann, sondern darum, wer ich bin.«

»Mademoiselle Zoe.« Francois stemmte sich auf die Füße und eilte zu ihr. »Tut es nicht. Monsieur Keegan würde es nicht wünschen.« Er nahm ihre Hände in seine. »Bitte, denkt an Euch selbst.«

Er gab eine komische Figur ab, bekleidet mit Seidenhose und Samtjacke, mit einer Perücke – von Keegan für ihn gestohlen –, die schief auf seinem Kopf saß, aber Zoe sah nur den flehenden Ausdruck in seinen Augen. »Ich muss es tun«, sagte sie und konzentrierte sich dann sofort wieder auf die Gruppe der Schotten. »Ich bin Lady Zoe Morgan«, sagte sie mit klarer Stimme, die laut genug war, um das Heulen des Windes zu übertönen. »Mein Bruder ist Lord Foxworth Morgan. Er ist wahrscheinlich der Mann, der Keegan gefangen genommen hat. Er ist der Major, der den Angriff auf Castle MacLeod geführt hat.«

Sie hatte den Schock der Schotten bei ihrer Eröffnung erwartet, jedoch nicht diese heftige Reaktion. Fast einstimmig begannen sie durcheinander zu schreien und zu fluchen. Zoe rief sich in Erinnerung, dass ihr Bruder für den Tod von geliebten Menschen dieser Schotten und für den Verlust ihrer Lebensgrundlagen verantwortlich war. Natürlich wusste sie, dass es nicht Fox' Schuld war, aber diese Leute konnten nicht über ihre Trauer hinaus denken.

Erst als jemand vorschlug, sie zu fesseln, gab Françis ihr einen Stoß und zog eine Pistole aus seiner Jacke.

»Françis!«

»Tretet zurück, Mademoiselle Zoe. Ich werde Euch beschützen.«

»Aber ich wünsche nicht . . .«

»Monsieur Keegan würde es wünschen«, sagte er, während er mit der Pistole auf einen nach dem anderen zielte. »Er hat mir befohlen, Euch zu beschützen.«

»Vielleicht hätte er sich das gründlich überlegt, wenn er gewusst hätte, wer sie ist«, sagte Seonaid verächtlich und zuckte zurück, als Françis auf sie zielte.

»Nicht . . .« Zoe fuhr herum und hielt ihn am Arm fest. »Bitte, Françis, lass mich es ihnen sagen.« Er musterte sie einen Moment und ließ dann auf ihr Nicken hin die Waffe sinken. Zu Zoes Erleichterung sprang niemand zu ihm, um ihm die Pistole zu entreißen.

»Keegan weiß, wer ich bin.« Zoe holte tief Luft. »Er weiß es, weil er mich aus meinem Haus in London entführt hat, nachdem er aus dem Gefängnis entkommen war.«

»Sie lügt!«

»Es ist die Wahrheit«, platzte Françis heraus, und dann trat er wieder beiseite.

»So ist es«, sagte Zoe mit ruhiger Stimme. »Es war Nacht. Er brach in mein Haus ein und entführte mich.«

»Warum sollte er das getan haben? Ich an seiner Stelle wäre in die Heimat geflüchtet.«

»Wegen meines Bruders. Er hielt . . . hält Fox für den Tod seines Vaters verantwortlich. Zumindest für die schreckliche Weise, wie er starb.«

»Er wurde gefoltert«, schrie jemand.

»Eine Beleidigung für uns alle«, sagte ein anderer.

»Ich weiß.« Zoe hob eine Hand und war überrascht, als die wütenden Rufe verstummten. »Keegan hat mir davon erzählt. Und ich habe ihm gesagt, dass mein Bruder so etwas nicht tun würde. Aber die Tatsache bleibt bestehen«, sagte sie, als grollendes Gemurmel einsetzte, »dass Keegan ihr Gefangener ist und ich die Einzige bin, die ihn befreien kann.«

»Damit du uns alle an deinen Bruder ausliefern kannst, meinst du.«

»Das habe ich nicht vor.« Zoe schrie jetzt, um sich Gehör zu verschaffen. »Wenn das der Fall wäre, warum bin ich dann nicht einfach in Castle MacLeod geblieben? Mein Bruder hätte mich gerettet. Oder ich hätte mir eines der Pferde nehmen und nach Süden davonreiten können. Es macht keinen Sinn, dass ich euch sage, wer ich bin, nur um euch jetzt zu verraten.«

»Ich sage dir, was keinen Sinn macht, nämlich dass du uns helfen willst.«

»Aye.«

»Aye.«

»Das macht keinen Sinn.«

Einige der Männer wollten aufstehen. François fuchtelte mit der Pistole herum, und Zoe sah jeden Fortschritt, den sie vielleicht bei den Schotten des Hochlands erreicht hatte, dahinschwinden. Sie trat vor.

»Ich tue es, weil ich ihn liebe«, sagte sie und beobachtete die starke Wirkung ihrer Worte auf jeden Einzelnen. »Ich habe es nicht gewollt. Aber ich habe ja auch nicht entführt werden wollen. Doch so ist es dann gekommen.« Ihre Stimme klang jetzt leiser. »Ich liebe ihn.« Tränen schimmerten in ihren Augen. »Und ich kann den Gedanken nicht ertragen, dass er ganz allein stirbt.«

Zoe rieb sich über die Augen. »Nun, ich weiß nicht, wie es mit euch ist, aber ich werde losreiten und alles in meiner Macht Stehende tun, um Keegan MacLeod zu befreien.«

Totenstille folgte. Zoe wartete und fand sich dann damit ab, dass man sie reiten lassen würde, jedoch allein. Also gut. Mit einem Nicken wandte sie sich ab.

In diesem Augenblick trat François vor. »Ihr könnt auf mich zählen, Mademoiselle Zoe.«

»Und auf mich.« Mary stützte sich auf die Schulter ihres Nachbarn und stemmte sich auf.

»Du kannst nicht mit, Frau. Was könntest du schon ausrichten?«

»Ich kann mit einer Waffe schießen oder ein Pferd halten oder tun, was Zoe mir aufträgt.« Mary bahnte sich einen Weg durch die Gruppe und stellte sich neben Zoe.

Dann kam Will. Cawley und Anne erhoben sich. Sie alle taten es nacheinander. Bis nur noch Seonaid saß. Langsam, ohne Zoe auch nur eine Sekunde aus den Augen zu lassen, stand sie dann ebenfalls auf – um sich umzudrehen und aus dem Lichtkreis des Feuers davonzugehen.

Zoe nahm die Zügel und betete, dass das Pferd seinen Weg auf der Straße finden würde. Lichter hinter Fenstern des Ortes Moirer tauchten aus der regnerischen Dunkelheit vor ihr auf. Sie war allein, doch die anderen waren nicht weit entfernt. Das hoffte sie jedenfalls.

Nicht jeder war mitgekommen. Schließlich war entschieden worden, dass für den besten Plan die wenigsten Leute gebraucht wurden. Cawley und Francçis, die sich um die Pferde kümmern sollten. Und sie, Zoe.

Sie sollte die Ablenkung sein. Das Mittel, das Keegan befreien würde.

Die Armee hatte mehrere Häuser übernommen. Anne hatte sich früher am Tag in die Stadt geschlichen, um herauszufinden, in welchem Zoes Bruder hauste … und in welchem Keegan gefangen gehalten wurde.

Er lebte noch, Gott sei Dank, doch am folgenden Tag sollte ein Prozess stattfinden. Mit welcher Anklage, das wusste Zoe nicht, doch er war ja bereits zum Tode verurteilt worden. Ganz gleich, wessen man ihn jetzt anklagte, das Urteil würde diesmal schnell vollstreckt werden.

Sie blickte sich um, als sie in die Stadt ritt. Es war spät, und die Straßen waren verlassen. Sie stellte sich vor, dass die Menschen gemütlich in ihren Häusern saßen, geschützt vor der feuchten Kälte, die durch ihr Schottentuch drang. Erst als sie das Haus erreichte, in dem Fox wohnte, ritt sie langsamer. Ein Soldat trat vor, das Licht, das aus dem Fenster fiel, ließ sein Bajonett aufblitzen. Er wollte wissen, was sie hier zu suchen hatte.

»Ich bin gekommen, um meinen Bruder zu sehen«, sagte Zoe und glitt langsam vom Pferderücken. Sie ignorierte den Befehl des Soldaten, stehen zu bleiben. »Meldet bitte dem Major, dass ich hier bin.«

»Miss.« Der Soldat wich zurück, als Zoe sich näherte. »Ihr dürft dort nicht rein.«

Zoe blieb dicht vor dem Mann stehen. »Bitte meldet mich an. »Ich bin Lady …«

»Was geht da vor, Sergeant?« Die Haustür wurde geöffnet, und Licht fiel auf die Straße heraus. Fox stand auf der Türschwelle, den Uniformrock offen, das Hemd aufgeknöpft. In einer Hand hielt er eine Pistole, in der anderen einen Kerzenhalter.

Zoe ignorierte den Soldaten und trat in den Lichtschein. »Hallo, Fox«, sagte sie lächelnd, denn trotz der Umstände war sie erfreut, ihn wiederzusehen.

»Zoe?« Fox trat auf die Veranda heraus und drückte dem Soldaten den Kerzenhalter in die Hand. Im nächsten Augenblick hielt er seine Schwester in den Armen.

19

»Ist wirklich alles in Ordnung mit dir? Er hat dich doch nicht...« Fox löste sich aus Zoes Armen. »Es hat nichts zu sagen. Ich bin nur froh, dass du in Sicherheit bist.« Er ergriff ihre Hände und führte Zoe zum Sofa. »Du siehst so ... so ... so gesund und blühend aus. So habe ich dich noch nie erlebt.«

»Ich fühle mich wundervoll.« Trotz des Grundes ihres Besuchs, war Zoe von Anblick ihres Bruders entzückt. »Und du. So groß und gut aussehend wie immer.« Zoe wand sich innerlich ein bisschen unter seinem ständigen Blick. »Du hast mir gefehlt.«

»Und du mir.«

»Fox.«

»Zoe.« Sie sprachen den Namen des anderen gleichzeitig aus.

Fox drückte ihre Hände fester. »Ich weiß nicht, wie du hierher gekommen bist, aber du sollst wissen, dass wir den Mann, der dich entführt hat, gefangen genommen und eingesperrt haben.«

»Ja.« Zoe holte tief Luft und fuhr fort. »Deshalb bin ich hier.« Fox hob die Augenbrauen, und Zoe spürte plötzlich Panik in sich aufsteigen. Dies war kein Teil des Plans. Jedenfalls nicht des Plans, dem Cawley und die anderen zugestimmt hatten. Aber jetzt beim Wiedersehen mit Fox ... sie wollte ihn nicht verletzen. Und sie wollte nicht sein Vertrauen missbrauchen.

»Fox.« Sie zögerte nur einen Augenblick. »Ich möchte, dass du ihn freilässt.«

»Du möchtest ... *was*?« Fox brach in bellendes Gelächter aus. »Wenn das ein Scherz sein soll, ist er nicht sehr lustig.«

»Es ist kein Scherz. Ich möchte, dass du Keegan MacLeod laufen lässt. »

»Damit er wieder das schottische Hochland terrorisieren kann.«

»Damit würde er aufhören. Dessen bin ich mir sicher.« Sie hoffte es jedenfalls. »Er würde in den Bergen leben, sich vom Land ernähren, Schafe züchten und dergleichen tun.« Jetzt drückte sie seine Hände. »Ich weiß nur, dass er dir keine Probleme mehr machen würde.«

»Zoe ...«

»Fox, bitte!«

»Bist du wahnsinnig? Hat er dich um den Verstand gebracht?« Die Frage rutschte ihm zu leicht heraus. Es war sein eigener Verstand, der bei jeder Begegnung mit dem Renegaten auszusetzen schien. »Was du von mir verlangst, ist unmöglich, Zoe.«

Zoe lehnte sich auf dem Sofa zurück und nickte. »Ich verstehe.«

»Du weißt, dass ich alles für dich tun würde.«

»Ja, natürlich.«

»Zoe, der Mann ist von einem Gericht in London schuldig gesprochen worden. Zum Tode verurteilt worden. Er ist ein Rebell. Und – wie du selbst wissen solltest – ein gefährlicher Mann.« Als sie fortblickte, sprach Fox weiter. »Ich kann das nicht tun, Zoe.«

»Ich weiß.« Zoe wurde es fast schwindlig vom Widerstreit ihrer Gefühle. Es war dumm von ihr gewesen, es auch nur vorzuschlagen. Sie kannte ihren Bruder und sein Pflichtgefühl, doch selbst wenn er eine andere Einstellung gehabt hätte, war der Gedanke, Keegan MacLeod freizulassen, völlig absurd. Für jeden außer ihr.

Sie neigte sich vor und streichelte ihrem Bruder über die Wange. »Du siehst müde aus. Und ich bin es auch.«

»Natürlich. Zoe, es war einfach eine zu große Überraschung, dich hier wiederzusehen. Und du siehst so verändert aus.« Fox stand auf und half ihr auf. »Da ist so vieles, was ich wissen möchte.«

»Aber es kann bis morgen warten, nicht wahr, Fox?« Zoe stützte sich absichtlich schwer auf seinen Arm, als er sie aus dem Zimmer führte.

»Ja, Zoe. Wir werden am Morgen mehr miteinander reden.«

Am Morgen würde Zoe jedoch nicht mehr dort sein.

Sie wartete in dem Zimmer, das Fox ihr zuwies. Er hatte ein Dienstmädchen geweckt, damit es Zoe vor dem Schlafengehen zur Hand ging. Die Frau war eine Schottin, verständlicherweise ärgerlich über die Störung und offensichtlich nicht erfreut, den englischen Soldaten im requirierten Haus zu haben. Als sie fort war, zog sich Zoe sofort wieder an und setzte sich wartend in die Dunkelheit.

Die Minuten schienen sich endlos hineinzuziehen, aber Zoe zwang sich zur Geduld. Sie wartete, bis es im Haus still war und dann noch einen Augenblick länger, schließlich sagte sie sich, dass Fox eingeschlafen sein musste. Zoe betete, dass es so war, schlich aus dem Zimmer und tastete sich zur Treppe.

Die dritte Stufe von oben knarrte. Zoe hatte es auf dem Weg hinauf festgestellt. Jetzt bemühte sie sich, an der Seite, nahe des Geländers, aufzutreten.

Als sie unten war, huschte sie auf Zehenspitzen zur Bibliothek, die sie früher passiert hatten. Drinnen schloss sie die Tür und kramte in ihrer Tasche nach einem Feuerstein. Sie zündete eine Kerze an und begann mit ihrer Suche.

Schreibtischschubladen. Regale. Sie durchstöberte alles,

und ihre Verzweiflung wuchs mit jeder Sekunde. »Sie müssen hier irgendwo sein«, flüsterte sie vor sich hin, stellte sich auf die Zehenspitzen und tastete über einen Sims. Sie war so konzentriert und vertieft in ihre Suche, dass sie nicht hörte, wie die Tür geöffnet wurde.

»Suchst du danach, Zoe?«

Sie schloss die Augen, holte tief Luft und wandte sich dann langsam zu ihrem Bruder um. Er stand auf der Türschwelle. Das Licht war schwach, und sein Gesicht war im Schatten verborgen. Der Lichtschein der Kerze fiel nur auf den Schlüsselbund, den er ihr entgegenstreckte.

Zoe blickte wie gebannt darauf und hob dann langsam den Kopf. Sie konnte seinen Gesichtsausdruck nicht erkennen, doch sie wusste nur zu gut, dass seine dunklen Brauen zusammengezogen waren vor Zorn ... und Enttäuschung.

»Ich habe gehofft, du schläfst«, sagte sie und trat einen Schritt auf ihn zu. »Ich habe gewünscht, dass du schläfst.«

»Damit ich deinen Verrat erst am Morgen bemerke?«

»Das war nicht der Grund.« Zögernd ließ Zoe eine Hand in ihre Tasche gleiten. Sie schloss sich um den Griff der Waffe, zog sie langsam hervor. Zoe erkannte den Moment, als Fox sah, was sie in der Hand hielt, an seiner plötzlich stocksteifen Haltung. Sie kämpfte gegen Tränen an.

»Um Gottes willen, Zoe.«

»Fox.« Es fiel ihr schwer, die Pistole auf ihn zu richten. »Versuche, mich zu verstehen. Ich liebe ihn.«

»Oh, Zoe.« Fox trat einen Schritt vor, und das Zittern ihrer Hand wurde schlimmer. »Du weißt nicht, was du sagst ... und was du da tust.«

»Komm nicht näher, Fox. Ich erwarte nicht, dass du mir glaubst. Aber eines Tages wirst du für jemanden das Gleiche empfinden, was ich für Keegan empfinde, und dann wirst du verstehen.«

»Ich hoffe bei Gott, dass dieser Tag niemals kommen wird, wenn es bedeutet, dass ich eine Waffe auf mein eigenes Fleisch und Blut richten werde.«

»Sei nicht zornig, Fox, bitte. Gib mir die Schlüssel.« Sie nickte zu dem Schlüsselbund, den ihr Bruder in der Hand hielt.

»Sie werden dir nichts nutzen. Dort sind Wachen.« Fox warf die Schlüssel auf den Tisch. Das Klirren zerrte an Zoes ohnehin angespannten Nerven. »Verdammt, Zoe, du bringst dich in Schwierigkeiten!«

»Geh zurück, Fox.«

»Das werde ich nicht tun.«

»Mach es mir nicht noch schwieriger, bitte!«

Er verschränkte die Arme vor der Brust und wich nicht von der Stelle.

»Fox.« Zoe zielte mit der Pistole auf ihn.

»Du wirst nicht schießen. Du wirst mir nichts antun, Zoe.«

Er hatte kaum ausgesprochen, als er aufstöhnte. Im nächsten Augenblick sackte er vor Zoes Augen in die Knie und stürzte dann vornüber.

Für einen grauenvollen Moment dachte Zoe, sie hätte tatsächlich gefeuert. Dann sah sie Cawley hinter ihrem Bruder in der Tür stehen.

»Aye, Engländerin, du solltest das Schießeisen wegtun, denn du hättest gegen mich keine Chance.«

»O Gott!« Zoe ließ die Pistole fallen, eilte zu Fox und fiel neben ihm auf die Knie. »Cawley, was hast du getan. Fox?«

»Beruhige dich, Mädchen. Ich habe ihn nur kampfunfähig gemacht. Er wird jetzt einige Zeit schlafen.«

Zoe brauchte mehr Bestätigung als Cawleys zweifelhafte Worte. Sie tastete über den Brustkorb ihres Bruders, um seinen Herzschlag zu fühlen. Als sie ihn spürte, atmete sie erleichtert auf. »Was machst du überhaupt hier, Cawley? Es war geplant, dass ich dir den Schlüssel bringe.«

»Und du hast dir verdammt viel Zeit damit gelassen, Mädchen. Wir entschieden uns, nachzusehen, was dich aufhält.«

»Ich musste warten, bis Fox eingeschlafen war. Hilf mir jetzt, ihn nach oben zu bringen.« Zoe versuchte, Fox' Oberkörper anzuheben, aber weder Cawley noch Will, der sich hinzugesellt hatte, trafen Anstalten, ihr zu helfen. Sie nahmen den Schlüsselbund an sich und steckten die Pistole ein.

Als sie sich hilfesuchend umsah, fing sie Wills Blick auf.

»Bist du verrückt, Mädchen? Dir zuliebe werden wir den Hundesohn nicht töten. Aber ich werde ihn nicht wie ein Kindermädchen ins Bett bringen.« Er trat über Fox hinweg. »Außerdem müssen wir Keegan holen.«

»Was ... was machst du da?«, fragte Zoe, als Cawley ihren Bruder auf die Seite wälzte.

»Das liegt doch auf der Hand.«

Zoe beobachtete, wie er Fox die Hände auf den Rücken riss und sie mit einem Strick zusammenband. »Er ist bewusstlos.«

»Und könnte jeden Moment aufwachen. Willst du, dass er uns verfolgt? Oder Alarm schlägt?«

»Nein, aber ...« Zoes Einwand verstummte, als Will ihrem Bruder einen Knebel in den Mund steckte.

»Komm mit.« Cawley umfasste ihre Taille und zog sie zur Tür. »Wir müssen jetzt an Keegan MacLeod denken.«

Mit einem letzten Blick zu ihrem Bruder gehorchte Zoe.

Zehn Minuten später kauerte sie in der nebligen Kälte am Rand des Ortes. Francois stand in der Nähe, eingehüllt in ein wärmendes Schottentuch. Er hielt die Pferde an den Zügeln fest und flüsterte hin und wieder beruhigend auf sie ein.

»Warum brauchen sie so lange?« Zoe spähte durch den dichter werdenden Nebel.

»Wir müssen Geduld haben, Mademoiselle Zoe.«

»Aber was ist, wenn ...« Zoe verstummte mitten im Satz, als sie ein Geräusch hörte. Fast gleichzeitig traten drei Männer aus dem Dunkel und liefen auf sie zu. Selbst in der Dunkelheit erkannte sie Keegans Gestalt und konnte einen Freudenschrei nicht unterdrücken.

Keegan verharrte auf der Stelle. »Zoe?« Mit ein paar Schritten war er bei ihr und umfasste ihre Schultern. »Was, zum Teufel, machst du denn hier?«

»Ich ...« Das war nicht genau die Begrüßung, die sie erwartet hatte.

»Es war ihr Plan. Wir haben ihrem Bruder die Schlüssel abgenommen.« Will packte Keegan am Arm. »Los, komm jetzt.«

»Warte.« Keegan schüttelte seine Hand ab und hielt Zoe an den Schultern fest. Sein Griff verstärkte sich. »Ich will, dass du hier bleibst.«

»Was? Nein, auf keinen Fall.« Zoe schüttelte so heftig den Kopf, dass das Schottentuch herabrutschte.

»Hör zu, Zoe.« Keegan ignorierte ihren flehenden Einwand, dass jetzt keine Zeit für Diskussionen war. »Es ist das Beste für dich ... bei deinem Bruder zu bleiben.«

Zoe konnte kaum glauben, was er da sagte. Sie klammerte sich an ihn. »Ich will bei dir bleiben.«

»Zoe, als Flüchtige in den Bergen zu hausen, das ist kein Leben für dich, und ...«

»Was macht ihr da?«, zischte Will und lauschte auf die Stimmen in der Ferne, die lauter wurden. »Wir müssen reiten, und zwar sofort.« Damit schwang er sich in den Sattel.

Ohne ein weiteres Wort folgten die anderen seinem Beispiel.

Sie ritten auf das Bergland zu, Cawley und Will, François, Keegan und Zoe. Wenn ihnen irgendwelche Soldaten folgten, würden sie ihre Fährte bald im wilden Hochland verlieren.

Spät am nächsten Abend waren sie wieder bei den Höhlen, aßen sich satt und berichteten von ihrem Abenteuer. Wie sie sich an den Soldaten angeschlichen hatten, der Keegan bewachte, und ihn niedergeschlagen hatten. Wie sie Keegan befreit hatten und in die Berge geritten waren. Niemand erwähnte Zoes Bruder, keiner stellte ihre Loyalität in Frage. Und Keegan war der Einzige, der sich fragte, ob sie den Verstand verloren hatte, ihn auf solche Weise zu retten.

Er zog sie zur Seite und bat sie, mit ihm spazieren zu gehen. Es war spät, dunkel, nur der Mondschein erhellte ein wenig den Weg, der sich zwischen hohen, zerklüfteten Felsen dahinwand. Aber sie kannten den Pfad gut. Zoe war überzeugt, die Stelle, die sie als ihren Lieblingsplatz betrachtete, mit verbundenen Augen finden zu können.

Die Felsleiste hoch über dem Meer war abgelegen, mit Moos und Farnkraut gepolstert und groß genug für zwei Personen, die dort sitzen ... oder liegen wollten. Zoe hatte keinen Zweifel daran, dass sie Letzteres täten, bevor sie zu den anderen zurückkehren würden. Sie wusste, dass Keegan ärgerlich wegen der Rolle war, die sie bei seiner Befreiung gespielt hatte, aber er musste verstehen, dass sie nicht anders hatte handeln können, denn sie liebte ihn.

»Ich habe heute auf unserem Ritt die Wildgänse nach Süden fliegen sehen«, sagte Keegan.

Sie hatten sich hingesetzt und lehnten mit dem Rücken gegen die Felsen. Keegans Worte waren nicht das, was sie zu hören erwartet hatte. »So?«

»Aye.« Er holte tief Luft und zog die Knie gegen seine Brust. »Das Heidekraut ist verdorrt, und die Vogelbeeren sind abgefallen.« Er berührte ihre Wange. »Selbst die Wildrosen sind verblüht. Alles sichere Anzeichen auf den Wintereinbruch.«

»Hm.«

»Wir werden einen Winter im Hochland niemals überstehen, Zoe.«

Seine Worte waren schlimm genug, doch es war sein Tonfall – gepresst, resigniert –, der Zoe einen Stich ins Herz versetzte. »Natürlich werden wir das schaffen«, entgegnete sie. »Wenn wir alle zusammenarbeiten.«

Er schüttelte den Kopf. »Und was sollen wir tun? Bestimmt nicht ernten. Und ebenso wenig fischen von hier oben.«

»Dann wirst du einige weitere schottische Royalisten überfallen müssen.« Zoe war nie eine Befürworterin dieser Unternehmungen gewesen. Um Keegans gedrückte Stimmung aufzuheitern, hätte sie jedoch einfach alles vorgeschlagen.

Er schien ihre Taktik zu durchschauen, denn er lächelte, dieses Lächeln, das den kalten Wind durchdrang und ihr Herz erwärmte. »Leider befürchte ich, die Tage meiner Überfälle sind vorbei.« Er ergriff ihre Hand und führte sie an seine Lippen. »Du hättest nicht dein Leben aufs Spiel setzen sollen, um mich zu retten, Zoe.«

»Weißt du nicht, dass ich alles für dich tun würde?«

Die Frage klang wie eine Feststellung, und obwohl Keegan in der Dunkelheit nicht genügend von ihr sehen konnte, wusste er, dass ihre grauen Augen ihn liebevoll und aufrichtig anblickten. Aber er wollte nicht, dass sie bereit war, alles für ihn zu tun. Trotz der Tatsache, dass das auch auf ihn zutraf. Denn er wusste tief in seinem Inneren, dass er sie liebte.

»Zoe«, sagte er und genoss den Klang ihres Namens, »keiner von euch hätte nach Moirer kommen sollen. Ihr hättet mich dort lassen sollen.«

»Damit man dich hängt?« Zoe drückte seine Hand. »Das könnte ich nicht ertragen.«

»Doch, das könntest du, Liebste. Du bist viel stärker, als du denkst. Ich habe erlebt, was du tun und ertragen kannst ... fast alles.«

»Rede nicht so.« Zoe schmiegte sich an seine Schulter. »Es macht mir Angst, wenn du so sprichst.«

»Es tut mir Leid, dass ich dir Angst mache.« Er strich leicht über ihr Kopftuch und schob dann die Hand unter die Wolle zu dem seidigen Haar darunter, während er sie fester an sich zog. »Will hat mir erzählt, was du getan hast. Du hast eine Pistole auf deinen eigenen Bruder gerichtet.« Er schüttelte den Kopf. »Es tut mir Leid, dass es jemals dazu gekommen ist.«

Zoe zuckte nur leicht mit den Schultern, doch Keegan wusste, wie schwer es für sie gewesen sein musste, das zu tun, denn sie liebte ihren Bruder. Er zählte darauf, dass diese Liebe auf Gegenseitigkeit beruhte und er ihr verzieh.

Keegan hielt es für das Beste, das Thema zu wechseln, weil er das Gefühl hatte, melancholisch und sentimental zu werden, und so sagte er: »Ich habe an etwas gedacht, das du einmal gesagt hast.«

Zoes leises Lachen wurde vom Wind davongetragen. »Ich habe so vieles zu dir gesagt.«

»Aye, das hast du, und einiges davon hat sogar Sinn gemacht.« Er küsste sie auf die Nasenspitze, als sie ihn empört anblickte. »Willst du wissen, was ich im Sinn habe, oder nicht?«

»Sag es mir.«

»Du hast einst gesagt, ich sollte mich von der Vergangenheit lösen und in die Zukunft sehen.«

»Ja, und wie ich mich erinnere, hast du geantwortet, Schotten tun das nicht. Es liegt ihnen im Blut, sich an die Vergangenheit zu klammern.«

»Da habe ich wohl ein wenig übertrieben«, sagte Keegan lachend. »Ich bin zu dem Schluss gelangt, dass es vielleicht das Beste für den Clan ist, Schottland zu verlassen. Deine Idee von einem neuen Anfang in der Neuen Welt klingt verlockend.«

»Meinst du das wirklich?« Zoe forschte in seinem Gesicht.

»Ja. Dort gibt es Land und Wälder und Flüsse voller Fische und sogar Berge, hast du gesagt.«

»So habe ich es gelesen.«

»Aye. Und das scheint die beste Lösung zu sein.«

»Dann müsstest du keine Überfälle begehen und bräuchtest dir keine Sorgen wegen der Soldaten zu machen.« Zoe setzte sich auf. »Wir könnten ein Haus errichten und Getreide anbauen. Hafer. Ich kann dir helfen.«

Keegan zog sie in seine Arme zurück. »Ich bezweifle, dass deine Hände für die Arbeit mit dem Pflug geschaffen sind.« Er küsste sie lächelnd.

»Ich bin stark, Keegan. Du hast mir gezeigt, dass ich das bin. Dafür werde ich dir immer dankbar sein.«

Keegan schloss die Augen. »Es ist nicht deine Dankbarkeit, die ich will, Zoe Morgan.« Es war eine offenkundige Einladung, und Keegan war nicht besonders stolz darauf. Doch er hatte eine Entscheidung getroffen, die härteste, die er jemals in seinem Leben hatte treffen müssen, und er brauchte die Wärme der Frau, die er liebte.

Er brauchte Zoe.

Er schlang beide Arme um sie, und ihr Körper verschmolz mit seinem. Als sich ihre Lippen trafen, wusste Keegan, dass er nie jemanden mehr begehrt hatte. Nie jemanden mehr gebraucht hatte.

Er zog das Tuch von ihrem Kopf und grub die Finger in ihre Haarfülle. Als der Wind ihre Locken erfasste, zog er das Kopftuch wieder hoch. »Es ist kalt heute Nacht. Ich möchte nicht, dass du dir den Tod holst.«

»Dann liegt es an dir, mich zu wärmen«, flüsterte Zoe.

Keegan ließ sich zu Boden sinken und Zoe schmiegte sich an seine Seite. »Ich glaube, wir können es schaffen, die Nacht ein wenig zu erwärmen«, sagte er und schickte sich an, genau das zu tun. Er wünschte zwar, dass sie nackt sein konnten, nur vom Körper des anderen eingehüllt, doch das Wetter ließ ihnen keine Wahl. Anstatt sie zu sehen, verließ sich Keegan auf seine anderen Sinne.

Er tastete mit beiden Händen unter ihr Mieder und umfasste ihre Brüste. Die Spitzen richteten sich unter seiner Berührung auf. Er schmiegte den Kopf an ihr Haar, sog den süßen Duft ein, den er so sehr liebte, und flüsterte, dass sie wie eine Rose duftete.

Er kostete von ihren Lippen, küsste und erforschte ihren Mund mit der Zunge, glaubte, in ihr zu ertrinken.

Sie war bereit für ihn, als er ihre Röcke anhob und sie erregend streichelte. Sie bäumte sich seiner Hand entgegen, und Keegan hörte ihr heftiges Atmen im Wind.

»Zoe.« Er sagte ihren Namen, weil er sich nicht mehr zurückhalten konnte.

Als er auf sie sank, öffnete sie sich für ihn, schenkte ihm ihren Körper in süßer Hingabe. Sie schlang die Beine um ihn und Keegan griff hinter sich, um das Schottentuch über sie zu ziehen. Ihr Haar, in dem der Wind spielte, umgab sie wie ein Vorhang, und Keegan hatte das Gefühl, dass nur sie beide existierten, aneinander geschmiegt auf einem vergessenen Platz zwischen den Felsen, abgeschirmt von der Welt.

Sie waren eins, und Keegan wünschte für einen Moment, dass es ewig so sein könnte, nur sie beide, versteckt vor der Welt.

Aber das gab es nicht in der Realität, und selbst als seine Hüften sich in dem alten Rhythmus bewegten, selbst als Zoe sich zu ihm aufbäumte und sich an ihn klammerte, wusste Keegan, dass sich der Wunsch, ewig mit ihr vereint zu sein, nicht erfüllen würde. Er umfasste ihren Po, hob sie an und forderte so viel von ihr, wie sie geben konnte, und er gab ihr alles von sich.

Er spürte, wie ihrer beider Höhepunkt nahte, und auf dem Gipfel der Lust vergaß er für einen Moment die Entscheidung, die er gefällt hatte.

»Hm, Keegan«, seufzte sie, als sie wieder genügend zu Atem gekommen war, um überhaupt etwas sagen zu können. »Meinst du, wir können einen Platz wie diesen in der Neuen Welt finden?«

Keegan hatte ein Gefühl, als wäre ihm die Kehle zugeschnürt. »Aye«, brachte er heraus und zog ihre Röcke herunter, um die Wärme ihrer Körper zu bewahren.

»Ich will, dass du mir das versprichst.« Sie schlang die Arme um seinen Nacken. »Und selbst wenn wir ein großes Bett mit einer dicken Matratze haben, werden wir uns dann und wann zu unserem besonderen Platz wegstehlen.«

Als Keegan schwieg, hob Zoe den Kopf. Im schwachen Mondschein sah sie sein Profil. Mit der Fingerspitze formte sie die gerade Nase und die festen Lippen nach, streichelte das Gesicht des Mannes, den sie liebte. »Keegan?«

»Was? Oh ... aye.« Er sah sie an, nahm den Anblick ihres arglosen Gesichts auf, das ihn mit so viel Liebe anblickte. »Was immer du sagst, Zoe.«

In diesem Moment wünschte er so sehr, ihr alles zu geben, was sie sich jemals wünschte. Aber er wusste, dass es nicht möglich war. So hielt er sie fest, träumte mit ihr und versuchte, nicht an das zu denken, was er tun musste.

Am Morgen rief er François zu sich. Während Zoe und die anderen frühstückten, gab er dem kleinen Franzosen eine Botschaft. Trotz der Proteste des Dieners bestand Keegan darauf, dass er die Botschaft Major Fox Morgen überbrachte.

»Ich verlasse mich auf dich, François. Wir alle tun das.«

»Aber Monsieur Keegan, es muss einen anderen Weg geben.«

»Es gibt keinen.«

»Vielleicht kann Mademoiselle Zoe ...«

»Du wirst ihr nichts sagen. Du wirst mit keinem außer Morgan darüber sprechen.«

»Aber ...«

»Kein Aber, François. Wirst du es für mich tun?« Und als der Franzose widerstrebend nickte, legte ihm Keegan eine Hand auf die Schulter. »Dann reite jetzt.«

Keegan schaute François nach, bis er den Pfad hinunter verschwunden war, und wandte sich dann zu seinem Clan um. Er gesellte sich zu den anderen. Er wollte sie behutsam mit seinem Plan vertraut machen, und er hoffte, sie dafür gewinnen zu können.

20

»Wie lautet seine Antwort?«

»Oui.«

Keegan ließ den Kopf sinken und atmete tief durch. Dann blickte er wieder auf und nickte Françis zu. »Kein Wort davon zu jemandem. Hast du mich verstanden?«

»Und ob ich das verstanden habe.« Françis saß ab. Keegan hatte sofort die Zügel des Pferdes ergriffen, als Françis auf der Lichtung eingetroffen war. »Ich habe verstanden, dass Ihr Euch aufhängen lassen werdet.«

»Pst, halte den Mund.« Keegan blickte zu den Höhlen, wo die übrig gebliebenen Mitglieder seines Clans um das Torffeuer hockten und sich wärmten. Zoe tauchte aus einer Höhle auf, von Kopf bis Fuß eingehüllt in sein Schottentuch. Sie blickte auf und winkte, lächelte Keegan und Françis zu und kam auf sie zu.

»Es ist mir ernst, Françis«, raunte Keegan. »Du wirst kein Sterbenswörtchen erzählen.« Françis enthielt sich einer Antwort, denn Zoe hatte sie erreicht.

»Wo bist du gewesen, Françis? Keegan wollte es uns nicht sagen. Du meine Güte, du musst frieren. Hier.« Sie war schon dabei, sich aus dem Schottentuch zu wickeln und es ihm zu geben, doch Keegan hielt sie davon ab.

»Françis kann sich am Feuer aufwärmen.« Er legte den Arm um Zoes Schulter. »Er hat gute Neuigkeiten gebracht.«

»Was für welche?«

»Komm, wir werden sie uns alle zusammen anhören.«

Sie würden Schottland verlassen.

Obwohl Keegan genau das Wochen zuvor vorgeschlagen und wiederholt von der Möglichkeit gesprochen hatte, war Zoe überrascht. »Wie hast du es geschafft, ein Schiff zu finden, das uns in die Neue Welt bringt?«, fragte sie öfter als ihm lieb war. Sie spürte, dass er sich über ihre Fragerei ärgerte, auch wenn er sein Bestes tat, es nicht zu zeigen.

Seine Antwort war stets die gleiche. Er hatte seine Beziehungen. Niemand bezweifelte das, denn er war ihr Anführer. Alle waren aufgeregt bei dem Gedanken, ein neues Leben in einem Land namens Carolina beginnen zu können. Zoe hatte von Carolina gelesen und ihnen jede Einzelheit darüber erzählt, an die sie sich erinnern konnte. Alle waren begeistert.

Alle – außer Francois.

Der kleine Franzose wurde immer verschlossener und mürrischer, je näher der Tag der Abreise kam. Sie würden nach Castle MacLeod zurückkehren. Das Segelschiff würde sie dort in der Bucht abholen.

»Bist du so traurig, weil du in Schottland bleiben willst?«, fragte Zoe Francois eines Morgens. Der Franzose saß auf einem Felsbrocken und starrte aufs Meer hinaus. Er war allein, und Zoe erkannte, dass dies an sich schon ungewöhnlich war. Er und Keegan waren in letzter Zeit stets zusammen gewesen.

Er wandte den Kopf, um sie anzusehen, und kratzte sich an der Nase, während er an ihr vorbeispähte. »Wo ist Monsieur Keegan?«

Zoe blickte über die Schulter, um zu sehen, ob er sich hinter ihr aufhielt. »Ich weiß es nicht. Warum?«

»Ich habe mich nur gefragt, wo er ist.«

»Oh.« Zoe setzte sich neben ihn auf den Felsen. »Sagst du mir, was dich bedrückt? Du hast seit deiner Rückkehr kaum zwei Worte gesagt.«

»Jeder ist so beschäftigt.« Françqis hielt nervös nach Keegan Ausschau. Er wollte nicht mit Zoe allein sprechen, weil er befürchtete, etwas Falsches zu sagen.

»Das stimmt.« Zoe lachte. »Jeder ist anscheinend begeistert von dem Gedanken an den Aufbruch in die Neue Welt ... alle – außer dir. Ich dachte, du könntest die Kälte in Schottland nicht ausstehen. Und die Berge und den Nebel. Oder war das ein Irrtum von mir?«

»Ah, Mademoiselle Zoe, ich jammere zu viel. Ihr solltet es gar nicht beachten.«

»Schottland ist dir ans Herz gewachsen, nicht wahr?« Zoe blickte in die Runde und schlang die Arme um ihre Schultern. »Dieses Land. Die Leute.« Sie blickte zu François und lächelte. »Als ich Keegan kennen lernte, wirkte er so wild und ungezähmt. Ein Barbar.« Sie lachte. »Jetzt habe ich die Erfahrung gemacht, dass es gar nicht so schlecht ist, unzivilisiert zu sein ... bis zu einem gewissen Maße.« Sie atmete tief die salzhaltige Seeluft ein. »Die Freiheit hier, die Wildnis ... Nun, ich bewundere das sehr.«

»Ich glaube, es ist eher Monsieur Keegan, den Ihr sehr bewundert.«

»Da hast du vermutlich Recht.« Sie umarmte den kleinen Franzosen. »Mach dir keine Sorgen, weil wir nach Amerika fahren. Es wird schön dort sein. Das Wichtige ist, dass wir alle zusammen sein werden.«

An dem Tag, an dem sie die Höhlen verließen, regnete es in Strömen, und die Tropfen stachen wie winzige Pfeile in die Haut. Die Berge und Felsen waren wie unter einer grauen Decke verborgen. Trotz ihres Reiseziels war es eine traurige Gruppe, die über den Pfad hinabwanderte. Jede Person trug auf dem Rücken, was sie aus der Heimat mitnehmen würde. Keiner hatte schweres Gepäck.

Sie brauchten zwei Tage bis ins Tal. Mittlerweile schien

die Sonne schwach, und die Luft enthielt ein Versprechen auf den Winter.

Keegan hatte Castle MacLeod seit es zum zweiten Mal abgebrannt war, nicht mehr gesehen. Er konnte den Anblick nicht ertragen und schloss die Augen. Zoe war an seiner Seite, sie schlang den Arm um seine Taille und drückte ihn fest an sich. Es kostete Keegan seine ganze Beherrschung, den Zorn nicht zum Himmel herauszuschreien.

Drei Tage später entdeckten sie Segel am Horizont. In der Abenddämmerung ankerte der Schoner in der Bucht. Der Captain schickte eine Botschaft an Land. Keegan las sie und nickte zum Einverständnis. Der Matrose kehrte mit einem Beiboot zum Schoner zurück.

»Was war das für eine Botschaft?«, fragte Zoe. Bis zum Eintreffen des Segelschiffs hatte sie kaum glauben können, dass sie wirklich abreisen würden. Jetzt kam es ihr sonderbar vor, dass es eine Verzögerung gab.

»Wir werden am Morgen an Bord gehen«, sagte Keegan nur, bevor er sich abwandte.

In dieser Nacht ging sie zu ihm, denn es war offenkundig, dass er nicht zu ihr kommen würde.

Zoe fand ihn außerhalb der Schlossruine. Er hockte am Boden und starrte in die Nacht. Er sah sie nicht an, auch nicht, als sie sich neben ihm niederließ.

»Du solltest drinnen sein, da ist es wärmer«, sagte er.

»Da ist es ebenfalls kalt.«

»Aye.« Er konnte sich gut an die Zeit erinnern, als es im Schloss warm gewesen war, als in den großen Kaminen Feuer gebrannt hatte und die Räume von Musik und Gelächter erfüllt gewesen waren. Jetzt war nichts außer dem Heulen des Windes zu hören. Die Schlossruine lag trostlos da. Wenn sie fort waren, würde sie noch mehr verfallen. In ein paar Jahren würden Hochländer kommen und die Steine abtragen. Der Verwalter würde dagegen protestieren, doch er war weit entfernt in England. Wenn er jemals würde zurückkehren können, wäre von dem einstigen Sitz des Clans MacLeod nur noch einen Haufen Schutt übrig.

Keegan verbannte diese trüben Gedanken. Er hatte andere Sorgen.

Er wandte sich Zoe zu und hob mit eisiger Hand ihr Kinn an. »Ich möchte, dass du mir versprichst, morgen stark zu sein.«

»Wovon redest du? Weshalb soll ich stark sein?«

Keegan gab keine Antwort darauf. »Versprich es mir nur, Zoe.« Bevor sie etwas sagen konnte, neigte er sich vor und küsste sie.

»Hier schlagt Ihr das Lager auf.« Fox marschierte zu seinem Pferd, und sein Stellvertreter, Captain Monroe, folgte ihm und fiel neben ihm in Schritt. Fox und sein Trupp von zwanzig Mann hatten bei einem stillen See angehalten, dessen Ufer von Safran bewachsen waren. Zu allen Seiten erhoben sich Hügel, als sei einer auf den anderen aufgeschichtet worden. Es war ein einsamer Platz, doch er übte eine starke Anziehungskraft auf Fox aus. Er versuchte, die wehmütige Stimmung zu ignorieren, die ihn erfasste. »Wenn ich bis zum Morgen nicht zurück bin ...« Fox zögerte. Was sollte er seiner Kompanie für diesen Fall befehlen? »... dann reitet nach Fort William.« Er schwieg kurz. »Und danach setzt die Jagd auf Keegan MacLeod fort.« Die Realität sah jedoch anders aus. Wenn er nicht zurückkehrte, dann bestand kaum eine Chance, den Renegaten jemals in Schottland zu finden.

»Seid Ihr sicher, dass Ihr allein reiten wollt, Sir?«

»Ich habe keine Wahl, Captain. Ich habe mein Wort gegeben.« Fox zog seine Reithandschuhe an.

»Sir, mit Verlaub, ich frage mich, ob man MacLeod vertrauen kann. Ihr könntet leicht in eine Falle geraten. Er scheint mir nicht der Typ zu sein, der sich selbst aufgibt.«

»Ich weiß Eure Besorgnis zu schätzen. Und glaubt mir, sie entspricht meiner eigenen. Aber sonderbarerweise – ich kann es nicht erklären – glaube ich, dass Keegan MacLeod sein Wort halten wird.«

»Wollt Ihr mir sagen, Ihr haltet ihn für einen ehrenwerten Mann?«

Fox nahm die Zügel von einem Corporal entgegen. »Habe ich das gesagt?« Er schüttelte den Kopf. »Ich weiß es nicht.« Er schwang sich behände aufs Pferd. »Aber wir werden sehen, Captain Monroe, wir werden sehen.«

Von seinem Aussichtspunkt auf dem Hügel konnte er das Ganze wie ein Miniatur-Bühnenbild sehen. Den schimmernden See, die sanft geschwungenen Hügel, die Bucht, das Schloss. Vor der Küste ankerte der Schoner *Irish Pride*, genau wie er es arrangiert hatte.

Wie Keegan MacLeod es verlangt hatte.

Fox blickte durch das Fernrohr und suchte, bis er seine Schwester entdeckte. Da war sie, unter den anderen, und winkte dem Beiboot zu, das zum Ufer fuhr. Keegan MacLeod war ebenfalls dort, stand ein wenig abseits, wie es zu seiner Rolle als Anführer des Clans passte.

Eine Rolle, die er bald aufgeben würde.

Fox beobachtete, wie der Renegat zu ihm blickte und die Hand hob, um seine Augen zu beschatten. Er wusste, dass er entdeckt worden war, als der Schotte an Zoes Seite trat. Er neigte sich zu ihr, sagte etwas zu ihr und ergriff ihren Arm. Zusammen gingen sie zu dem Pfad, der zu den Hügeln hinaufführte.

»Ich verstehe nicht, was so wichtig ist, dass wir es ausgerechnet jetzt sehen müssen.« Zoe raffte ihre Röcke und ging schneller, um Keegan einzuholen. »Was ist mit dem Beiboot? Es ist fast an Land. Wir dürfen es nicht verpassen. Was ist, wenn es nicht auf unsere Rückkehr wartet? Keegan!« Zoe hielt ihn ärgerlich am Arm fest. Er hatte ihr anscheinend überhaupt nicht zugehört. »Bleibst du einen Moment stehen und hörst mir zu?«

»Verdammt Zoe, wir haben keine Zeit.« Keegan eilte weiter den Hügelhang hinauf. Er blickte zu ihr zurück, und seine Miene wurde weicher, als er ihren Gesichtsausdruck sah. Sie verstand es nicht. Wer konnte ihr das verdenken? Er hatte sie belogen. So sehr er sich auch weismachte, dass es eine Notlüge war, es blieb trotzdem eine Lüge.

Er wollte ihr nicht wehtun. Doch genau das würde er tun. Und sein einziger Trost war, dass sie eines Tages verstehen würde, dass es zu ihrem Besten geschehen war.

»Was ist, Keegan? Was verschweigst du mir?«

Er war weitergegangen, aber zuvor hatte er noch den traurigen Ausdruck in ihren Augen gesehen. Zoe rannte ihm nach, überholte ihn und stellte sich ihm in den Weg. Sie war jetzt atemlos, vom Laufen, vor Furcht. Mit einem schnellen Blick über die Schulter zur Bucht sah sie, dass das Beiboot anlegte. Jeder auf dem Strand wartete darauf, an Bord des Schoners gebracht zu werden, um die Reise in das neue Leben anzutreten.

»Keegan!«

Sie trommelte gegen seine Brust, doch er ließ sich nicht aufhalten. Tränen rannen jetzt über ihr Gesicht. »Warum tust du das? Was wird mit unserem Haus in Carolina? Was wird mit …«

»Hör auf, Zoe.« Keegan umfasste ihre Schultern. Er lehnte sich an die Felswand, von der die Schlucht auf einer Seite begrenzt wurde, schloss einen Moment die Augen, und als er sie wieder öffnete, spiegelten sie seine Seelenqual wider. »Du darfst dich nicht aufregen, Liebes. Du hast mir versprochen, heute stark zu sein.«

»Aber wie kann ich das, Keegan, wenn ich keine Ahnung habe, was du tust? Was *wir* tun?« Zoe fuhr zu ihm herum, und der Wind spielte mit ihrem Haar. »Sieh nur, sie steigen in das Beiboot, Keegan. Sie werden uns verlassen.«

Keegan atmete tief durch. »Aye.«

»Aber warum? Wir fahren mit ihnen. Wir werden in die Neue Welt reisen.« Zoe versuchte, ihr Schluchzen unter Kontrolle zu bringen, kämpfte gegen die Tränen an, doch sie hatte das Gefühl, ihr Leben löse sich in dem Dunst auf, der sich von den Hügeln herabsenkte.

»Nein, Zoe, das werden wir nicht tun.« Keegan sah ihren Gesichtsaudruck und verfluchte sich, weil er ihr dies antat. »Ich habe mich zum Narren gemacht, Zoe. Habe gewünscht, was ich nicht haben kann. Dieses Land. Ein neues Leben ... dich.« Er hob zögernd die Hand und strich leicht über ihre Wange, bevor er sich abrupt abwandte.

»Morgan!« schrie er, und der Wind trug seinen Ruf davon. Dann packte er Zoe am Arm und zog sie über die Anhöhe und um eine Biegung des Pfades. Und dort stand er.

»Fox!« Zoe machte einen Schritt auf ihren Bruder zu und verharrte dann jäh. Sie blickte zurück zu Keegan, immer noch unsicher, was los war. Keiner der beiden Männer zielte mit einer Waffe auf den anderen. Und in diesem Augenblick erkannte sie, dass Keegan überhaupt keine Waffe bei sich hatte. Keine Pistole. Kein Schwert. »Sagt mir niemand, was los ist?«

»Das, was von Anfang an vom Schicksal vorherbestimmt war. Ich gebe dich deiner Familie zurück.«

»Aber ich will nicht ...«

»Es ist zu deinem Besten, Zoe.«

»Nein, das ist es nicht. Ich will bei dir bleiben.«

»Das kannst du nicht.«

»Aber ...« Zoe schaute von einem Mann zum anderen. Beide standen groß und aufrecht da.

»Du kannst nicht mit mir gehen, Zoe, denn ich ... ich stelle mich den Behörden.«

»Aber man wird dich hängen!«

Keegan zuckte kaum wahrnehmbar mit den Schultern. »Wie gesagt, es war von Anfang an vom Schicksal vorgesehen.«

»Das glaube ich nicht. Was hast du getan – dein Leben und mich für eine sichere Passage des Clans verkauft?« Keegan schwieg, doch sie sah ihm an, dass sie mit ihrer Vermutung Recht hatte. Zoe lief zu ihrem Bruder und trommelte gegen seine Brust. »Das kannst du nicht tun. Ich lasse ihn mir nicht von dir wegnehmen. Niemals!«

»Zoe.« Es war Keegans Stimme, die durch ihren hysterischen Ausbruch schnitt. »Wir beide wussten, dass es enden würde. Du warst meine Gefangene, und das war alles. Und jetzt übergebe ich dich deiner Familie und tue das Einzige, was ich tun kann, um in Schottland zu bleiben.«

»Willst du sagen, Keegan MacLeod, dass du mich nie geliebt hast? Dass ich dies alles als ein ... ein Abenteuer betrachten, mit meinem Bruder davongehen und so tun soll, als wäre es niemals geschehen?«

Keegan starrte über ihren Kopf ins Leere. »Aye, das sage ich.«

»Ich glaube dir nicht«, erwiderte Zoe mit ruhiger Stimme.

Keegan wandte sich an Fox und sprach formell. »Ich stelle mich Euch, Major, aber ich hätte es gern so schnell wie möglich hinter mir, wenn es Euch nichts ausmacht. Habt Ihr Eure Soldaten in der Nähe?«

»Jenseits des Hügels.«

»Und sie erwarten mich?«

»So ist es.«

Keegan nickte. »Dann gehe ich mit Eurer Erlaubnis zu ihnen.«

»Geht.« Fox forderte ihn mit einer Geste auf, an ihm vorbei über den Pfad zu gehen. Vielleicht beging er eine Dummheit, indem er den Renegaten gehen ließ. Er konnte wieder verschwinden, sich in den Hügeln verstecken und nie gefunden werden. Doch Fox bezweifelte, dass Keegan MacLeod flüchten würde. Und er bewunderte ihn. Er wünschte, die Dinge wären anders. Denn wie Zoe glaubte Fox keinen Moment, dass der Schotte seine Schwester nicht liebte.

Keegan MacLeod liebte Zoe, er liebte seinen Clan und war bereit, sich für beide zu opfern. Fox fragte sich, ob er unter ähnlichen Umständen ebenso edel würde handeln können.

Noch lange nachdem Keegan gegangen war, wagte Fox nicht, Zoe anzusehen. Aber er konnte ihr eisiges Starren fast körperlich fühlen, ihren Schmerz spüren. Und er konnte den Schmerz des Schotten spüren. Fast als wäre es sein eigener.

Fox kämpfte gegen das Gefühl an. Er war Soldat, seinem Diensteid verpflichtet. »Zoe, eines Tages wirst du verstehen, dass dies das Beste ist.«

Ihre Blicke trafen sich, und er las in ihren Augen, dass sie ihm die Wahrheit sagte. »Ich habe dich stets geliebt, Fox, und so wird es immer sein. Ich werde lernen, dir das hier zu verzeihen. Aber ich werde niemals ... *niemals* denken, dass das hier das Beste war.« Ihre Schultern strafften sich. »Erwarte das nicht von mir, Bruder.«

Ihre Worte klangen wie ein Schwur für alle Zeiten, für die Zukunft, die Fox vor sich sah. Zoe hatte Recht. Sie würde es niemals für das Beste halten. Und er würde das ebenfalls nie ehrlich glauben. Dieses Wissen würde sie beide verfolgen.

»Geh zu ihm.«

»Was?« Zoe wischte sich die Tränen aus den Augen. Sie würde nicht mehr weinen und keine Szene mehr machen.

»Geh zu ihm. Hol ihn zurück.« Fox flüsterte fast. »Ich will euch beide auf diesem Segelschiff und von hier fort haben. Nein, umarme mich nicht. Hol diesen verdammten Schotten zurück.«

Fox schaute seiner Schwester nach, als sie über den Pfad rannte und Keegans Namen rief. Es fiel ihm immer noch schwer, diese schöne Frau mit dem kränklichen Mädchen in Einklang zu bringen, das er stets gekannt hatte. Die Verwandlung hatte er wohl dem Schotten zu verdanken.

Sie sagte es ihm jetzt, und obwohl Fox es aus dieser Entfernung nicht hören konnte, spürte er Keegan MacLeods Widerstreben, es zu glauben.

Als Zoe mit ihm sprach, schüttelte Keegan den Kopf und straffte seine Schultern. Aber sie beteuerte, dass sie ihm die Wahrheit sagte, und als sie schließlich wieder Fox gegenüberstanden, bestätigte dieser dem Schotten mit einer Geste Zoes Worte.

Nachdem Fox seine Entscheidung getroffen hatte, war er begierig darauf, es hinter sich zu bringen. Aber er bedauerte weder die Verzögerung, die dadurch entstand, dass Keegan Zoe in die Arme nahm und im Kreis herumwirbelte, noch den Zeitverlust durch den langen Kuss, den die beiden teilten.

»Ich hätte Euch sagen können, dass man ihm nicht trauen kann.«

Fox schlug die Hacken zusammen und stand still. »Jawohl, Sir.«

»Allein der Gedanke, diese verdammten Schotten beim Wort nehmen zu können, ganz zu schweigen von einem Renegaten wie MacLeod, war lächerlich. Und ich hoffe, Ihr habt Eure Lektion gelernt, Major Morgan.«

»Das habe ich, Sir.«

Colonel Upton lehnte sich in dem Ledersessel zurück. Nichts genoss er mehr als Zustimmung ... besonders wenn sie bewies, dass sich einer seiner Offiziere, und auch noch ein arroganter Bastard wie Morgan, geirrt hatte. Und dieses Mal war der selbstgerechte Kerl prächtig auf die Nase gefallen.

»Nun, wenigstens ist er tot. Aber dieses Schicksal hätte genauso gut Euch oder einen Eurer Männer dort ereilen können. Ihr würdet gewiss nicht irgendeine unglückliche Witwe benachrichtigen wollen, dass ihr Ehemann von der Hand eines Banditen aus dem schottischen Hochmoor starb, weil Ihr darauf vertraut habt, dass er sich friedlich ergibt.«

»Nein, Sir ... aber wie Ihr sagt, dieses Schicksal hat nicht mich oder einen meiner Männer ereilt, sondern Keegan MacLeod, als ihn die Kugel traf und er von der Klippe stürzte.«

»Ins Meer.«

»Jawohl, Sir ... ins Meer.« Fox bemerkte die Spur von Ungläubigkeit in der Stimme des Colonels, doch seine Stimme blieb fest. Upton konnte denken, was er wollte, beweisen konnte er nichts.

Colonel Upton verschränkte die Hände. »Und was ist aus Eurer Schwester geworden, Major? Es gab Gerüchte, dass sie bei dem Schotten gewesen sein soll. Habt Ihr sie gefunden?«

»Leider nicht. Ich nehme an, das war eine weitere seiner Lügen.« Fox entspannte sich. »Wenn Ihr Lady Zoe gekannt hättet, würdet Ihr wissen, dass sie niemals lange in der Gewalt des Schotten überlebt hätte.«

»Ihr nehmt also an, dass sie ebenfalls tot ist?«

»In der Tat.«

Es gab noch mehr Fragen. Weitere Antworten. Und dann kam Fox' Ankündigung, dass er sein Abschiedsgesuch einreichen würde. Was er nach seinem Ausscheiden aus der Armee tun würde, wusste er noch nicht. Er war der jüngere Sohn. Sein Bruder, der Earl of Warwick, verabscheute ihn, und die Abneigung beruhte auf Gegenseitigkeit. Aber er konnte nicht in der Armee bleiben. Er konnte nicht in Schottland bleiben, wo die Hügel und Seen, die Täler und sogar der Nebel ihn zu rufen schienen.

Fox verließ Colonel Uptons Hauptquartier und holte tief Luft. Unwillkürlich glitt sein Blick zum Hochland.

Dann wandte er sich mit festen Schritten südwärts, gen England.

Epilog

»Du hast an Captain Rafferty gedacht, nicht wahr?«

»Aye.« Keegan legte den Arm um Zoes Schulter. Sie war zu ihm an Deck gekommen, als er an der Reling gestanden und auf die Wellen des grauen Atlantiks hinausgestarrt hatte. »Woher wusstest du das?«

»Nenn es weibliche Intuition einer Ehefrau«, erwiderte sie und lächelte zu dem gut aussehenden Mann an ihrer Seite auf.

Keegan lachte und schüttelte den Kopf. »Nach nur einem Tag hast du diese Fähigkeit entwickelt?«

»Ich lerne schnell.«

Keegan neigte sich ihr zu und küsste sie auf die Nasenspitze. »Fühlst du dich ein wenig besser?«

»Ein wenig.« Zoe stützte die Ellenbogen auf die hölzerne Reling. »Ich will nicht klagen …« Sie warf ihm unter halb gesenkten Wimpern einen Seitenblick zu. »Jedenfalls nicht zu viel«, fügte sie hinzu, als er lachte.

»Du brauchst nicht zu denken, ich hätte deine Krankheit heute Morgen angezweifelt.« Als er erwacht war, hatte er sie über einen Eimer geneigt beim Erbrechen gesehen. »Die See war gestern Nacht ein wenig rau.«

»Hm«, murmelte Zoe nur.

»Ich hatte ein Gespräch mit Padraic … Captain Rafferty.« Keegan spielte geistesabwesend mit einer Locke seiner frisch angetrauten Frau. »Während du geschlafen hast.«

»War er der Mann, den du von Culloden in Erinnerung

hattest?« Als sie gestern an Bord des Schoners gegangen waren, hatte Keegan geglaubt, den Captain des Schiffes wiederzuerkennen. Aber es war wenig Zeit geblieben, um die Wahrheit herauszufinden, denn es hatte viel Aufregung um Keegans und Zoes Ankunft gegeben.

François hatte dem Clan von Keegans Handel mit dem englischen Major erzählt. Ihre Freiheit und die Schiffsfahrt in die Neue Welt im Austausch für Zoes Rückkehr zu ihrem Bruder und Keegans Kapitulation. So war das Paar mit großer Begeisterung begrüßt worden. Und als Keegan nach einem kurzen Gespräch mit Rafferty angekündigt hatte, dass am Abend eine Trauung stattfinden würde, war die Feier eskaliert.

Erst vor einer Stunde hatte Keegan Gelegenheit gehabt, den Captain zu befragen. »Aye, er ist dort gewesen. Und er erinnerte sich an meinen Vater und mich.«

Zoe zögerte. »Und an Fox?«

»Aye, auch an ihn.« Keegan holte tief Luft und drückte seine Frau fester an sich. »Wie sich herausstellte, bin ich damals nahe daran gewesen, den guten Captain zu töten, und er hätte beinahe mich umgebracht.«

»Er war in Diensten Seiner Majestät?«

»Nein, aber der Schuft war verkleidet, als sei er es. Trug einen roten Uniformrock.« Keegan lachte leise. »Aber das war eine Verkleidung, denn er hoffte, den Prinzen zu finden und in Sicherheit zu bringen, bevor er von den Briten gefangen genommen werden konnte. Er wurde jedoch verwundet und fand Zuflucht nahe der Stelle, an die ich meinen Vater brachte.«

Keegan legte eine Pause ein und blickte gedankenverloren zum Horizont. »Er hat alles gesehen. Meinen Kampf mit den britischen Soldaten, deinen Bruder, wie mein Vater getötet wurde.«

»Keegan, ich weiß, wie du über Fox denkst, und dass

nichts, was er tun kann, jemals das Schreckliche wieder gutmachen kann, aber ...«

»Vielleicht habe ich mich geirrt, Zoe.«

»Was?«

»All diese Zeit habe ich deinem Bruder die Schuld gegeben.« Er zuckte mit den Schultern. »Vielleicht habe ich mehr von ihm verlangt, als jeder hätte erfüllen können.«

»Ich verstehe nicht.«

»Ich bin mir nicht sicher, ob ich es selbst verstehe. Aber nach dem Gespräch mit Captain Rafferty habe ich eine bessere Vorstellung von den Ereignissen. Von dem Grauen.« Keegan blickte auf sie hinab. »Ich weiß, das klingt unverständlich, denn ich sah nur das Grauen ... das, was mit mir und den meinen geschah.«

»Das kann man dir nicht verdenken.«

»Vielleicht nicht. Aber ich nehme an, dein Bruder hat vielleicht versucht, das sinnlose Töten zu verhindern.« Er zuckte die Achseln. »Captain Rafferty glaubt es.«

»Tatsächlich?«

»Aye, und es tut mir Leid, dass ich dir keinen Glauben geschenkt habe, wenn du deinen Bruder in Schutz genommen hast. Ich glaube ... ich kann es nicht richtig erklären, aber als ich ihn sah, überkam mich ein sonderbares Gefühl. Das gleiche merkwürdige Gefühl, das ich hatte, als ich Captain Rafferty sah.« Keegan schüttelte den Kopf. »Ich wünschte, ich könnte jetzt mit deinem Bruder sprechen. Ihm dafür danken, dass er uns mit dem Schiff hat fahren lassen.«

»Ich glaube, Fox wusste, was du fühlst. Wie ich mich fühlte.«

»Ich kann immer noch nicht glauben, dass er mich am Leben gelassen hat.«

»Nun, im strengen Sinne hat er das nicht. Er hat den Renegaten getötet.«

»Aye, das hat er.« Keegan begann zu lachen, doch seine gute Laune endete schnell, als er die Miene seiner Frau sah. »Was ist, Liebste? Du siehst ein bisschen blass aus.«

»So?« Zoe versuchte zu lächeln. »Ich … ich fühle mich wirklich nicht sehr gut.« Das Deck schwankte, als das Schiff in ein Wellental geriet, und Zoe stöhnte auf. Doch bevor sie etwas sagen konnte, wurde sie von den starken Armen ihres Mannes aufgefangen.

»Was ist, Zoe?« Gewiss, Keegan hatte einst gedacht, Zoe neige dazu, ihre Krankheiten zu übertreiben. Aber dies war keine eingebildete Schwäche. Er eilte mit ihr auf den Armen durch die Luke unter Deck und die Leiter hinab zu ihrer Kabine und fragte sich, wo Miss Phelps war, wenn sie wirklich gebraucht wurde.

So behutsam er konnte, legte Keegan seine Frau auf die Koje. »Kann ich dir etwas holen? Etwas für dich tun?«

Zoe schüttelte den Kopf. »Du hast deinen Teil bereits getan. Wenigstens für die nächsten paar Monate oder so.«

»Was redest du für einen Unsinn, Zoe? Was habe ich denn getan, um dich so krank zu machen?«

Zoe musste lachen. Sie streichelte über seine Wange. »Keegan, Liebster, es war genau genommen nicht das, was *du* getan hast. Mehr das, was *wir* getan haben.« Sie legte eine Pause ein, konnte jedoch seiner Miene ansehen, dass er zu aufgeregt war, um die Bedeutung ihrer Worte zu verstehen.

»Ich bin nicht krank«, fuhr sie fort. »Obwohl ich mich ehrlich so fühle. Aber die anderen Frauen sagen, es wird in ein, zwei Monaten besser sein. Natürlich wird es erst völlig vorbei sein, wenn das Baby geboren ist, aber – Keegan!«

Zoe setzte sich ruckartig auf und starrte mit großen Augen auf den Boden. Dort lag ihr großer, starker Renegat und Ehemann, der ohnmächtig geworden war.

Schon als Achtjährige wurde Marsali Gunn mit Patrick Sutherland verlobt. Doch als die beiden zwölf Jahre später heiraten sollen, ist eine erbitterte Fehde zwischen ihren Clans entbrannt, und Marsali wird einem anderen Mann versprochen.
Doch der waghalsige Patrick entführt die Frau, die ihm rechtmäßig zusteht, und schürt damit den Hass zwischen den Clans. Marsali muss sich entscheiden: Zwischen der Loyalität zu ihrer Familie und dem Mann, dem schon lange ihr Herz gehört …

›Patricia Potter ist eine meisterhafte Geschichtenerzählerin.‹
Mary Jo Putney

ISBN 3–404–18292–8

BASTEI LÜBBE